U0452443

京洛再无佳人

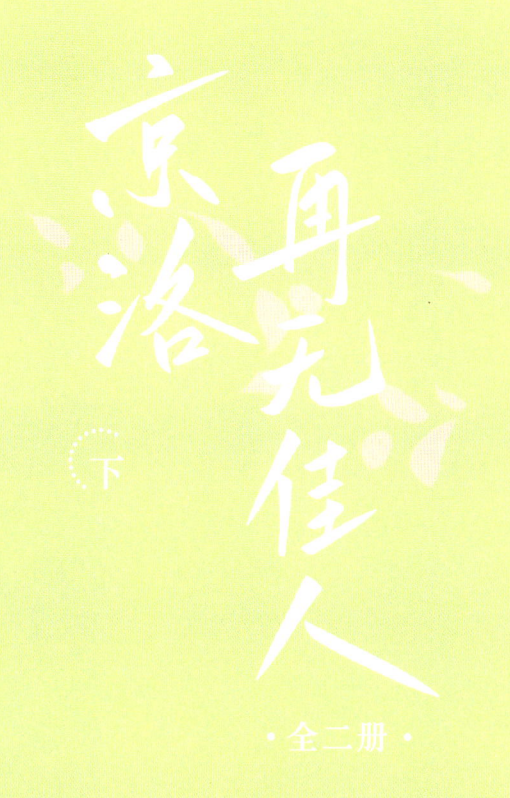

（下）

·全二册·

乔维安 著

四川文艺出版社

▽ 赵平津是极爱北京的。
　　　　爱到西棠人儿陪着他住了一辈子。

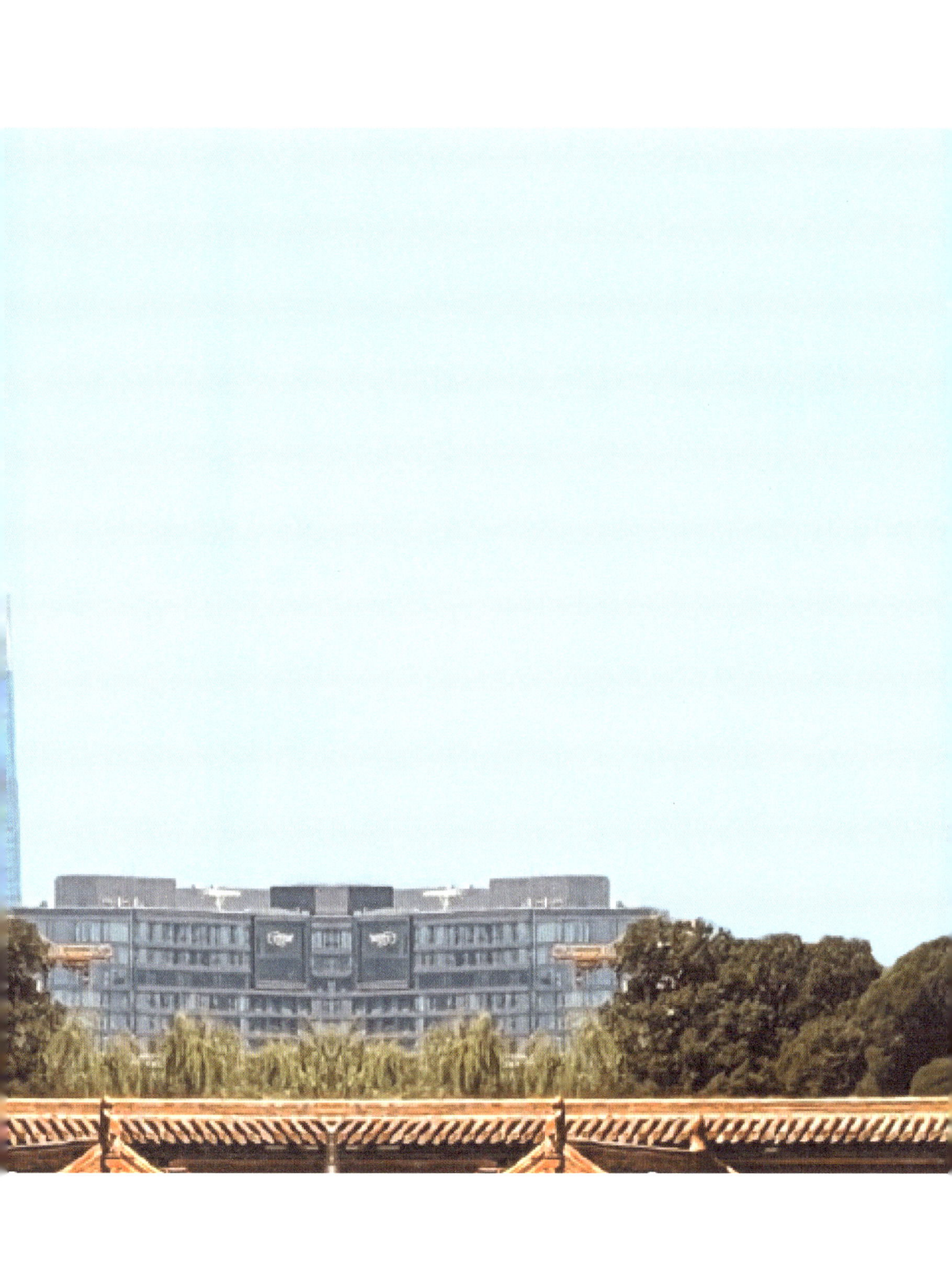

西棠之后 京洛再无佳人

目 录 CONTENTS 【下】

【Chapter 1】
宝贝儿，不是他　　　　　　　　　　/ 001

【Chapter 2】
对不起，咱俩好好过　　　　　　　　/ 028

【Chapter 3】
她的事儿，我管一辈子　　　　　　　/ 057

【Chapter 4】
《春迟》　　　　　　　　　　　　　/ 073

【Chapter 5】
我不能每次都找赵平津　　　　　　　/ 090

【Chapter 6】
我都不知道，你这么恨妈妈　　　　　/ 110

【Chapter 7】
令堂辞世，节哀保重　　　　　　　　/ 135

目 录
CONTENTS
[下]

【Chapter 8】　　　　　　　　　／154
她挡了人的道儿

【Chapter 9】　　　　　　　　　／182
二姐儿要嫁进我们家了

【Chapter 10】　　　　　　　　／199
我只是不再执着地想要爱情

【番外一】　　　　　　　　　　／221
像春天对待樱桃树般对待你

【番外二】　　　　　　　　　　／240
He is a friend of mine①

【番外三】　　　　　　　　　　／253
爱与孤独并不矛盾

【番外四】　　　　　　　　　　／280
莫干山的夏天

①他是我的一个朋友。

Chapter 1
宝贝儿，不是他

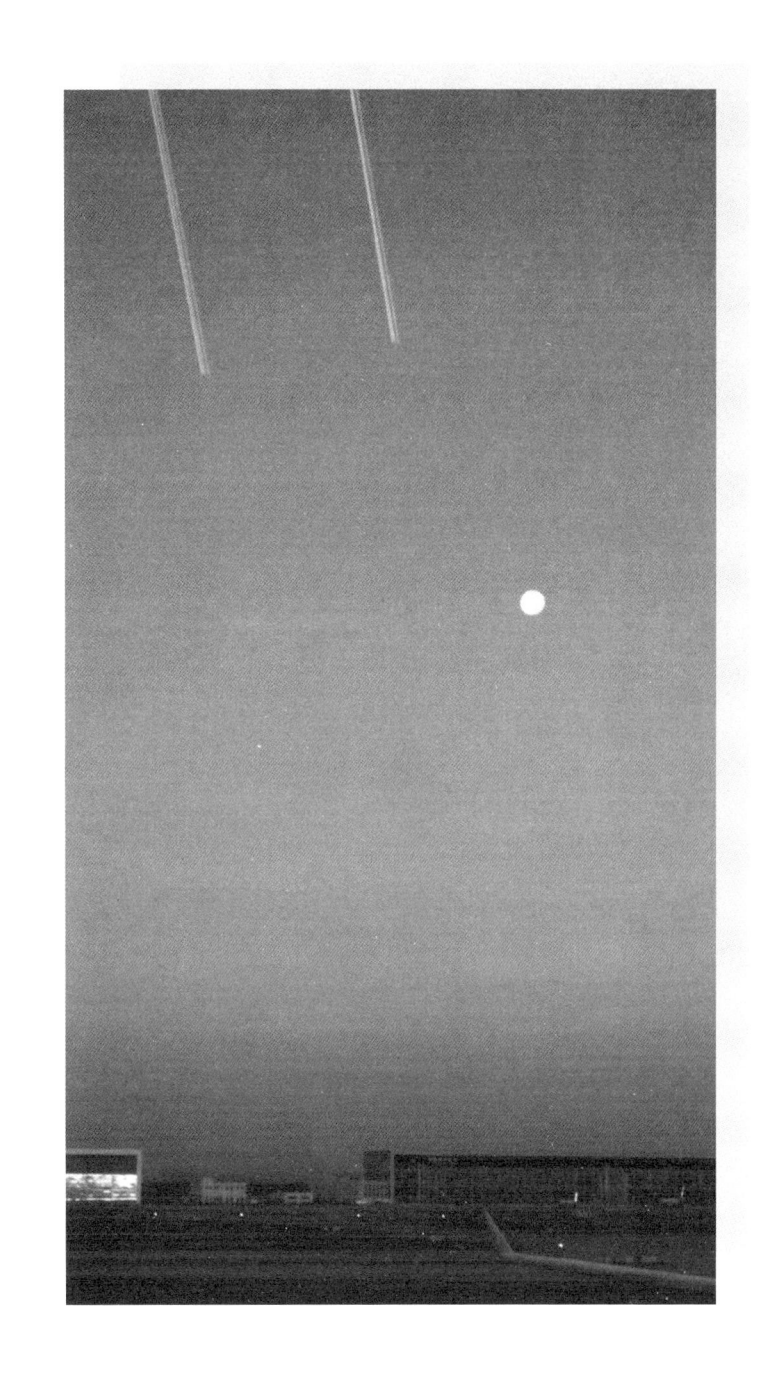

记忆中北京那个下雪的冬天迅疾而过，仿佛成了地铁站台旁一闪而过的模糊影子。

三月份的上海，深夜里雾水浓重，人一踏进夜色里去，缥缥缈缈一般。

倪凯伦开着车，穿过地下车库门禁时，仰头看了一眼，高耸楼层之间的夜空雾蒙蒙的，一片黑。

推开家门时，灯是亮的。

一个人趴在她家的沙发上，微闭着眼，小脸红唇，唇色糊了，黑色长发凌乱，身上穿了一条墨绿色的绸缎裙子，脱下来的丝袜被卷成一团扔在了地毯上，裙子下露出赤裸着的洁白纤细的小腿，仿佛一个从深山野林游荡出来的艳色鬼魂。

倪凯伦俯下身拍了拍她的屁股："为什么不回自己家？"

黄西棠的头埋在抱枕里，悄悄地说了一句："我妈没睡呢。"

倪凯伦露出了然神色，扔掉手上的鳄鱼皮包，坐到她身旁。

西棠往旁边让了让，屈起腿贴在她的手臂上，轻轻地摩挲。

"喂。"倪凯伦推了推她，"卸妆再躺，顶着这满脸的粉就睡？"

西棠嘟囔着答应了一声，懒懒的，不愿动。

倪凯伦说："欧丽祖上个月刚打了水光针，你以为自己还年轻？"

欧丽祖是公司新晋的小女孩，肉弹身材笑容甜，走年轻性感风。

黄西棠坐起来，说："二十岁就打针？"

倪凯伦说："二十几了吧。"

西棠意兴阑珊地"哦"了一声。

又是一个改年龄的，这个圈子里，年纪仿佛是女明星的洪水猛兽。

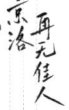

倪凯伦将她上上下下打量了一番："也就你们这种科班毕业的，档案学校都查得到，要不然……"

西棠晃晃手："我可不啊。"

倪凯伦没好气地怨："红得太晚，再过两年，男演员全都比你小，戏都没法搭了。"

西棠悠悠地叹了一句:"何止晚,还没红呢。"

倪凯伦一脚踹在她大腿上:"去卸妆!做女明星这么不勤力,我看你是要自取灭亡!"

西棠灰溜溜地去了。

等她洗了脸出来,倪凯伦在收拾化妆包,顺手丢了一支精华水给她。

西棠接过来,坐在沙发上,却愣愣地发起呆来。

倪凯伦盯着她素颜的脸瞧了半晌,十分不满意地评价了一句:"横店熬了这几年,好好的皮肤算是糟蹋完了。"

西棠听见了,冲着她撇撇嘴,做了个无精打采的鬼脸。

倪凯伦瞧着她那满不在乎的劲儿就来气:"你别给我不当回事儿,你以为你能赖在剧组一辈子不成?这个圈子多残酷,你要出去做商业活动。你往台上一站,跟别的女明星一比,气色不好,脸色蜡黄,还比别人黑了几号,娱记粉丝人人嘲笑你,到时候你就知道世态炎凉了。"

西棠瞬间觉得头都大了一寸,赶紧拿起化妆水往脸上猛地乱拍一通。

倪凯伦终于满意了,斜睨她一眼:"这么早回来,跟谢医生约会怎么样?"

西棠老老实实答:"吃了顿饭,然后回来了。"

"不看场电影?"

"不了,不方便。"

倪凯伦也知道她这不是借口,《最后的和硕公主》后期制作基本完成,已经定了下个月央视电视剧频道晚八点黄金档,现在预告片天天晚上在电视上播放,开始有路人认得她的脸。

前两天西棠跟倪凯伦在公司附近的一家餐厅吃饭,那天她打扮随意,也没做任何掩饰,一进门就被邻桌的一位女士认了出来。旁边那一桌似乎是中年阿姨团体聚会,经那女士一嗓子吆喝,她们身边立刻围满了一群凑热闹看明星的激动中老年粉丝。倪凯伦见多识广,拿腔拿调,以经纪人身份用她那港味浓重的普通话跟阿姨们热情地聊了几句,天知道她已经在内地混了快二十年,普通话明明说得十分标准，只是那群阿姨不知为啥特别吃她这一套，个个兴高采烈的。然后倪凯伦果断迅速地指挥着十几号人拍了张集体照，结束后立刻拉着黄西棠飞奔离去。

自此倪凯伦也谨慎了，后来西棠出门工作，都是上至经纪人，下至助理、化妆师层层保护，几乎把所有陌生人都隔绝开了。

眼看黄西棠又走神了，倪凯伦淡淡地说："谢医生人不错。"

黄西棠略微抬头看了倪凯伦一眼，自她认识谢振邦以来，倪凯伦从未发表过任何意见，她以为公司不喜欢艺人谈恋爱。

西棠眼中只有一股清冷之色。

倪凯伦说："女孩子还是要恋爱，不然脸上没有苹果色。

"我请谢君Google②你的名字，他不但没被吓跑，还主动跑来跟我说，他尊重你的公众形象。"倪凯伦想想都觉得有趣，忍不住笑出声来。

西棠认识谢振邦并不算偶然，第二次见面，他问她要电话号码。他站在医院的走廊上，从白大褂上方的口袋里掏出钢笔递给她，神色坦坦荡荡，健康的麦色肌肤，一笑起来，露出一口洁白的牙齿。

西棠没有理由拒绝他，因为他刚刚诊断过她母亲的病，只好礼貌地微笑着接过了他的笔。

下一刻，倪凯伦从走廊外面冲了进来，凶神恶煞地一把拍掉了她的手。

西棠只好冲着他抱歉地笑笑。

"I'm sorry③！"那个留洋青年医生的眼睛在镜片后微微笑，洒脱地摊手耸肩，带了一点点半真半假的调侃，"发生了什么事？你是不是没满十六岁？"

"长得挺帅的，受过西式教育，"倪凯伦开了头，越聊越高兴，她伸手戳了戳西棠，"哎，这可是女明星最爱嫁的款式，比那些肥头大耳的中年富商好多了，也难怪你妈妈这么关心，我说你……"

西棠一动不动地听着，忽然出声打断了她的话："好了，凯伦……"

她抬手掩住了脸。

倪凯伦停住了。

---

②搜索。
③对不起。

西棠沉默许久，低低地说了一句："我试过，很难投入。"

倪凯伦听出了她语气中的绝望之意，距离她从北京回来，快四个月过去了。

上一次她跟那个人分手时，剥皮抽筋，去了半条命。

这一次，人倒是齐齐整整，不但全身而退，而且所获颇丰，可灵魂却慢慢枯萎。倪凯伦知道，她只是不提，不是好了。

亏她还试图粉饰太平。

西棠捂住脸："人家一腔热情，我感觉很愧疚。"

倪凯伦安慰她说："约个会而已，又不是教你互许终身。大家都不是傻子，男人享受你美丽的外貌，性情还聪慧可爱，他日他若得不到想要的，自然会离开。"

西棠仰头看了看她，不再说话。

倪凯伦将她搂进怀里，她木着脸睁大了眼，已经没有眼泪了。

过了一会儿，倪凯伦接了一个工作急电回来，看到黄西棠仍然窝在沙发里，怔怔地发呆。

倪凯伦看她的侧脸，她已沉浸入自己的思绪里。她沉默的时候，翘鼻子透出一股子倔强压抑的气息。公司内部试拍过她的短片，投放在六楼视听室那张一百寸的屏幕上，一张脸占据了半个大荧幕，二十四帧的镜头几乎凝滞，满屏人物情绪特写，她的美，禁得住高清格式摄像机数分钟长镜头的拷问，素颜时眼角的一颗小小的雀斑都美得动魄惊心。

倪凯伦默默地盘算，手上有一部古装剧，还有好几个代言和综艺节目在谈，好的剧本也需要找……

她太了解这个圈子了，女演员三十岁前后是黄金般珍贵的光景，女性的美基本到达了巅峰状态，生活历练也出来了，把握和诠释角色，再没有比这几年更好的时光。

女演员的青春易逝，如果这几年不能大红，那就几乎没机会了。

黄西棠必须抓住机会——回到大银幕。

早晨七点，西棠抵达剧组外景场地，今天剧组转场，在郊外的一家连锁奢侈度假酒店取景。

由大河影视传媒和上海星艺影视公司联合出品，陈肇亮执导的都市言情剧《刚刚好的恋人》正在此地取景拍摄，西棠今年上半年的工作排得满满当当，连春节都是在剧组过的，拍完这部连续剧，下一部签好的悬疑电影已经在等着了，好在都是现代戏，出戏入戏没有那么难，但就工作强度来说，这是拼了命了。

公司上下都习以为常了，签约多年的艺人终于红起来了，合约却即将到期，公司为了抽取片酬，都得往死里给艺人接工作。化妆师欣妮每天早上给西棠化妆时，她一张脸因为睡眠不足，几乎是浮肿的，整个人都还在半梦半醒之间。

连助理都觉得她可怜。

全公司上上下下，大概只有倪凯伦明白，这还不算最坏的事。

这半年多来，黄西棠要是不接工作，更得出事。

摄影棚内主场景的戏份已经基本拍完了，剧组最近频繁出外景，外景拍摄起来绿树红花光影流溢，但对于演员的考验不小，如果在建筑区内还好，要是在野外，光上厕所就是个世纪难题。

西棠到的时候，主演休息的棚子还没搭好，场务和工人在支帐篷。

西棠笑着挤到群演的棚子底下，一个群演大姐用筷子戳开了一个包子，分了一半递给她。

西棠问："什么馅儿？"

大姐清脆地答："白菜。"

西棠接过了，拉了张折叠椅坐下："谢了啊。"

群演里坐着张爷，他今天演一个做人肉背景的大老板，穿着西装马甲，梳着油头冲着她乐："西爷，今儿你可不是第一个，有人比你早。"

倪凯伦对手下艺人的第一项要求，就是开工一定要守时，绝不能叫全剧组人等你一个，这是做演员的大忌，哪怕之前吴贞贞，在剧组里派头大得跟皇后似的，每场戏都是老老实实按时到的。

现在这部戏三个主演里头，西棠通常都是第一个到。

西棠好奇地问："谁？"

大家集体冲着停车场努努嘴。

西棠远远望了过去，原来女二号的保姆车已经停在了酒店停车场。

演女二号的演员叫何露菲，她跟章芷茵是一个公司的，两人以前并称"国视双花"。后来章芷茵拍了几部不错的剧，拿了视后，奠定了在业内的地位。而何露菲据说因为插足一位圈内知名导演的婚姻闹出过绯闻，后来沉寂了一阵子，再出来，就比较少人提了。

过了一会儿，助理打着伞，何露菲袅袅娜娜地下车了。

虽然是夏天，可早晨的山上还是有点凉的，走近一看，她穿了件露肩紧身洋装，戴了整套妆发，一张脸描绘得十分精致。

西棠瞧了自己一眼，因为拍戏要穿服装师准备的衣服，西棠来开工时一般都很随意，牛仔裤、白T恤，妆也不化，都是来了才化的。

瞧见这阵势，西棠悄声问了句："今天有记者来？"

这时助理阿宽挤了进来，胖乎乎的身体格外灵活，迅速从包里掏出了一个罐子，往她脸上轻轻拍了一层粉，遮住了她因睡眠不足而出现的黑眼圈。

西棠的皮肤底子好，白皙通透，粉色唇蜜一抹而过，脸庞已恢复了光彩。

这时，男主角杨一麟晃晃悠悠地来了。

这哥们儿穿一双人字拖、一条黑色短裤衩、一件长袖白T，头发蓬乱，脸上一副睡眠不足的神色，后面跟着几名娱乐记者。

场记把主演休息的棚子搭好了，助理打开椅子招呼他坐。

杨一麟对着西棠牵牵嘴角，算是打招呼。

娱记一上来，迎面而来的正是盛装登场的何露菲。记者立即将她围住了，一阵招呼喧闹之声、照相机咔嚓声不断响起。

西棠蹲在一堆群演里头，仰头看了看，手里还捏着半个白菜包子。

杨一麟对着西棠拍拍手："起来。"

他拖着她的手往外走，也不招呼记者，施施然朝着剧组的摄影棚走去。

记者立刻转头看他俩。

镜头一转过去，两个人都是修长身形，白衣飘飘，轻松惬意，衬着早晨的绿树花荫，十分赏心悦目。

记者的眼睛都亮了，立刻调转脚步，将两人围住了。

何露菲立刻挤了过来，露出明媚笑容："一麟哥，早安。西棠姐，早安。"姐。

西棠在心里翻了个白眼。

娱乐圈里各种人物之间的称呼，那路数门道是深得不得了，尤其是女明星，年龄基本决定了演员的戏路和角色的戏感，因此女艺人之间，但凡年龄相仿，若是不想得罪人，谁都不会轻易称呼谁一声姐，比如之前的吴贞贞，除开那种晚了一辈的完全没名气的小演员，若是同辈艺人给她配戏，谁敢在媒体前叫她一声姐，那基本就不用在这个剧组混了。这位何露菲小姐，即使官方公布的资料真实，不也就比她小几个月。

黄西棠刚刚红起来而已，在这部戏里还演个小姐呢，何露菲这种老江湖称她一声姐，简直能杀人于无形。

何露菲红得比她早多了，早先也演过一些女主角，这一两年，人气有点下去了，接的多是演女二的戏，但人家胜在有长期斗争经验。

西棠有点怵她。

开机仪式上，何露菲一个手肘横过来，挡住了西棠半边胸，西棠没发觉，只注意到了倪凯伦冲着她龇牙咧嘴的，待到她回过神来，照片已经拍完了。

倪凯伦气得在回公司的车上骂了西棠整整一路，说西棠是她带过的最笨的艺人。

入了组，西棠很快察觉到何露菲对自己的恶意。

西棠和何露菲是第一次合作，之前从未打过交道，不明不白得罪了人，她打电话给倪凯伦。

倪凯伦一副见怪不怪的样子："她要是喜欢你，那才是奇了怪了，你这角色，本来是她的。"

西棠轻轻地"啊"了一声。

"签这部戏的合约的时候,你的背景还是能压死人的,明白?"

西棠在电话那头沉默。

倪凯伦说:"别想太多,横竖不过一部戏,拍完拉倒吧。"

一开始拍戏的时候,何露菲老是自己加台词。

怀着些许愧疚,西棠一开始还忍,后来实在忍不住了,一发现她加词,西棠立刻停下,一脸纯洁无辜的懵懂状:"导演,剧本上没有这句啊……"

导演注视着监视器,看着两个人停了下来,恼火地从椅子上站起来,举着喇叭破口大骂。

这样几场下来,何露菲终于消停了。

化妆师在休息室一边替西棠妆面,一边和她聊刚刚的采访的情况。

刚才有记者问西棠,跟杨一麟搭戏,会不会被电到,又或者,合作过的男明星,比如印南,比如麟哥,谁比较帅。

西棠笑着打太极,称赞杨一麟帅,笑容诚恳,目光真诚。

杨一麟是真的好看,别看他在剧组里天天穿件邋遢的灰色老头棉衫,可镜头一开,他穿着西装吹了头发,一双桃花眼波光四射,连片场里打扫的阿姨都被他电得脸颊泛红。这个圈子里,最不缺的就是好皮相,杨一麟也敬业,之前二月份在大冷天拍雨戏,他从不抱怨。

只是西棠知道他和印南还是不一样的。

跟杨一麟对戏,几场戏之后基本就明白了,他套路固定,十分轻松,而跟印南演对手戏时,压力自始至终、无处不在,她感受到他的角色张力和情绪饱满的程度远非一般的当红小生可及。有时和印南对戏时她太入情,导演喊cut的时候,她整个人几乎虚脱。

她不知道观众能否看得明白这些表演上的不一样,但作为演员,她清楚地明白了自己努力的方向。

化妆师又开始聊剧组八卦,杨一麟在台湾有固定女友,一个月飞来大陆两三次,其余时间,也有不同女生从他房间里走出来。

黄西棠在休息时偷偷问过助理阿宽:"他女友知道不知道?"

阿宽答:"知道。"

阿宽小小眼睛里泛着亮光，故作神秘地说："据说男方承诺会在三十五岁前娶她，而且据说片酬全部交给她，从不在别的女生身上花钱。"

西棠纳闷："不花钱还能有那么多女孩儿？"

"他在娱乐圈有些人脉，制片人也看他面子，他手上有资源，能拍上戏。"阿宽捂嘴娇羞地笑，"而且，扑上来的粉丝不计其数。"

西棠狐疑地望了她一眼："你笑成这样是什么意思？"

阿宽推了一下她的肩膀，扭扭捏捏地说："哎哟，我以前读小学时很喜欢他演的杨康。"

化妆师在旁边搭腔："他女友咧，一身高级名牌，每次来，麟哥对她那是千娇百宠啊，赚那么多，从不管钱，投资都是女友操办。"

西棠看得出，杨一麟也有他的好处，他有一张俊俏无双的脸，钱财方面从不吝啬。他很爱女友，但这也不影响他私生活混乱。

天下光怪陆离的事，在这个圈子，能达到极致。

除了杨一麟，何露菲也不是个省油的灯，她在剧组里的文替有两个，台词用配音，除了拍近景时会出现在片场，其余时间基本不见人。

这简直是西棠出道以来拍过的最轻松的剧。

周一下午。

黄西棠放工，从摄影棚走出来，看到倪凯伦的车停在门口。

倪凯伦下车来，挥挥手让西棠的助理下班，阿宽高高兴兴地走了。

西棠坐上她的车子："我答应老妈回家吃饭啊。"

倪凯伦一边倒车，一边说："我出门时跟你妈打过招呼了，说你晚点回。"

西棠看了她一眼："今晚去我家吃饭吧？"

倪凯伦一扭方向盘，笑吟吟地答："那必须的。"

西棠回到上海的第三个星期，倪凯伦带着她上楼，打开了她家楼上那套房子的门。

两百平方米的简装房，硬装用料极好，墙面刷了简洁的白，阳光透过巨大的落地窗洒进来，褐色的木质地板泛着一层淡淡的光泽。

倪凯伦说了句:"下午你来签个字。"

倪凯伦瞒着她办妥了一切前期手续,只等她最后签字。西棠知道这件事后,沉默许久,倪凯伦知道,她不答应。

第二天,西棠在公司见到了郭天钧。

他只带了一个秘书,搁下文件后,秘书就退出去了。

郭天钧戴一副半框眼镜,还是儒雅老成的旧模样,笑着道:"棠棠人儿,好久不见。"

西棠见到他,也没法板着脸了。

他是京创科技的第一任 CFO[④],后来退出京创自己创业,现在是京城知名会计师事务所合伙人,西棠没料到的是,他仍然在给赵平津做私人财务顾问。

京创在中关村成立的时候,只有一套房子,房子是赵平津出国读书前就买下的,客厅拿来办公,卧室是一张大通铺,大家轮流睡,乱得跟猪窝似的。黄西棠那时候跟郭天钧的女朋友一起,常常给他们几个男人做文秘工作,外加做饭、收拾房子。

后来西棠离开了北京,就再也没有和他见过面了。

郭天钧主动提起来:"舟舟有没有跟你说,我跟程融结婚了,孩子四岁多了?"

西棠替他们高兴,笑着问了一句:"男孩女孩儿?"

郭天钧说:"姑娘。"

他拿出手机给她看照片。

郭天钧这只老狐狸,不谈业务,只叙旧情。

两个人聊了别后境况,郭天钧说程融也在看她的电视剧,刚刚看完她演的大公主,知道他要来,还想一起来,奈何女儿缠人,又问她最近忙不忙。眼看西棠慢慢放下了心防,郭天钧说了句:"西棠,不用跟自己过不去,那是你应得的。"

那套房子地段极好,户型最优,还附带了一个花园阳台,是业主买下做投资用的,空置了一年多,待价而沽,价格有多高,不用想也知道。

郭天钧瞧见她沉默着,推开了手上的合同,略微倾了倾身子,向着她的

[④]首席财务官。

方向，语调平缓："当初公司 A 轮融资完成，他在期权池留了百分之五的股权给你，转让的合同他都签了。你们突然分手，他后来没提过这事儿，我以为他早忘了，这次突然让我过来，我这才明白了，他心里就没放下过。"

郭天钧秉承着专业态度劝了她一句："第一批员工的行权价格，搁在如今的京创，何止买那样一套房子。"

西棠从来就没想过要他公司的股份，而且她早离开了公司，时隔多年，如今再谈，更加觉得遥远渺茫，她只淡淡地说："我不想要他的东西，我不是图这个。"

郭天钧看着她，人虽然变得冷淡了，也成熟了许多，但这一瞬间，面上一闪而过的倔强神色还是跟以前一模一样。郭天钧纵然看惯了人间百态，这一刻也禁不住觉得有点可惜，不知是为她，还是为赵平津，最后只好轻轻说了句："他知道，他就是想让你过得好点。"

西棠最终还是签了字。

倪凯伦进来送郭天钧出去，笑吟吟地说："赵先生真是大方。"似赞似贬，暗藏杀机。

郭天钧来时早收了风声，知道这个经纪人不好惹，他只不动声色地微笑："再见，倪小姐。"

西棠的心情很复杂。

房子很舒适，她添置了家具，回仙居将妈妈接了过来一起住。

她自离家去北京上大学就离开了妈妈，除了中间那段妈妈陪着她隔绝人世地住在医院里的混沌日子，这是差不多八年之后，母女俩重新在一起生活。

西棠给妈妈装修了一个最好的厨房，中西两式的厨具一应俱全，又抽了一天陪妈妈去久光买了成套的瓷器。

西棠知道她喜欢这些。

尽管多年来过着艰辛的生活，妈妈也会在晚上小店打烊之后，温一壶绍兴酒，配一碟豆腐干，慢慢地吃一顿晚饭，即使餐具用的是青花糙碗，她也会刷得干干净净的。

住楼下的倪凯伦来家里吃饭，第一次吃她妈妈做的菜时，吃光了两碗米饭，然后追在她妈妈的屁股后说了一个晚上的好听话。

倪凯伦就是凭借一套浮夸的溢美之词成了她老妈的新欢，每次她一回家，妈妈都要说一句："喊倪小姐来吃饭呀。"

黄西棠的合约还没到期，公司给她签的戏约满满当当的，驱赶着她拍戏抽佣金，因此她的时间都被公司压榨光了。

西棠没有空的时候，倪凯伦就顺路开车载她妈妈出去。倪凯伦待她妈妈很客气，怕她妈妈一个人在家寂寞，就替她妈妈报了老年大学，她妈妈天天去上课，跟一群老头、老太太练书法、跳舞。

《最后的和硕公主》杀青之后，西棠从北京回到了上海，黄浦江的跨年烟火过后，进入了新的一年，西棠有一个很短的休息间隙，新戏没有开拍，她在倪凯伦家里看剧本。

寄人篱下，懂得做人，她从不表露情绪。那时候助理还是小宁，西棠经常给她放假。那时《最后的和硕公主》还没开始宣传，黄西棠依旧是个名不见经传的小演员，倪凯伦也没空每天管她，看剧本看得累了，她就自己一个人搭地铁去外白渡桥，混杂在来自各地的嘈杂游客中，看着浑浊的苏州河，缩着肩默默地吸烟。

倪凯伦怕她想不开，没过几天就替她多招了一个助理阿宽。阿宽尽职尽责，去哪儿都紧紧地跟着她。其实时间过得很快，只是沉浸其中的人觉得漫长。一月八号那一天，倪凯伦安排她提早一天离开北京去杭州，早上宣传，中午拍照，下午录影，晚上还有一场商业应酬，收工的时候已是倦极，还喝了不少酒，回到酒店后倒头就睡。

第二天醒来，她茫茫然坐在酒店的床上，头痛欲裂，披头散发，眼圈乌黑，发现新年的第一个周末已经迅疾而过。

西棠浑身发凉，瑟瑟发抖，一动不动地坐在凌乱的被褥间，心里却明白，自己终于安全了。

第二天她回到剧组拍戏。剧组隔绝了外界的人与事，形成自己一方热闹的小天地，她被倪凯伦排得密密麻麻的行程表推着往前走，不知不觉，忽然就是夏天了。

记忆中北京那个下雪的冬天迅疾而过，仿佛成了地铁站台旁一闪而过的模糊影子。

倪凯伦带她去了鹿鸣书店。

西棠戴了一顶棕色窄檐的编织帽，下车时，戴了个黑色口罩，长发遮住了半边脸。

书店里的人不多，环境很安静，西棠放下心来。

倪凯伦带着她走到了当代文学的架子旁，左挑右拣，拿了一大摞书，转身塞到她手里。

西棠用左手抱着，右手使不上力，差点没把书都摔了。

把手肘撑在身体上稳住了那摞书，西棠埋头看了看，抽出一本放回架子上。

"这本我有了。

"唔，这本也有，只是没有这个版本。"

"这本繁体的留着好了，我也看看。"倪凯伦又拉着她走到历史书的架子前。

西棠跟在她身后悄声地说："你为什么要看这个？"

倪凯伦说："唐亚松的新片，剧本审查上周通过了，已经拿到了拍摄许可证。"

西棠闻言，眼睛微微一亮。

这位是在中华人民共和国成立后的电影事业发展中，以擅长讲述中国式故事而获得了极大成功的导演，是所有电影人心目中里程碑式的传奇人物。

唐亚松毕业于西棠母校的文学系，西棠反复观摩过他的所有片子，在电影学院的课堂上，他的片子是表演课的经典教材。

距离上一部《没有人接收的来信》，唐亚松已经将近四年没拍电影了，业内一直说他在写剧本，只是处于保密状态。

倪凯伦眼里闪着野心勃勃的光："你先做好准备，唐导的戏挑人，据说这一次女主角没有选到合适的新人，有可能会让所有适合的女演员试镜。"

西棠心底有点激动，但她比倪凯伦悲观，这件事有多难，她知道。

倪凯伦一向有野心："试一试总是好的。"

西棠点点头说："你去喝杯咖啡，等我一会儿？"

倪凯伦说："好。"

倪凯伦知道带她来书店，一时半会儿她不会走。

倪凯伦喝了杯咖啡，处理了几封工作邮件，半个多小时后，西棠过来了，身旁紧紧地围绕着几个脸上泛着红光的年轻孩子。西棠微笑着说："请我同事帮忙拍吧。"

她用眼神询问倪凯伦的意思。

倪凯伦立刻把身旁装着书的袋子不动声色地移开，十分亲切地低声说："不要打扰别人哦，我们这就走了。"

那几个年轻的大学生激动地互相拉着手，眼里闪烁着兴奋的光芒。

倪凯伦帮他们拍了照片，又亲自检查了一遍，才轻声细语地道谢，挽着西棠离开了书店。

倪凯伦对今天的行程挺满意的："今晚让宣传盯一下微博，如果他们把照片发上去了，可以找相熟的媒体帮忙宣传一下。"

身边的人没搭她的话，安安静静的。

倪凯伦侧头看了一眼，黄西棠灵魂早出了窍，完全没听见她的话，眼睛直勾勾地望着窗外。华灯初上，热热闹闹，路边年轻的女孩儿牵着高大清秀的男孩子，空气中荡漾着青春的欢声笑语。

西棠一动不动地望着，眼里全是若有所失的迷惘。

八月中旬，黄西棠飞抵北京，参加第二十七届北京电视艺术节启动仪式。

《最后的和硕公主》作为今年上半年最具分量的电视剧，入围了"最佳长篇电视剧""最佳导演""最佳编剧""最佳男主演""最佳女主演""最佳视觉艺术"整整六项大奖，是今年目前为止收视率最高、口碑最好的剧。

只是男主演印南拍完戏就会休息一段时间，不跑宣传，也不出席奖项宣传。自他拿了几座视帝奖杯之后,他签的合约就一向是这样,制片方也无法多做要求。西棠作为女主演,只好卖力站台吆喝。

李莫文也来了,剧组解散后,西棠还是第一次见他。他长期居住在北京,在剧中饰演男二号程勉雨,前期戏份多,俊逸洒脱的留洋进步青年外形和对大公主用情至深的感情戏份引得不少女粉丝泪水涟涟。

西棠与他拥抱。

西棠与李莫文去北京台录节目,倪凯伦忙着招呼拥成一团要采访西棠的媒体。

李莫文经纪人在旁打趣说:"哎哟,凯伦,留点地方给我们家艺人啊。"

倪凯伦一把搂住她:"咱俩谁跟谁啊,一会儿我们两家粉丝一块儿坐。"

从机场到酒店,从酒店到录影棚,从录影棚回酒店,一天折腾,总算结束了工作。夜里西棠站在酒店的窗边,看着窗外,黑色天幕下,霓虹灯仿佛也带了层灰,高楼之下的北方城市巨大而空洞。

第二天早上,倪凯伦出去谈生意,西棠躺在开着冷气的房间里敷面膜,她不打算出门。

她记得七月的北京,拍《橘子少年》时,就是在七月。当时他们剧组在市委党校大院里拍戏,高大的槐树枝叶繁绿,知了一声一声地叫着,阳光明晃晃的,她站在树荫下眯着眼仰着头。皮肤露在树间一小块缝隙透下来的阳光里,也不出汗,就是干燥。黄昏时分,会有老头、老太太推着婴儿车在街边缓慢地散步,一片惬意。

帝都昌平盛世景,容不下伤心失意人。

第二天下午,她们在首都机场的候机室等飞机。

倪凯伦应酬太多,顶着一张困倦脸,不断地喝咖啡。

西棠戴着墨镜一言不发。

她只搽了薄薄一层粉底,眼睛没有妆,望着落地窗外放空。

一年之前,她来北京拍《最后的和硕公主》,仿佛是上辈子的事情了。

助理在候机室里四处溜达,喝咖啡和吃点心,西棠和倪凯伦两个人坐在座位上发呆。

飞机不知何故晚点了，贵宾候机室里有几声压低了声音的抱怨，机场的工作人员在轻声安抚大家。

这时后面有手机铃声响起，响了两声后电话被接了起来，她们身后不远的座位上传来了一个男人的声音，沉厚低醇、字正腔圆的普通话，带点儿京腔："周女士，哎哟，您今儿得闲儿，怎么想起您儿子来了？"

西棠心头猛地一震，抬头看了一眼对面的倪凯伦。

倪凯伦一下没反应过来，看了一下她的神色，瞬间也愣住了。

西棠的脸色开始发白，嘴角也有点发抖。

倪凯伦从座位上抬起半边身子，极快地看了一眼对面，忽又坐下，脸色也不太好。

看到倪凯伦的神色，西棠瞪大了眼，一动不动。

后面的男人此时却走开了接电话，声音逐渐低了下去，不再听得清楚了。

倪凯伦心一横，索性站了起来，仔细地看清楚了后座的人，继而颓然坐下，压低了声音说："宝贝儿，不是他，不是。"

西棠一颗心跳回原处，却仍在扑腾不停，她掩住脸，缓缓地松了口气。

下一秒，墨镜遮掩着的脸颊上，一道细细的泪流下来。

倪凯伦抽纸巾给她。

她眼泪一落下来，便簌簌而下，顿时有点控制不住自己的情绪。

倪凯伦眼看她紧紧地捏着半杯咖啡，肩膀在颤抖，虽在极力地压抑声音，但还是惊动了旁边的旅客。

倪凯伦气急败坏地起身，坐到她身旁，遮住了旁边的视线："别哭，你想被拍吗？"

西棠听到她的话，咬着牙吸了口气，想控制住自己，但完全没办法，喉咙被呛住了，堵得更难受。

倪凯伦拨电话让助理回来。

小姑娘阿宽有胖胖的背，西棠躲在她的身后掩住脸，抽抽噎噎地哭。

地勤在门口指导登机了，倪凯伦给她披上外套，戴上口罩，拖着她往登机口走。

西棠被助理和倪凯伦"挟持"着走进飞机，在座椅上躺下。

从北京到上海的航班上，她也不说话，就蒙着脸，悄无声息地流眼泪。

那一趟飞机的头等舱里旅客很少，空乘过来，悄悄往黄西棠的位子望了一眼，俯下身关切地问："倪小姐，需要帮助吗？"

倪凯伦恨不得多要张毯子把她捂住算了，为了一个绝情无义的男人，脸都丢尽了，脸上却保持着微笑，对乘务员摇摇头。

倪凯伦看着侧着身、背对着自己的黄西棠很担心，自打去年新年从北京回来，离了赵平津，她估计连命都不想要了。

她太平静了，迟早得出事。

从北京回来的第二天，黄西棠回剧组补拍了两组镜头。那几天上海刮台风，空气清新幽凉，铅灰色的云在天空中翻卷而过。

西棠准时到了片场，坐在化妆室里，发型师一边给她卷头发，一边跟她聊八卦，说是今天一大早男主演杨一麟和他的助理在酒店，被正牌女友逮了个正着。

三个人在酒店大叫大闹，整个剧组的人都跑出来看。

西棠一边听一边笑，问了一句："那麟哥今天还来吗？"

发型师笑嘻嘻地答："来呀，怎么不来，在化妆了。"

做他们这一行，都把这些男女俗事儿当笑话看。

西棠悄悄环视了一眼身边，今天早上她的助理刚到片场，就被倪凯伦一个电话叫回公司去了，阿宽没在屋子里。

娱乐圈的人来来去去太快了，浮华糜烂的风气盛行不衰，一个剧组的男男女女捆绑在一起几个月，谁也说不准会发生什么。

西棠想起之前拍这部《刚刚好的恋人》住在酒店的时候，半夜里，阿宽会遮遮掩掩地出去，大概清楚西棠并不喜欢杨一麟，所以故意避开她，其实员工下了班后喜欢做什么消遣，她从不会干涉。

黄西棠只埋头专心读剧本。

下午五点多，西棠从剧组里出来，冒着大雨马不停蹄地赶回公司去开会。

自从她入围北京电视节最佳女主角的消息公布后，她的各种负面消息就流出来了。

稿子写得亦真亦假，有爆料，也有传闻，言之凿凿的基本上是说她整容和吸烟，还有一些更不堪的谣言，各大娱乐媒体没敢报，流传在几个论坛的爆料帖里。

有几张她在片场工作间隙吸烟的照片被贴在网络上。

倪凯伦召她去公司。

西棠推开了会议室的门。

娱乐公司真的是个很奇怪的地方，公司里的人每天的工作就是围着各路明星打转，看着各种打扮得光鲜靓丽的明星跟换装人偶玩具似的走来走去，而工作人员的穿着打扮却是两个极端，比如西棠的助理阿宽，天天都穿一条看不出年份的旧牛仔裤和黑T恤，还有她的化妆师欣妮，每天摸过的各种顶级品牌的水粉胭脂无数，自己却永远素面朝天。另一端是派头比明星还明星的，比如倪凯伦，一身奢侈名牌加持，永远目光炯炯、神色逼人，再比如坐在正中，一头闪亮金黄色短发，钻石耳环闪烁，外加手上数个镯子叮当晃动的公关部主管苏滟。

苏滟看见她进来，招招手："宝贝儿，快进来。"

倪凯伦正在审问阿宽："她现在在片场还抽不抽烟？"

阿宽没敢接话。

西棠弱弱地答："偶尔……"

倪凯伦跟阿宽说："以后不让她在公众场合吸烟。"

阿宽点头如捣蒜。

倪凯伦转头问她："你觉得照片是谁拍的？"

西棠摇摇头，她在《最后的和硕公主》的片场吸烟的照片，现场任何一个工作人员都可能偷拍。

负面新闻一大堆，倪凯伦却完全不着急，看起来，她跟苏滟都挺高兴的。

西棠知道，在娱乐圈，整容这个话题是女明星们屡试不爽的炒作方式。苏滟推开了手边的笔记本电脑，凑过来笑吟吟地跟西棠说："西棠，一天几万点击量，外加各路粉丝来凑热闹，省了我们组一个月宣传费了。"

西棠谦虚地笑。

倪凯伦跟苏滟商量事情，西棠在一边偷偷喝了一口阿宽的奶茶。

倪凯伦转眼看见了，不动声色地瞥了她一眼，目光饱含杀机。

西棠赶紧将奶茶塞回阿宽手里。

苏滟问西棠："整容的事，记者问，怎么答？"

西棠正珍惜地含着那口奶茶，悄悄地嚼着两粒"珍珠"，苏滟这一问，她噎了一下，差点没翻个白眼。她慌忙一口咽下了嘴里香香甜甜的奶茶，清脆地回了一句："关你什么事。"

苏滟一拍手掌，响亮地应了一声："漂亮！"

傍晚，空气中仍然热浪滚滚，已经秋分了，北京的气温仍在持续上升。

倪凯伦走下计程车，走进灯火辉煌的大楼，看了看酒店大堂里的指引牌子。

方家跟欧阳家今天在王府半岛办满月宴。

倪凯伦找到了宴会厅，在签到台包了个大红包，恰好方朗佲夫妇在宴会厅的入口处招呼客人，倪凯伦上前去跟欧阳青青打了个招呼。

青青高兴地和她握手："倪小姐，谢谢你来，西棠好吗？"

倪凯伦场面功夫十足，笑吟吟地说："挺好的，西棠没空，难为你还有心记挂她，恰好我在北京出差，特地嘱咐我一定要来。"

两人笑着寒暄了几句，转头又有客人进来。

方朗佲冲着来人招招手："晓江，这边。"

倪凯伦转头看到陆晓江，脸上的笑顿时收敛，继而发现他手臂上挽着一个年轻女人，着一身蓝色连身裙，拎古驰新款米色手袋，应该是他的太太。

倪凯伦往旁退了一步。

陆晓江看见她，神色也不太自然，但仍客气地招呼了一声："倪小姐。"

倪凯伦点点头："陆先生。"

陆晓江没敢跟她寒暄，带着老婆走进了酒店大厅。

倪凯伦工作忙，不入席，借故向青青告辞，转身往外走去。

倪凯伦下了楼走到酒店的门口，忽然迎面而来一个穿西装的高大男人，略带惊喜的声音响起："Karen⑤？"

宴会厅里的客人基本都坐满了。

方朗佲招呼了一圈，走到了大厅前排右侧的一桌，扫了眼空着的两个位子："还没来呢？"

高积毅逗弄着他老婆抱在怀里的儿子，答了句："没影儿。"

方朗佲也忙了大半天了，这桌都是自己人，他就坐下来歇会儿。

没过一会儿，沈敏匆匆进来。

高积毅站了起来："赶紧的，就等你呢。"

沈敏告歉几声，坐在了一个空着的位子上。

"哎，小敏，老板忙起来不要命，你也遭殃？"说话的是陆晓江的大舅子钱东霖。

沈敏取过热毛巾擦手："我还成。"

席间还有几个熟识笑着寒暄："小敏，好一阵子不见了，现在调回来了？"

沈敏笑着答了。

高积毅拿眼觑了觑坐在席间的陆晓江，低声问沈敏："舟子真不来？"

一瞬间，沈敏的笑容不见了，只谨慎地点了点头。

方朗佲说："算了，他也不方便。"

高积毅点点头，也不再多问了。

宴席晚上九点多结束，宾客陆续告辞，女眷们约着去做 SPA⑥，高积毅约着几个哥们儿在酒店里打了会儿牌。

十一点多的时候，牌局散了，陆晓江趴在沈敏的车窗上："小敏哥，搭个车？"

沈敏还是那副平静的表情，语气却没有什么温度："您没开车来？"

陆晓江说："方才喝了酒。"

沈敏按了下车门锁。

---

⑤凯伦。
⑥水疗。

陆晓江道了声谢，坐上了副驾驶座。

车子融进了北京的璀璨夜色中。

陆晓江出国之后，不常回来，后来北京这边的事情不少，他就时不时回来一趟。陆晓江回来了，自然是要约几个发小吃饭，但赵平津从不露脸，沈敏自然也是不到的，因此沈敏跟陆晓江很久没见了。

陆晓江明白，沈敏虽然外表看起来斯文，对谁都和和气气的，但他对赵平津的感情，那是瓷瓷实实的。赵平津性格强硬，陆晓江有时候有事找赵平津说不上话，找沈敏帮忙，他能在赵平津那里迂回地帮忙缓和一下。

沈敏对赵平津一向如同对兄长般维护和尊敬，因为赵平津跟陆晓江不对付，沈敏现在也不待见他。

两个人一路无话，车子要开到陆晓江岳父母处了。陆晓江父母移民之后，北京的房子租了出去，他回国内时，一般是随着妻子住岳父母家里。

钱家在国盛胡同的四合院，跟赵家就隔了一堵墙，此时，深宅大院黑漆漆的，远远望去，只见零星几盏灯火。

陆晓江打破了沉默："舟舟在哪儿？"

沈敏客气地答："我傍晚过来时，他还在公司里。"

陆晓江迟疑半晌，小心翼翼地问："小敏，我能不能……见见他？"

沈敏依旧维持着温文尔雅的风度："这你要问他。"

陆晓江碰了个不大不小的软钉子，脸颊一下有点发红。

沈敏忍了好一会儿，忽然不轻不重地说了句："他前两天回了趟西北老家，刚回来，家里头那么多事，也挺不容易的。"

陆晓江鼻尖顿时酸了。

沈敏猛地一脚踩下刹车，车子停在胡同口，他面无表情地说："到了，您下吧。"

沈敏将车慢慢地倒出了胡同口，搁在驾驶座旁的电话在响，他看了一眼屏幕，是赵平津的秘书。

沈敏伸手接了。

打了两分钟电话，沈敏结束了通话，开车往自己家里去。

高架桥上灯光无休无止地闪烁，沿着主道开了两条街上了三环，他一边开车，一边想着事儿。下了高架桥，沈敏猛地一扭方向盘，然后将车停在了路边。

定了定神，他抬手拨电话。

电话拨通了，但没有人接。

沈敏盯着发亮的手机屏幕，一动不动地等着，几乎是到了快断线的最后一刻，电话那端传来了一个婉转低柔的女声："您好。"

沈敏轻声说了一句："西棠？"

黄西棠在那端客气地答了一声："沈敏，是我。"

自她离京之后，赵平津这边的朋友都有意避嫌，包括青青孩子百日宴的邀请，都是通过她的经纪人联系的她，再没有人打过她的私人电话。

她知道沈敏不是行事轻浮的人。

只听沈敏在那头很和气地问："你在北京？"

西棠应了一声："嗯，你怎么知道的？"

沈敏看了一眼车上的液晶屏，晚上十一点多，有点儿晚了，他说："我刚从朗佲宴席上下来，瞧见你经纪人去了。"

西棠不欲多问，只轻轻应了一声："原来是这样。"

"忙吗？"

"还行，怎么了？"

沈敏不再兜圈儿，直接问了一句："西棠，我能不能……求你件事儿？"

沈敏第二天八点准时上班。

中原集团在北京总部的办公大楼矗立在朝阳门外，肃穆森严，远远望去，只见一幢巨大的灰色大厦，大门外有哨岗，游客不能靠近。

沈敏的车驶入车库，看到赵平津的那辆黑色大车已经停在专属车位里了。

沈敏上楼进了办公室，赵平津早上有两个会，一个是跟下面的管理部门开，审核最近开发的一个民爆器材的项目，这样的会，有时沈敏替他做发言，他一般话不多，听完了，做决策就可以。

十点会议结束后，赵平津还有另外一个跟董事局的会议，这种高层的会议，除了一个心腹秘书做会议纪要，与会的都是董事会的董事。赵平津要去谈薪酬考核，这个考核提了半个多月了，一直没有通过，每次赵平津上去跟那帮老骨头商量事情，都十分艰难。

果然，快到一点了，赵平津才从楼上的董事局会议室下来。

他直接回了自己的办公室。

秘书在外敲门，尽职尽责地道："赵总，一点了，您记得按时吃饭。"

赵平津闭着眼躺在沙发上休息，闻言他略微侧过头，哑着嗓子应了声："知道。"

他合着眼等眼前的一阵晕眩过去了，又躺了会儿，坐起来打开了茶几上搁着的一个保温餐盒。

一碗白粥，软软糯糯，热气袅袅，另外一个盒子里搁着几份小菜，碧绿的青菜，一份蒸蛋，一碟酱萝卜。

秘书今天订的午餐挺精致。

赵平津拾起一旁的勺子，漫不经心地舀了一口粥放进嘴里。

粥熬得刚刚好，绵软浓稠，顺着喉咙一路下去，胃部顿时暖和了，十分舒服。

赵平津捏着勺子，愣住了一秒。

下一秒，赵平津扶着沙发站了起来，走到桌边按了内线电话。

秘书立刻接了起来，赵平津沉声说："让沈敏进来。"

一会儿，沈敏敲了敲门进来："您找我？"

赵平津示意他坐。

沈敏在他对面坐下了。

赵平津却没有说话，只盯着眼前的白粥，微微蹙着眉头，手里握着的勺子一下一下地压着绵软的米粒。

沈敏坐不住了，清了清嗓子："舟子……"

赵平津听到他说话，抬起头望着他，淡淡地说了一句："你见着她了？"

沈敏心底一跳，他以为赵平津至少会怀疑一下，没想到他却连问都不用问就知道了。

他若无其事地装傻，回了一句："什么？"

赵平津眼眸垂了一下，又抬眼望他，目光沉静，看不出一丝情绪："黄西棠。"

他这么平静直白地说出来，沈敏无端地有点恐惧，心知瞒不过他，只得点了点头。

"她在北京？"

沈敏又点点头。

赵平津沉默了半晌，面色实在说不上好看，沈敏以为要挨骂了，谁知他长长地叹了口气，语气有点难过："以后别这样麻烦人家。"

沈敏大气都不敢出。

赵平津坐在茶几边上，慢条斯理地喝粥。

沈敏在一旁发消息。

这时，赵平津搁在办公桌上的手机响了。

沈敏瞧了瞧他的神色，看他默许了，走过去拿起手机，给他递了过来。

屏幕上闪烁着"郁小瑛"三个字。

赵平津拿了电话，也不接，只默默地搁下了勺子。

电话铃声一遍一遍地响，等响到第四声，赵平津才伸手接起电话，仿佛电话该响几次接都计算好似的。

郁小瑛在那边温柔地说："吃午饭了吗？"

赵平津答："吃了。"

郁小瑛又说："妈妈今儿回京，让你今晚回家吃晚饭。"

赵平津应："好，开车了吗？需不需要司机去接你？"

……

沈敏偏过头在手机上打了几行字，再转过头去，发现赵平津已经挂了电话。

方才打电话时，赵平津不自觉地按住了胃，这时将手放了下来，却掩不住脸色慢慢发白,额角渗出细密的汗。

沈敏起身把药和水杯递给他。

他接过了,若无其事地说:"行了,不耽误你工夫,不是要跟小谭老师吃午餐?"

沈敏最近在约会,赵平津母亲周女士的秘书给沈敏介绍的女孩子,赵平津也知道,这未尝不是周女士的意思,眼看他也没有拒绝,就由他去了。赵平津知道,他妈人是强势了点,但疼孩子的心是毋庸置疑的,经周女士考察过的女孩子,不说别的,品貌、家世肯定是体面的。那姑娘是一个重点中学的语文老师,工作单位在竹竿胡同附近,离朝阳门挺近的,有时工作不忙,两个人中午就一块儿吃个饭,沈敏再把她送回学校。

沈敏不慌不忙地说:"不忙,您先把药吃了。"

赵平津吃了药,靠在沙发上休息。

沈敏替他收拾了几份文件,不时转头看他一眼。

赵平津也不说话,一动不动地默默躺着,他这一阵子都是这样,吃了东西就胃疼。

沈敏搬了张凳子,坐在沙发边上。

赵平津瞧见他还在跟前:"我没事,你出去吧。"

沈敏这会儿没法顺着他了,低声说了一句:"您躺会儿,不用管我。"

沈敏知道,赵家对他有恩,全家人都拿他当自己孩子疼,也不图他别的。他自己父母没了,赵家就赵平津一个独生子,老爷子就图他跟赵平津能互相有个照应。老一辈是管不了年轻人的事儿了,沈敏打小性格纯良忠厚,现在跟着赵平津办事,多少能提点着点儿。

可要赵平津注意身体这事儿现在搁在沈敏这里,实在太难办了。

从去年冬天到现在,自从结了婚后,各种风波接踵而至,赵平津忙得几乎就没休息过,人瘦得太厉害了。

之前是他大伯生病的事情,家里上上下下都揪着心,挨了一年多,人没留住,丧礼是隆重办的。其间老爷子痛失长子,大病了一场,赵平津忙着操办丧礼,又要配合医疗小组给老爷子定治疗方案,医院家里两边跑。

他父亲因为工作不能轻易回来，老爷子病倒后，只有他冷着脸出入如常，幸好还有郁家不时前往医院探望，外加周女士京沪两地来回奔波、极力斡旋，局势终于慢慢平稳了下来。

情势最紧张的那前前后后一个多月，沈敏怀疑赵平津就没睡过一个囫囵觉，医院里头常常半夜打电话来。周女士也是六十的人了，夜里也禁不住惊吓，赵平津心疼他妈，吩咐了医生，老爷子的病情有变，都先往他这里通知。老爷子住了半个月的院，出了院还疗养了四十多天，他也就这样扛了下来。

赵平津大伯出殡那天，风光隆重，上头派了人来吊唁。

丧礼结束后的那天晚上，家里人吃饭，也许是赵平津脸色太差，连他父亲都看出来了。

赵平津一向怵他父亲，他父亲在作风纪律方面对他的要求是铁打一般的严苛，每次回家都板着脸，就没给过他好脸色，见不得他那混不懔的样儿，可那天他父亲难得在饭桌上对他说了一句："年轻人多注意点身体。"

赵平津应了一声"好"。

丧礼结束之后，赵平津升任中原联合控股集团总经理，工作忙碌，家庭和谐，一切回到了正轨。

只有沈敏心里知道，赵平津的情绪并没有好转，长期的工作压力大，脾胃不好，食欲不振。

还有沈敏也不敢妄自揣测的——赵平津心底压着事儿。

Chapter 2
对不起，咱俩好好过

刹那间想起来，她心里有细细的一下刺痛。

西棠不排斥这种感觉，她的生命中，不会再有他的存在，这一丝刺痛，是他留给她唯一的回忆。

从北京回到公司,西棠听到同事在办公室里说,剧播完了,人气不涨啊。

西棠笑笑,坐到一边,《最后的和硕公主》是在央视四套电视剧频道播出的,不算是国内年轻人看剧的主流渠道,观众大部分都是四十岁以上的女性观众。

女主演名不见经传,男主演也不算是年轻偶像,年轻观众少,网络议论度就低了。

守在电脑前负责宣传的同事冲着她笑:"西棠,中老年阿姨喜欢你。"

西棠乐呵呵的:"那也挺好的。"

倪凯伦的助理探头出来喊她去办公室。

西棠走进倪凯伦的办公室,发现苏滟也在,正问了倪凯伦一句:"要不要炒绯闻?"

倪凯伦摇摇头:"杨一麟名声不好,别惹一身骚,等今年年底看看吧。"

苏滟同意了,端了咖啡,环佩叮当地走了。

西棠坐在沙发上签公司给她接下的几份工作合同,她最近在休息,新剧还没开拍。

倪凯伦说:"剧本背得怎么样了?"

这是西棠的强项,她胸有成竹地答:"差不多了。"

倪凯伦叮嘱了一句:"记得下午去上声乐课。"

西棠埋头专心签字,闻言应了声好。

倪凯伦在办公桌旁对着电脑翻文件:"年末的活动邀约多,今年的礼服早点挑,时装周已经结束了,明年春季的流行款基本已经出来,你先看看各家的衣服,我联系看看能不能多几个品牌赞助商。"

西棠防止她盲目乐观:"妈咪,第一次当女主演,能不能拿奖,很难说的。"

倪凯伦发了狠地道:"这剧好,今年已经过了一半了,出来的剧没一部像样的，下半年章芷茵有一部，走的偶像剧路线，能不能超过你还另说。再说了，我要这点能耐都没有，我在这圈子这么些年的积累那是白搭了。"

西棠知道，在事业上，倪凯伦一向比她有野心，也更有规划，今年的三大电视奖项评选，最早一个在十月，最迟的一个在年尾。《最后的和硕公主》是大剧，如果西棠能拿走其中任何一个女主演的奖项，那接下来接剧的档次和片酬，都会上一个台阶。

倪凯伦在办公桌旁冲她招招手。

西棠起身走了过去。

倪凯伦指了指桌面说："新送来的几本剧本，有两部是电影，你先看看。"

西棠搬起那一摞剧本，问了一声："电影剧本好不好？"

"我没看，"倪凯伦埋头签了几份文件，"投资一般，男主演也没定。"

西棠怏怏地应了一声。

倪凯伦眼看事情交代完了，示意西棠给她倒咖啡，自己则走过来坐到了沙发上："别怕，一年有那么多片子上映，慢慢挑，总有好的。明星我见多了，好的演员却要磨炼。人会老，但作品永恒。西棠，我会将你推成这个行业里留得下名字的——"

倪凯伦顿了一下，改用粤语："百世流芳。"

倪凯伦对艺人身形、仪态以及职业操守的训练极为严格，被她带的艺人没一个不抱怨的。黄西棠这种底层摸爬滚打过好几年出来的，有时都觉得要被倪凯伦逼疯了，她平日里跟西棠说得最多的话就是工作、投资、赞助商、少吃点。

印象中，她从未跟西棠谈过表演。

那一瞬间，西棠忽然感觉眼眶里的泪水差点要涌出来。

"哇，"赶在哭出声之前，西棠夸张地大叫一声，"好劲啊。"

倪凯伦搂住她哈哈大笑。

西棠伏在她肩头，笑得流下泪来。

人生就是这样了，又哭又笑的，情绪是最无用的东西。

上一次她从北京回来时，情绪大崩溃，哭得两腿发软，眼肿如桃，心里的凄哀一阵一阵地往上涌，下飞机上了公司的车，倪凯伦狠狠地往她背上抽了两巴掌,打得她脊骨发麻,耳边一阵嗡嗡声,仍听到倪凯伦在怒其不争地痛骂:"一集十万片酬时,你给我在camera⑦前使劲地哭,没有镜头,你哭个屁!"

  入秋之后,横店下了好几场雨。
  片场顶棚都被打湿了,剧组索性改拍雨戏,西棠吊着威亚,跟戏里的大反派挂在半空一遍又一遍地套动作,终于导演喊"cut",换武替上场。西棠被助理扶了下来,脱下厚重的戏服。戏服后面都湿透了,能拧出水来。
  西棠下了戏,身上黏糊糊的一片,内衣裤都被雨水和汗浸透了,片场不方便冲澡,她只好换了衣服,坐车回到了镇上。
  傍晚雨已经停了,西棠在路口下了车,阿宽拿着拍戏用的大背包跟在她的身后。西棠低着头,穿过人声鼎沸的街道,在街角拐了个弯儿,爬上她住的那个半坡道。
  她在横店仍然住那个屋子。
  西棠把隔壁屋子也租了,平时助理陪她住,有时妈妈过来探班住一下。
  阿宽搂着她的手臂,忽然欣喜地说:"姐姐,看,月亮真好看。"
  西棠抬头看了看天,横店的夜晚,空气微凉,天空呈现出一种黯淡的深蓝,厚厚云层翻卷,中间一轮月亮已呈满月之象。
  初秋了,夜里空气还是闷热,两个人站在坡上,抬头看着月亮。
  西棠远远望去,居民楼旁边那盏昏黄路灯下蚊虫在飞舞,路旁杂乱地停着一排轿车。
  那一刻,心底最深处,忽然轻轻地跳了一下。
  路口斜坡的灯下,曾经有一个人,站在那里等她。
  他在她的记忆里,有时格外鲜活,她甚至都还清晰地记得他那天的样子——瘦高的个子,穿一条白色裤子,黑色马球衫,一手插在裤兜里,一手夹着烟,微微皱着眉头,不耐烦的表情,看见她从街角走了过来,唇边浮出一抹淡淡的讥讽的笑意。
  记忆有时又淡了,连他的眉目都记不清了,仿佛隔了一层氤氲的雾气。

---

  ⑦镜头。

刹那间想起来，她心里有细细的一下刺痛。

西棠不排斥这种感觉，她的生命中，不会再有他的存在，这一丝刺痛，是他留给她唯一的回忆。

六月份刚回横店时，一天夜里，西棠睡得迷迷糊糊，开始做梦，梦里自己接了一个电话。

赵平津在电话里跟她说："西棠，对不起。"

她以为是梦，迷糊间要睡过去，又突然惊醒了，发现这是真的。

空调不知道什么时候停了，她热出一身的汗，眼角犹有泪痕。

她看了一眼床头的闹钟，凌晨四点十分。

电话里还说了什么，她却是一点也记不起了，只记得赵平津那句对不起。西棠疑心这句也是她在做梦，他那么气性高傲的人，怎么会无缘无故跟她说对不起。

西棠第二天起来，在屋子里翻箱倒柜，找出了她去年工作的场记本。

之前在公司的剧组里，场记都是她做的，所有工作的笔记本，她都留了一份。

西棠看了一眼场记本的记录，发现昨天正是他去年来横店看她的那一天。

整整一年过去了。

西棠蹲在出租屋里，盯着手机看了很久很久，终于，抬手删掉了那个通话记录。

中秋节，剧组放了半天的假。

西棠回了上海，她妈妈邀请家人在异国他乡、没法团圆的谢医生来家里吃饭。

谢振邦带了礼物上门，大束的鲜花送给西棠，一盒巧克力和一个印有某奢侈品牌 logo⑧的盒子送给了长辈。

西棠妈妈打开来，是一条漂亮的丝巾。

倪凯伦也来了，凑过来瞧了瞧，笑呵呵地道："哟，谢医生真客气啊。"

谢振邦笑着答："谢谢倪小姐。"

饭桌上有倪凯伦，少不了热闹，西棠难得吃了个八分饱，谢振邦主动陪

---

⑧标志。

她妈妈洗碗，却被赶回了客厅。

西棠客气地招呼客人："最近忙不忙？"

有一阵子没见，谢振邦面对她时竟然有点腼腆："还好，我在问倪小姐可不可以去探班。"

西棠说："可以啊，我可以带你游横店。"

谢振邦高兴地问了一句："不妨碍你工作？"

西棠笑嘻嘻的："你要问倪小姐。"

倪凯伦也不含糊，掏出手机记下来："我明天让她助理查一下她哪天戏份少。"

西棠偏头看了看倪凯伦："你今天怎么吃了那么多糖醋排骨，你不是不爱吃甜的吗？"

倪凯伦一边按手机一边答："我那是为了保持身材才不吃的，今天没空管你，而且你吃得比我还多，你还好意思问我？"

西棠赶紧闭嘴。

这段时间一直在剧组，没怎么见过倪凯伦，西棠偏着头左看右看，觉得她似乎有点不对劲。

中秋节。

国盛胡同，赵家东屋的饭厅里，桌上的饭菜热气腾腾。

保姆端上菜来，笑吟吟地说："老太太爱吃的四喜丸子。"

周女士伸筷子夹了一个到老太太的碟子里："妈，您尝尝。"

赵平津瞧见保姆还忙前忙后地伺候着："阿姨，别忙乎了，您坐下一块儿吃吧。"

老爷子坐主位，老太太坐旁边上座，左首是周女士，对面坐了赵平津夫妇和沈敏，还留了一个位子。

保姆阿姨笑着答应了一声，这么多年了，逢年过节，老爷子都让阿姨和他们一块儿吃，她年纪大了之后也不再推辞，拣了个末位按半边坐，规矩是稳稳当当的，一点没变过，这会儿她在围裙上擦了擦手："笼屉里蒸着蟹呢，我看看去,免得过了火候。"

周女士招呼了一声:"阿姨,您看了就过来啊。"

周女士这一个月基本在南京,中秋节前夕才回北京来,一家人吃团圆饭。饭吃到一半,周女士看了一眼对面的儿子、儿媳妇:"你俩结婚也大半年了,有动静没?"

老爷子有高血脂,今年上半年体检了几次,保健医生严格规定他饮食要清淡,这会儿过节难得吃半个酱肘子,儿媳妇管孙子,他没出声,但半边耳朵早已经立了起来。

只见赵平津瞥了他母亲一眼,漫不经心地回了一句:"您想要什么动静儿?"

周女士筷子不轻不重地搁在桌面上,瞪着儿子回了一句:"你爷爷奶奶等着抱小重孙儿!"

老太太听到了抬起头,露出恍惚的笑:"舟儿都娶媳妇儿了啊,我咋不知道哪?"

赵平津一下乐了。

郁小瑛一直微笑着的脸顿时有点僵。

周女士哭笑不得地解释:"妈,年初娶的,您又忘记了,您孙媳妇瑛子,坐您对面呢。"

老太太听见了,笑得高兴:"好好好。"

老太太这一搅场,周女士没法再追问了。

郁小瑛体贴地圆场:"妈妈,您别着急嘛。"

周女士横了赵平津一眼:"看我儿媳妇面子上,否则看我不收拾你。"

老爷子听明白了,也没说话,坐得稳如泰山,想起来问儿媳妇:"南京那边,老二都好?"

周女士答:"挺好,我回来时碰着了方大庆,问您好呢。"

老爷子听到了,乐呵呵地:"是老方家的老三?"

周女士答:"是。"

老爷子挺关心以前的老同事的:"他怎么样?"

周女士给老太太剥了只虾:"说是刚退下来,头发都白了一半啦,精神倒挺好。"

老爷子琢磨了一下:"都退了?年纪不大吧?"

周女士说:"也不小了,比铸国还大几岁呢。"

老爷子一下没说话。

周女士何等眼色,立刻明白了,比舟儿爸爸大几岁,那老爷子这肯定是想起了早逝的长子,伤心了。

周女士转而笑着问道:"爸,品冬今儿早上打电话回来了,跟您说什么了?"

郁小瑛恭顺地听着婆婆和老爷子聊天,从南边的事儿聊到了大姑姐在美国新买的房子,这些事儿没她说话的份儿,她转头看了看身旁的丈夫。

赵平津眉头微微蹙着,人已经走了神。

晚上吃了饭,小两口回自己家里去。

回去的路上,赵平津专心致志地开车,一路无话。

郁小瑛坐在副驾驶座,忽然对他说:"舟子,咱们要个孩子吧。"

赵平津握着方向盘的手一紧,明显听见了,但他没有出声。

晚上郁小瑛洗了澡,走到书房,赵平津穿了件白衬衣,戴着眼镜,正对着电脑屏幕。

郁小瑛从背后抱住了他的腰,脸贴在他的肩上。

赵平津回头亲了亲她的脸颊,忍耐着,温和地说了一句:"别闹,正忙着呢。"

郁小瑛没停下手,她贴在他的背上,隔着真丝睡衣轻轻地摩擦着他的身体,她的手伸进他的衬衣,挑逗地捏了捏他的敏感部位。

赵平津一动不动地坐着。

郁小瑛感觉自己手里的男人的皮肤是冰凉的,有一丝微微的寒意。

她不是不解风情的女人,父母让她去国外读书那会儿,她本来还不想出去,觉得功课太难烦人,是她爸郁卫民看着周围亲戚朋友的孩子一个一个地出去了，觉得这唯一的闺女没有个镀金的洋学历，那就给老郁家丢人了。郁小瑛拗不过她爸，只好答应了。自打离了家庭的樊笼，到了洛杉矶的留学生圈子里，郁小瑛觉得自己简直自由得如一只快乐的小鸟，亚洲的、西方的男朋友都交往过，对于施展女性魅力、成功地勾起男人的欲望这档子事儿，她自打学会谈恋爱以来就鲜有失手的时候。她之所以自信，是因为太了解男人的反应了，血气方刚的年轻男人，生理本能那是无法抑制的，只是她没想到的是，结了婚之后，她自己的丈夫却是最大的例外。

自打他们结婚后搬到一块儿住以来，除非赵平津愿意，否则任由她怎么努力地挑逗，都无法激起他的情欲。

她满心的不甘，扭着腰扑进了他的怀里。

赵平津转过身，握住她的手，制止了她的动作。

郁小瑛含哀带怨地望着他，嘴唇微噘，眼底有朦胧的水光泛起。

两人的婚礼办得隆重，郁小瑛知道自己的父母是很满意的，这也表示赵家对她这个儿媳妇很满意，除了结婚当晚出了点意外，赵平津身体突然不适，婚礼办完后，婚房都没进就被送去了医院，但他很快就出院了，新婚后第三天陪她回门，恭谦周全，家里亲戚都送了重礼，给足了她面子。

婚后，两个人搬进了郁家购置的霞公府，这里是城区中央，繁华热闹，并且离郁小瑛娘家不过十多分钟车程。赵家为赵平津在东城备有婚房，但郁小瑛不喜欢那个地段，她妈去跟她婆婆周女士商量了一下，周女士心里犯嘀咕，这结婚后住女方家的房子算怎么回事儿？她跟赵平津提了提，没想到她那挑剔的儿子竟然二话没说就同意了，她也只好作罢。

郁小瑛知道了，心里喜滋滋的，他还是疼她的。

赵平津工作忙，一个礼拜里头有四五天晚上有应酬，郁小瑛起初还守在家里等他回来，等了几次，他明确跟她说她不需要这么做，她也就恢复了以前的生活，晚上有时跟小姐妹逛街泡吧，有时回娘家，晚上回来，他有时已经在家了，有时没回。不过不管多晚，他总是会回来的。

早上两个人各自出门上班，夜里回来，迅速进入了平淡的婚姻生活。

她妈跟她说，每对夫妻的生活都是这样的，要个孩子就好了。她就寻思着，是应该要一个孩子了，跟他暗示明示了几次，去妇幼拿了一堆优生优育的宣传资料搁在客厅，兴致勃勃做各种准备。

赵平津不反驳她，也没答应她，他的态度淡淡的，要孩子这事儿在他那儿是可有可无的。

一周一次的欢爱，像完成任务似的。

他仍然没忘记戴套。

赵平津好声好气地说了一句："我还有工作，你先睡吧。"

郁小瑛一把甩开了他的手，狠狠地推了他一把，气鼓鼓地走了出去。

赵平津起身跟了出去："你别生气。"

郁小瑛看着他平静无奈的脸庞，他就是这样，从不跟她争吵，她发脾气，他就默默忍着，可外头都说他脾气大，骄纵蛮横，人不好处。

郁小瑛高中毕业后就出国了，对赵平津的印象，仅仅停留在大院里头流传的土匪恶霸名声上。两人第一次正式见面，介绍人是她姑姑。她姑姑在教委工作，跟她婆婆周女士是以前的同事。郁小瑛和赵平津吃了一顿饭，聊了点国外读书的经历，就这么认识了。

两人谈了半年的恋爱，赵平津十分绅士，每次约会，接送那是一定的，妇女节、儿童节、劳动节，每个节日鲜花、礼物从来不少，当男朋友，他不能说不尽职尽责。

认识了大半年后，她妈妈过生日请吃饭，郁卫民跟她说了句："跟舟子一块儿来吧。"

一个星期之后是端午节，赵平津带着她去老爷子那儿吃了顿饭。

就这样，两家的关系就定下来了。

后来极少数几次，她跟着他出去跟他那几个发小厮混。她看到赵平津彻底放松下来的样子，跟在她面前完全是两个样儿，满嘴的京片子乱飞，没一句正经的，唇角有薄薄笑意，一张好看的脸，搁到她这儿，就规规矩矩的。

她跟小姐妹们描述过心里的疑惑，她姐们儿大欢儿说："他喜欢你呗，喜欢你，就正经了！"

她相信了。

那天郁小瑛在国盛胡同的婆家听到隔壁钱家的阿姨跟赵家老保姆聊天，钱家的阿姨一边择豌豆尖儿一边说："人都说舟哥儿娶了媳妇儿，跟变了个人似的，混不懔的样儿没了，人前人后踏实多了，也疼媳妇儿。"

老保姆听见了，愣了好一会儿，忽然搁下了手里的豆苗，掏出手绢儿，擦了擦眼角。

钱家阿姨纳闷地道："哥儿结了婚稳重了是好事，您哭什么呀？"

老保姆笑了笑："风头吹的。"

郁小瑛结婚后，倒没见过他多骄纵猖狂，看见最多的就是他这种表情，麻木的、温和的，甚至是默默忍耐的。

郁小瑛心里有委屈："你就这么不愿跟我待一个屋？三天两头地加班，回来了就自己一个人在书房里。"

赵平津给她倒水："我工作忙，我以后争取早点回来。"

郁小瑛索性就说开了："我理解你工作忙，我管过你了吗？你自己扪心问问，我们结了婚，你在这个家待的时辰，一天有超过三小时吗？"

赵平津神色宁静，好言好语地跟她说话："我每天下了班就回来了，有时太晚，就不想打扰你休息。"

一句一句的冠冕堂皇，郁小瑛快要发疯了，站起来冲着他瞪眼："三更半夜一趟一趟地出门，别以为我不知道你去哪儿！"

赵平津说："我没去哪儿。"

"你去没去哪儿，你自个儿清楚！"郁小瑛尖叫一声后冲进了卧室，赵平津站在客厅。

郁小瑛在房间里安静了许久，没见他进来，把一个玻璃杯子狠狠地摔在了地板上。

然后是梳妆台上的东西稀里哗啦被乱砸一通的声音。

赵平津默默地在客厅站了一会儿，回到书房，坐了许久。

凌晨一点一刻，偌大的公寓内变得完全安静了。

赵平津拿起车钥匙，出了门，车子从车库驶出，他把车窗开了，深秋的风吹了进来，一阵一阵地，都是凉意。

车子奔驰在凌晨首都的心脏之地，途经天安门东，在路口转了个弯儿，身后笔直的长安街上灯火通明，沿着建国门外大街抬头望去，不远处高耸着一幢高楼，顶层幽幽的一点红光。

云层遮住了天空，没有一丝月光。

他的心里变成了一片荒凉空旷的废墟，雪茫茫的白，寒风吹过去，又呼啸着卷回来。

赵平津驶近了柏悦府停车场的南二出口，那么多个夜晚，他会驶进车库，上楼去，在她的房间里坐会儿，或者工作会儿，有时不知不觉就耽搁到后半夜了。

今晚他没有停车，开过了南门，经过柏悦府西门，他曾经在前面的楼下等她。

他记得她从出租车上走下来的样子，穿了件暗花旗袍，身姿娴静柔美，脸上的表情却极为冷漠。

那时她是属于他的，拍完戏穿越大半个北京城从郊区赶来，只为陪他吃顿饭。

赵平津心底一抖，突然发了狂似的踩油门。夜晚的街道上寥无行人，周围几辆车刺耳的喇叭声乱成一片，可他置若罔闻，心脏随着加速的车子狂乱地跳。速度让他摆脱了心脏痉挛的窒息感，车子一路风驰电掣，直到眼前出现了一盏红灯，他才猛地一脚踩住了刹车。

冷汗湿透了身上的衬衣。

他在交通灯前默默地掉转车头，往建国门开。

郁小瑛人是醒着的，红着眼坐在卧室的床上，见到他进来，一瞬间有点慌乱，兴许是没想到他会回来。

他常常半夜离开家，原来她都是知道的。

赵平津走过一地的狼藉，站在床边，伸手抱住了她。

郁小瑛呜呜地哭泣。

赵平津把她揽进怀里，仰了仰头，忍住了心底的隐痛，他哑着嗓子说了一句："瑛子，对不起，咱俩好好过。"

周四早晨上班，贺秘书敲了敲门进来："赵总，郁董找您。"

赵平津听到后，愣了一秒。

他起身去郁卫民的办公室，电梯上行到上面一层的董事办公室，郁卫民的秘书给他开了门。

赵平津客气地问："郁董，您找我？"

赵平津的神态是恭敬有礼的，也是公事公办的。整个集团都知道这一层翁婿关系，但在公开场合，两人一向都是公私分明，郁卫民也很少单独找他。

郁卫民拧上手中的钢笔，示意他坐。

这一次他丈人谈的是私事："瑛子昨儿回家，闷闷不乐，她妈妈问了她半天，她什么也没说。她妈妈也是关心你俩，让我问问，小两口闹矛盾了？"

赵平津脸色丝毫没变，仿佛料到迟早会有这么一问，他只缓了缓，放低了姿态和声音："应该没有，可能这段时间忙了点，疏忽她了。"

郁卫民不爱管儿女私事，但对于唯一的掌上明珠的婚事，却不能不留点神儿。赵平津的工作能力和家庭背景不用说，那是京城里数得上名号儿的，当初能跟赵家结上亲，他跟妻子都十分满意，只是这人的骄纵放肆也是出了名的，按说结了婚理应收心了，但妻子就怕闺女拿不住赵平津，郁卫民不得不出面敲打敲打。他摆出了亲切的长辈脸孔，语调也和蔼了几分："舟儿，年轻人新婚，磕磕绊绊是难免的，你们这些孩子都打小就认识，我们长辈也熟悉，时间长了，感情深了，自然就好了。"

赵平津顺从地说："让您和妈妈担心了，我正打算今天接她下班，好好陪陪她。"

郁卫民终于满意了，含着笑点点头："行，你工作去吧。"

赵平津起身告辞，回到自己的办公室，沈敏正在看着表等他。今天他有一整天的行程，有两个工程项目要视察。

秘书给他穿上西装外套，他一边往外走一边跟沈敏说："推掉晚上的应酬，我六点要回来。"

沈敏跟在他身后，颇不同意地道："六点太赶了，路上都得两个多小时，这样只能把下午视察时间提前，您中午没时间休息……"

赵平津回头，冷着脸，略带了愠色："小敏，这是命令。"

沈敏立刻噤了声。

下午六点二十分，郁小瑛下班走出办公大楼，看到单位的院子里停着一台熟悉的黑色大车。

赵平津看见她出来了，从车上下来，唤了一声："瑛子。"

郁小瑛瞧见他，略惊喜地道："哎，你怎么来了？"

赵平津站在她身旁，对着和她一块儿的同事客气地点点头："接你下班呗。"

她的丈夫，高挑瘦削，深灰西装外套，白衬衣配暗红色提花领带，英俊的面孔稍显苍白，矜持稳重，风度十足。

周围的女同事嘻嘻哈哈地打趣了几句，目光好奇中混杂着羡慕。

郁小瑛伸出胳膊，紧紧地挽住了他的手臂，神采飞扬地跟同事挥手告别。

跟郁小瑛吃饭吃到一半，方朗佲给赵平津电话。

赵平津接了电话，转头问郁小瑛："瑞福楼出了新菜单儿，朗佲让我周末一起试新菜去，你一起去？"

郁小瑛念头一转，笑呵呵地答："不凑巧，我们单位同事有聚餐。"

赵平津也不勉强，只点点头。

郁小瑛比赵平津小了好几岁，也不是一个大院儿的，读书没凑到一块儿，她有自己的人脉圈子，跟他几个发小也都不太熟。

郁小瑛不爱跟他出去玩儿，最主要的原因在于他。赵平津出去玩儿，基本是不会照顾女人的主儿，带什么女伴出席，都是进了场子把人一扔，自顾跟男人们喝酒打牌去了。

郁小瑛在外边玩儿的时候，习惯了男人对她的魅力无法抗拒，围着她争相献殷勤，热热闹闹的才好玩儿呢。可赵平津不搭理她，她又结了婚，总不好和其他男人走得太近。平时跟高积毅太太的关系还成，可大多时候高积毅带出来的是那些莺莺燕燕，她自恃这点身份还是有的，她不爱跟那样的女人打交道，束手束脚的，去了几次，她就不爱去了。

赵平津在外头做些什么，结了婚后，她自有办法知道。

她心里有数，也就任由他去了。

周六晚，赵平津下班晚了些，他九点多到的餐厅，身后跟着沈敏，包厢里已经坐了人。

高积毅跷着腿坐在沙发上，瞧见他进来就说："舟子，你小子是越来越难请了。"

赵平津将车钥匙抛在茶几上，嬉皮笑脸地一把推开高积毅，坐了下来："哪能啊，这不紧赶慢赶地就来了吗？"

他往里头一看，方朗侪坐着，还有一个坐在沙发里边的男人慌张地抬头，一照面，是陆晓江。

赵平津一看到他，脸色一寒，笑容顿时没了，甩脸就走。

高积毅大叫："舟子，哎，别不开面儿嘛。"

赵平津没搭理他。

方朗侪喊住了他："舟舟！"

赵平津脚下一顿，今儿毕竟是方朗侪的局，他不想闹得太僵。

他转头回了句："二哥，我今儿有事先走，改明儿请你吃饭赔罪。"

方朗侪站了起来："你俩不能把话说明白了？这么鼻子不是鼻子、脸不是脸的，到什么时候儿是个头？"

高积毅动手推了推陆晓江："去，给你舟舟哥赔礼道歉去。"

陆晓江上前来，战战兢兢地喊了声："舟子……"

只见陆晓江话都还没说完，赵平津一拳就砸在了他的脸上。

陆晓江一个趔趄，差点没摔在地上。

方朗侪跟高积毅都"噌"地一下站了起来。

赵平津脸色寒如冰霜："陆晓江，你离我远点儿。"

陆晓江嘴角疼得嘶嘶地抽气，含混不清地说："我知道您生我的气……"

赵平津一脚踹过去，陆晓江捂住肚子，跪在了地上。

方朗佲跟高积毅一下都看愣住了，赵平津一下子就下这么狠的手。两个人立刻围了上去，高积毅走上前拽起了陆晓江："没事吧？"

方朗佲看不下去了："舟子，你也别太过分了。"

陆晓江哭丧着脸："是我对不起我三哥。"

赵平津眸中怒火闪烁，脸色铁青，听到这一句，一个拳头又招呼了过去，他暴怒地喝了一句："谁是你三哥！"

陆晓江垂着头一动不动，方朗佲用力抱住发了狂的赵平津，服务员听见响声后开门进来，高积毅喝了一声："出去！"

转眼间，陆晓江又被赵平津狠狠地揍了几拳，他也不反抗，只嗷嗷大叫，痛得声儿都变了："舟舟！你就抽我吧！我对不起你，你抽！"

赵平津额头青筋暴起，脸上的寒霜已被怒意燃烧殆尽，整个人赤红着眼："你就是欠抽！"

陆晓江嘴里呜呜咽咽地叫，声音也不禁拔高了："就你心里有恨？就我对不起你？咱俩谁先对不起谁？我跟铃铛儿那会儿，你横插一脚算怎么回事儿？你当初是怎么对我的？赵平津，咱俩谁都别装无辜！"

赵平津听见了他的话，忽然怔住了几秒，不可置信似的，盯着他看了好几秒，终于明白了他的话，整个身体都在微微发抖，继而仰天凄怆地大笑了一声，逼回了眼底一闪而过的泪光："陆晓江，你欺负她，敢情是因为恨我？是，那事儿我是有不对的地方，可你搞没搞明白那是怎么回事儿？铃铛儿那事儿我没说出去，还不是顾念着你当初寻死觅活的，你倒好，你！"

赵平津气得脸色煞白，一口气没喘过来，人晃了一下。

方朗佲着急地插了句："晓江，舟子那事儿还真没……"

陆晓江没机会听清楚了。

下一秒，赵平津抬手扭住了他，将人狠狠地往地上摔，手上彻底没了轻重。陆晓江被一把掼在了茶几上，整个人混着杯盏茶水稀里哗啦地往下摔，赵平津大步一跨，一脚踩在了他的胳膊上，脸上已经是六亲不认的暴怒，声音低哑而冷酷："抽你？怎么着你都不为过！"

陆晓江仰面摔倒在了地上，痛苦地大叫了一声。

高积毅听见他那声音，忙道："唉，舟子！停了，再打出事了啊。"

陆晓江彻底趴下了。

赵平津拾起西装外套，满身的戾气，一脚踹开了门，往外走了出去。

沈敏从头到尾袖手站在一旁，劝都没劝一句，眼见赵平津走了，抬腿跟了出去。

方朗佲这一下有点儿蒙，赵平津下的这狠手，把他都看愣住了。他以为赵平津跟陆晓江不过互相闹点脾气，眼下这样子看来，那简直就是深仇大恨了。方朗佲先拎起了倒在地上的陆晓江，着急地问了一句："晓江，没事儿吧？"

眼见沈敏要走了，站在一旁的高积毅猛地窜过来，跳到门边拉回沈敏："到底怎么回事儿？"

沈敏站在一旁，陆晓江依然坐在地上，沈敏也不去扶他，只问："他结婚那天早晨，是不是你给他打过电话？"

方朗佲想起赵平津结婚那天的情形，脸色也微微变了。

陆晓江疼得脸孔扭曲，豆大的汗珠往下落，惨白着脸没敢说话。

方朗佲催着问："晓江，你到底跟他说了什么事儿？"

陆晓江没敢说话。

高积毅捅了捅沈敏："小敏？"

沈敏摇摇头："我也不知道。"

沈敏低声跟方朗佲说："我下去了，他估计开不了车。"

十一月的颁奖季，北京电视艺术节举行颁奖典礼。

黄西棠在酒店大堂跟冯导和剧组的同事会合。

许久不见的印南一袭黑色西服现身，微笑着牵着西棠的手，替她拉开车门。倪凯伦站在一旁，看着印南和她上了主办方安排的车，印南一会儿会和她走红毯。

印南和她并排坐在车后座，他靠着椅背十分放松，气定神闲地笑道："紧张吗？"

西棠却是坐得笔直,手压在厚重的礼服裙摆上,闻言转头笑了笑:"有点。"

今晚印南的视帝十拿九稳。今年十月份,银河传媒开出了今年第一个电视奖,他已经拿了一个最受欢迎男演员奖。那一场西棠没有获奖,公司提前得到了通知,倪凯伦安排她出席了颁奖典礼,但只是走个过场,她当夜就返回了剧组拍戏。今晚不同,北京电视艺术节是国内规格最高的电视类颁奖典礼,颁出的金茶花奖也被认为是三大电视奖中分量最重的,历年来都是娱乐圈关注的焦点,也被业内认为是最公平的一个颁奖项,今年最受业内肯定,媒体也一致看好的,就是《最后的和硕公主》。

山茶剧院已经出现在道路的右侧,剧院高耸的屋顶如一朵绽放的洁白山茶花,在夜色中流光溢彩。

西棠远远就看到了一片镁光灯闪烁不停,粉丝的尖叫声越来越近了。

昨日北京大降温,助理在她的礼服裙下贴了一排暖宝宝。西棠今晚穿得漂亮,印南绅士地伸出了手臂,西棠优雅地从车子里斜身出来,手挽住印南的胳膊,高跟鞋踏在红毯上,两个人并排站在了红毯的一端。

粉丝的尖叫声划破了天际。

西棠穿一袭洁白的缎子抹胸礼服裙,女明星出席颁奖典礼的妆底一贯是又厚又重,但她的化妆师这次给她用了哑光的棕色眼影,镜头下显得若有若无,宛若自然肤色,只有一抹红唇色用得极为艳丽,更显得整个人娇嫩欲滴。西棠在红毯上盈盈一立,挽着印南的手臂站在一块儿,成了今晚颁奖典礼上最登对亮眼的一对荧幕璧人。《最后的和硕公主》中北平医院的军官宋家骅,挽着的是他在剧中的妻子,饰演大公主的西棠身姿袅娜,颈项皙白,脸上挂着一丝柔和的微笑。

进了剧院落座,笙歌燕舞,谈笑风生,两个多小时的颁奖典礼,西棠一直坐到了最后,只觉脊背发麻,肩膀酸痛。

十二点,黄西棠从典礼现场走出来时,助理立刻为她裹上了羽绒服。

倪凯伦坐在车子的后座,助理打开了车门,西棠看到她的脸色黑似锅底。

西棠坐上车,脸垮了下来:"对不起嘛。"

倪凯伦面无表情地答："不关你的事。"

司机正要关车门，忽然发现剧院的出口处一个人影匆匆而过，见到他们的车，立刻停下了脚步："是倪小姐呀。"

西棠抬头看去，一个穿黑色亮片羽毛西装的男人笑容满面地走上前来，此君是章芷茵的经纪人常伟宏。

常伟宏正按灭手里的手机，脸上的笑容都堆出褶子了："倪小姐，不好意思，这次谦让了。"

章芷茵凭借《梨花街案录》拿下了今年金茶花最佳女主角，此时还捧着奖杯在场内拍照采访，这部戏还是西棠为了拍《最后的和硕公主》推掉的。

倪凯伦嘴角抽搐了一下："常先生，恭喜。"

他是业内资深的经纪人和制片人，西棠只好跟着打声招呼："宏哥。"

"哦，我还听说，你们家艺人申请《春迟》试镜被拒绝了？"常伟宏一边说话，一边瞄了眼西棠，"芷茵进了哦。哎，我说凯伦，贞贞还出来拍戏吗？我都有点想念她了呢。"

倪凯伦连场面话都不愿说了，冷着脸说了一句："开车。"

车子驶离了剧院，开上了道路，倪凯伦手脚挥舞，气得大骂："阴险小人！无耻的变态！不行，我气得要中风了！"

西棠握住她的手，她这段时间脾气有点暴躁。

车子停在酒店前，助理下来扶着西棠下车，倪凯伦脸色发白，气冲冲地扭开车门。

只听身后司机一声惊呼："倪小姐！"

西棠回头一看，吓了一大跳，只见倪凯伦脸色惨白，跌倒在地。

西棠立刻冲过去，倪凯伦坐在地上，紧紧地拉住了她的胳膊，嘴唇有点发抖："西棠，我觉得有点不舒服。"

西棠大声地叫司机过来扶她："赶紧送医院！"

司机将倪凯伦往车上扛。

西棠赶紧伸胳膊拦住他："您慢点儿！慢点儿！"

司机着急地问："怎的了？"

西棠一只手护住胸口，将碍事的裹胸礼服往上提，一只手扶着倪凯伦的身体："您别硌着她肚子！她怀孕了。"

急诊科的灯光亮得刺眼。

倪凯伦醒了过来，但脸色很不好，有少量出血，夜班妇产科医师过来看了，说她有流产迹象，高龄怀孕风险大，开了保胎针，让她卧床休息。

西棠想让倪凯伦住院，但床位太紧张了。

分诊台护士站里的小姑娘，一边压抑不住好奇地打量着西棠，一边好心地悄悄跟她说，床位肯定排不上了，还是回家休养好。

可他们一行人在北京工作，都是住酒店里，诸事不便。

倪凯伦躺在急诊床上，瞧见西棠跟在医生后面问了又问。眼看西棠回头来，倪凯伦跟她说："怕什么，有没有，都是老天爷给的。"

西棠疑心她不想要孩子。

倪凯伦瞧见她的神色，说："我不要，不会留到现在，再说了，你妈妈还说帮我带呢。"

都是肉体凡胎，这种时候还能控制住情绪，西棠真正佩服她。

大夫让她在急诊输液室打点滴，打完还要观察半小时，护士给了张床让她躺着。西棠让阿宽出去买鸡汤，随后喘了口气，在床边坐了下来，掏出手机看看时间，快凌晨两点了。

黄西棠手机里是一串公司的未接电话。

倪凯伦看见她在回消息："说了什么？"

西棠查了一遍邮件和消息，低声地说："宣传部同事修好的图发过来了，发的稿和图让你看一下，我自己看吧，你睡会儿。"

倪凯伦凭着多年的敏锐直觉，愤愤不平地答了一句："只差少少，这事有鬼。"

西棠黯然，自己倒还好，只是觉得对一起工作的同事抱歉，他们踌躇满志地出发来京，据说公司连获奖的通稿都写好了，结果得奖的不是她。

她握了握倪凯伦的手："妈咪，我们也不要太介意这些。"

倪凯伦终于平静下来说："再努力吧。"

西棠应了一声："嗯。"

输液开始一会儿，倪凯伦在急诊的床位上睡着了。

负责急诊的一两个小护士忙完了，进来溜达了一圈，更有个别活泼些的，直接走近一些，假意查看倪凯伦输液的速度，眼睛却不断地悄悄偷看黄西棠。

没一会儿，阿宽回来了，西棠看了她一眼，她立刻起身找到了在柜台边忙碌的值班护士长，神态还算可亲，音量却不大不小，足够让整个护士站的姑娘都听得见："不好意思，护士长，我们家的病人需要安静休息哦……"

西棠终于得了空，起身找洗手间换衣服，她身上穿着礼服，脸上戴了口罩，一直没敢摘，一路过来，急得一头的汗，脸上的妆全糊了，整个人狼狈不堪。

阿宽跟着她进去，小心地拉开她背后的链子，那件昂贵的丝绸晚礼服柔滑如水地往下滑落。西棠把礼服卷起来塞进背包里，然后穿上了裤子、毛衣，她伸手摸了摸包，只摸到了一个打火机。

西棠将包往阿宽怀里一塞："你回去陪着凯伦。"

她伸手兜起了羽绒服的帽子，下楼去买烟。

十一月北京的后半夜，气温零下几摄氏度，一踏到外面，立刻感觉寒气从脚底下嘶嘶地往身上蹿，西棠穿了厚厚的羽绒服，仍然冷得瑟瑟发抖，买了烟和矿泉水，从街口的小店出来，一路小跑着进医院，经过门诊大楼前的车位，迎面一个人走来，西棠顿时愣住了。

沈敏见到她，也是明显意外："西棠，你怎么在这儿？"

西棠一开口，一层薄薄的雾气就透过口罩喷出来，她说："我来工作，我经纪人生病了。"

沈敏赶紧带着她往医院大楼里走，两个人停在一楼急诊的走道里，沈敏关心地说："严重吗？需不需要帮忙？"

西棠摘了口罩说："没事，都安排好了。"

沈敏点点头："那就好。有事儿给我电话，"沈敏指指走廊后头，"那我进去了。"

西棠看着他往急诊大楼的后面走去，那条走廊一直往里延伸，通向住院部大楼。

西棠呆呆地站在原地，看着沈敏的身影在走廊尽头转了个弯儿，眼见就要消失了，她心里忽然一跳，拔腿追了出去："沈敏！"

沈敏回头，停下了脚步。

西棠奔到他面前，眉目略带了点焦急，她问了一句："他在住院？"

沈敏愣了一下，迟疑了两秒，还是点了点头。

西棠一瞬间怔住了，心里猛地收缩了一下，张了张嘴，却说不出话来。

沈敏看着她的神色，温和地说："就过来挂个水，门诊没法开，没什么事儿，别担心。"

西棠不再说话，转身走了。

高层病房里，灯已经熄了。

散发着消毒水气味儿的走廊里，只剩下头顶几盏夜灯幽幽的光，沈敏推开了病房外客厅的门。

赵平津躺在里间的病床上，闻声睁了睁眼，瞧见是他进来了，继续闭着眼休息。

沈敏在外边脱了大衣，进来低声地说："您没休息？"

赵平津点点头，他嗓子哑，不愿说话。

沈敏将椅子拖到了他的床边："刚把领导送回酒店，迟了些。"

赵平津今晚就是从那一场应酬下来的，跟合作方的领导吃了饭，安排了人陪同，他自己过来医院挂水。

他点了点头，表示知道了。

沈敏替他关了床头的灯，说了一句："娱乐新闻出来了，就是那结果。"

赵平津听见了，按着额头模模糊糊地说了一句："忙过了这事儿，你安排一下，就这两天跟老高吃个饭。"

沈敏应了一声："记下了。"

赵平津说："早些回吧。"

沈敏点点头，起身往外走。

"舟子。"沈敏走到门口，忽然回过头，叫了他一声。

赵平津手按在胃上，蹙着眉头，闻言看了他一眼。

沈敏张了张嘴，又看了眼床上的人，这几天他的胃炎发作，主治医师三天前就开了住院单，他拖到今天才进来。沈敏话到嘴边还是忍住了，低声说了一句："您早点休息吧。"

沈敏带上门，快步往外走了。

一直走到了走廊的尽头，沈敏才缓了口气，抬手搓了搓脸。

方才他硬是在赵平津跟前忍住了，没敢提在医院里看见黄西棠的事儿。

沈敏现在也摸不准赵平津的心思，只觉得这事儿碰不得。关于黄西棠，赵平津面上没什么，但沈敏知道，赵平津把他自己的心思压抑得太深了。

依沈敏看来，赵平津这么些年来，根本就是被宠溺坏了，骄奢跋扈那是不用说了，加上三十几年来人生一切顺意，他就没有办不成的事儿，也没有让他不顺心的人，哪怕年轻时跟黄西棠分手大闹一场，也是痛痛快快地解决，迅速出国，回来事情翻篇儿。沈敏知道，西棠当时那样折辱赵平津的脸面，他是打定主意老死不相往来了。

沈敏也没想到两人还能在一块儿过日子。

黄西棠回北京跟他住一块儿的那阵子，沈敏算是彻底看明白了，黄西棠若是跟他分了手，怕就是成他一辈子的念想了，沈敏就没见过他在乎哪个女人在乎成那样儿的。

结了婚之后，赵平津晚上加班加得多，沈敏有时夜里进他办公室，好几次见到屋子里是黑的，只有办公桌上留了一盏灯，电脑还亮着，窗帘拉开了一道缝儿，他独自坐在离落地窗几米远的扶手椅上抽烟，一动不动地望着窗外，璀璨夜色之中，从高楼望下去有一个黑点儿，方方正正的一抹漆黑。那是夜晚的紫禁城，一点灯火也没有，他就定定地望着那一片黑，瞳仁里泛着困兽一般痛苦而挣扎的赤色红光，只是后来那火光也慢慢地熄灭了，沈敏偶尔再见着他独自待着，眼底一片灰沉沉的，剩下的全是绝望。

有时瞧见他进来了，赵平津摁灭了烟，又恢复成了平静的脸庞。

他不愿意说的事儿，沈敏不会问。

赵平津的秘书遵照沈敏的指示一日三餐提醒赵平津按时吃饭，只是贺秘书隔三岔五地跟沈敏报告，说赵总吃饭太挑剔了。

上一回也是秘书不放心，打电话跟他说了，赵平津这两天胃口特别不好，好几次饭后都吃了止痛药。

沈敏也是实在没办法了，才想到了西棠，没想到瞬间就被识破了。

沈敏记得那次赵平津躺在沙发上，手横在额头上，闭着眼迷迷糊糊地问了他一句："她怎么样？"

沈敏听到他的话，愣了好几秒，方才意识到他在问谁。沈敏斟酌了一下，小心地答了："看起来挺好的，说是刚从欧洲工作回来。"

赵平津点点头，不再多问，只伸手指了指茶几："帮我收拾一下，交代小贺晚点给我热一下。"

那次下班时分，贺秘书特地过来问他："沈先生，你在哪里买的粥？赵总把粥全部吃完了。"

沈敏望着贺秘书，叹了口气，摇摇头转身走开了。

西棠回到了急诊的输液室。

没一会儿，门外有个护士来叫："倪凯伦家属，倪凯伦家属在吗？住院部那边刚刚查到，下午刚好有个病人出院，家属过来填住院单。"

西棠只能自己去办，阿宽太年轻了，不经事儿，西棠让她跟司机回去了。西棠等着倪凯伦输完液，太晚了没法请护工，便自己在病房里陪她。

国际病房的单间，西棠轻手轻脚地从外面走进来，结果发现倪凯伦醒了，躺在床上鼓着眼瞪她。

西棠心虚，嬉皮笑脸地凑近她："妈咪，你饿吗，要不要喝汤？"

倪凯伦瞧着西棠被冻得通红的脸颊："你又在外头吸烟？"

西棠赶紧说："这会儿外头没人。"

倪凯伦人虽然躺在医院，但余威犹在："皮肤还要不要了？"

西棠立刻装乖："我不抽了。"

倪凯伦又问:"哪儿来的床位?"

西棠老实地答:"我也不知道。"

倪凯伦盯着她的脸仔细地看,试图瞧出一丝破绽。

西棠睁着无辜的眼,她是真的不知道。

两人聊了一会儿天,倪凯伦睡过去了,西棠躺在沙发上裹着毯子,一宿半梦半醒,走廊里还是隔壁病房里的新生儿整夜轮流的啼哭,仿佛一场又一场前世今生的轮回。清晨六点多她就醒了过来,病房走廊里开始有人走动的声响儿,她便起来给倪凯伦买早点。

西棠一走出病房,走廊里挺热闹,一堆大爷大娘兴高采烈地趴在窗口往外边看。

西棠昨晚出去吸烟时就知道了,昨儿夜里三点多,北京下了今年的第一场雪。

产科的住院病房有着整个医院最好的楼层,基本没有愁容满面的家属,早起的大娘们凑在一块儿往窗外看热闹,整个北京城一夜之间银装素裹,窗台上、车顶上,都覆盖了一层薄薄的白雪。

西棠去买了早餐,回来经过走廊时,站在四楼的窗边往外看了一眼。

十一月的清晨,天光还没亮透,医院里仿佛有种末世的寂静之感,雪已经停了,住院部大楼下是一个院子,草坪上落了一层雪,露出黄绿的草尖儿,树枝上稀稀落落挂着霜花。

西棠拢着手臂,闲得无聊便看着窗外,朦胧灰暗的日光一丝一缕地亮起来,忽然她看到院子里的车道上驶进来一台黑色的大车。

西棠的心猛然一跳。

头脑还来不及做出任何思考,人已经下意识地躲在了窗户后面。

西棠手臂不自觉地收紧,压在了胸前,试图压制住轻微发颤的身体,心脏一下一下地跳得飞快,她看不清车牌号,只能定定地看着车子越驶越近,停在了住院部大楼门前的车道上。

一个中等身材的男人从驾驶座上走了下来,西棠瞬间就认出,是他的司机。

那一瞬间，心忽然就静了。

呼吸停止了，天地之间一片虚无，瞳仁里的影像忽然开始天旋地转地晃动，随后深深地陷进了那一片耀目而锃亮的黑色。

司机下了车，站在车旁，没一会儿，他快走几步，绕到后座打开了车门，住院部大楼里，一个男人走了出来。

隔着楼层往下看，西棠看不清楚他的脸，只看到一个穿着深灰大衣的高挑身影，脖子上裹着厚厚的驼色围巾。

司机替他打开车门，接过了他手上的包，然后给他递了一副黑色手套，他接过了。这时他的助理从大楼里走出来，立在他身后说话。赵平津停下脚步听了几句，那副软质羊皮手套就随意地搁在他手里，没有戴上。西棠感觉那手套是自己的一颗心，就那样随意地被他捏在手里，然后往手背上拍打了一下，又一下。

西棠仿佛看到了男人白皙的手背上一道蜿蜒的黯蓝血管。

黄西棠全身发紧，肌肉麻痹，喉咙里透不过气来。

龚祺跟他简单汇报了今早的行程，他点了点头，司机随即将他送进了后座，关上了车门。

车子迅速开走了。

第二天，赵平津约了高积毅在官房胡同吃饭。

宴是私宴，赵平津只请了方朗佲作陪，自己带了沈敏。高积毅推门进来时，看到方朗佲拉着沈敏正端详着茶几上的一个古旧样式的陶瓷罐子。

方朗佲瞧见高积毅推门进来："老高，托你的福，今儿哥们儿可也开了眼界了，这可是个地地道道的好物件。"

高积毅凑过去一看，双眼顿时亮了，茶几上的杯盏都被挪开了，正中央是一个粉彩花鸟宝瓶纹的花瓶，两尺多高，眼力见儿不够深厚，他一眼看下去没敢断言，粗略一估算，这要是真品，起码得是嘉庆年间的物件了。

高积毅心痒难抑："小敏，哪儿来的？"

赵平津坐在一旁，顺手给他递了个放大镜："上个月伦敦苏富比拍了一批,就数这个最地道,你不是说明年老爷子过生辰得送个稀罕物件,你瞧瞧这个怎么样?"

高积毅接过了,凑近仔仔细细地看了一遍,一副行家口吻:"这胎体和绘制,非官窑烧造不出来,估摸是唐窑。哟,这有个豁儿,补过,但很小……"

方朗佲跟着看:"哪儿哪?"

高积毅一边指给他看,一边心满意足地拍了拍他:"老二,瞧见不?就这品相,绝了。"

沈敏得了空儿,取过茶杯喝茶,赵平津让他满世界找东西,就为了能不露声色地给高积毅挣个面儿。他跟着这群子弟哥儿混了小二十年了,高积毅这人他明白,能屈能伸,是个城府极深的主。之前黄西棠搅黄了高积毅升迁的事儿,他对她恨之入骨,连带跟赵平津都闹成那样,两个人大有彻底翻脸的架势了,直到赵平津结婚时,主动邀了他来做伴郎才又交集。

沈敏还以为,他们发小儿的情分深,既然高积毅答应了,那过往的事儿就算翻篇了,没想到事情还没算完。

那晚高积毅给赵平津打电话来的时候,赵平津还在公司。

他人疲惫懒得挪动,靠在椅子上半躺着,沈敏给他检查要审阅的文件,挑重点的呈报,按他的指示做批复。

九点多,高积毅往赵平津办公室打了个电话,贺秘书接的。

电话转了进来,赵平津接了。

"老高?"

高积毅那边声有点轻飘飘的,估计在哪儿饭局上喝了点儿,人应该是回到了家,身旁有孩子和电视的喧闹声:"跟你说一事儿,我刚刚吃了个饭,跟台里的几位领导。"

高积毅话落了半拉儿,停了停,卖了个关子。

赵平津凝了凝神:"你说。"

"恰好佟台是今年电视节主评审,今年四套播出的那部戏嘛,口碑好、收视佳,拿几个奖没什么问题,最佳女主角——老佟问了问我的意见。"

赵平津一声不吭。

"舟子？"

赵平津压住喉间涌起的咳嗽："完儿了呢？"

高积毅那边一声放浪轻笑："你觉得呢？"

高积毅的声音越发得意起来："舟舟，你以为你真能护着她？她只要还在这道上走着，栽我手上，那是迟早的事儿。"

赵平津闭着眼躺在椅子上，抬手按了按眉头。

高积毅只听到那端的赵平津静默了几秒，随后是一声轻慢的讥笑，声音依旧带了点儿惯常的漫不经心，只是格外沙哑："老高，这还有我什么事儿？"

高积毅从赵平津跟黄西棠认识的第一天起，就没觉得他俩会有个结果，他和赵平津这样家庭的人，该娶什么样的媳妇儿，那都是早就定好的了，这事儿他倒是一心一意为赵平津好："舟子，女人你见得还算少？你也不用跟我来劲儿，哥们儿不过出口恶气。"

赵平津只简单地应了一句："这事儿我回头再跟你说。"

他极轻地咳嗽了一声，电话挂了。

赵平津陪着高积毅在沙发上看古董，沈敏站起来，招呼服务员进来点菜。

几个人吃了顿饭，饭后高积毅有牌局，方朗佲约了人谈事情，赵平津也不留人，酒足饭饱后纷纷起身。

高积毅先告的辞。

完了他起身往门边去穿大衣，那个花瓶还在茶几上静静地立着。

方朗佲一瞧，立刻响亮地说："小敏，还不给你高子哥搬到车上去。"

沈敏站到茶几旁，伸手麻利地一卷："高哥，我送您出去。"

两个人跨出西厢的厅堂，高积毅搂住沈敏的肩膀，笑嘻嘻地问："小敏，拍卖行的单子回头给我？"

沈敏说："高哥，您太见外了。"

高积毅拍了拍他肩膀："咱们亲兄弟不得明算账嘛，替我谢谢舟子。"

沈敏笑着说："这应该的，哥，您比我俩都可抢功了。您有啥好东西尽往老爷子那儿送，昨儿我跟舟子回去吃饭，老爷子还夸您孝顺呢。"

高积毅哈哈大笑："这不老家前几天来人了，稍带了点儿家里的东西，回头我跟我媳妇儿说一声，据说今年蜜柚也特好，回头我再捎带两箱，替我问老爷子好啊。"

高积毅跟沈敏说："老太太那是越发不认人了，那天我过去的时候，逮着我直喊晓江儿，得，你说我们大院里头在她跟前孝敬着的几个孩子，哪个不好？她就光记得晓江儿。"

沈敏笑了："您别介意，老太太好几年前就连我都不认了，只认我爸，这都走了多少年的人了。"

高积毅抬抬腿说："谁让人陆晓江招人疼，打小就跟着舟子后头转，老太太不认他认谁，我也不吃这醋了。"

沈敏陪着他往四合院的停车处走去，听着他絮絮叨叨地抱怨。沈敏明白，赵平津这几个发小儿一辈子都拴一块儿了，感情那自然是深的，只是各种利益捆绑在一块儿，谁都不比谁干净，赵平津能耐再大，也绕不开北京城的这个小圈子。

处在他们那个阶层的人都明白，他们手上是有点实权，但也都有各自系统和地域之间的局限，所以各方关系怎么打点，这是一门高深极了的学问，这么几十年下来，各种权势利益之间的互换一代一代地更迭下来，整个盘根错节的人际关系网就这么密密麻麻地织了起来。

沈敏见多了，他们办什么事儿，那就是一句话的事情。用赵平津的话说，在这北京城里头待着，早晨出来上班，站在大院门前的槐树下望一眼那条胡同，他整个人身心舒坦。

Chapter 3
她的事儿，我管一辈子

"磊子。"赵平津在那端忽然唤了一句。
胡少磊停住了动作。
赵平津的声音平平淡淡地："你也不用往外头说，心里明白就好，只要我这里还维持得住局面，她的事，我管一辈子。"

公司打来电话的时候，西棠在太原。

她在年尾的颁奖典礼中败北，没能获得一个最佳女主角，还被对头的公司发了几篇酸稿，倪凯伦发了狠地给她接工作。年底的活动邀约多，西棠从十二月初开始，商业活动就没停过。

圣诞节的前一天，她刚从杭州的剧组出来，就直接被塞上车送到了机场。

飞机落地太原武宿机场，西棠旋即被送去做妆发，晚上出席代言的化妆品牌的新年活动典礼。

那天晚上十二点过，倪凯伦的助理艾米给阿宽打电话，十万火急地叫："你俩明早立刻回来，唐导叫她去试镜。"

阿宽接到电话时正在酒店附近的小吃街买肥肠面，挂了电话，拎着两袋汤面和一把羊肉串就往回跑。凌晨的街道冷得很，热气腾腾的宵夜摊上依然灯光通明，年轻的男男女女凑一块儿喝啤酒，阿宽一路披发怒奔，喘着粗气进了酒店房间。西棠正躺在床上敷面膜，人都要睡着了，阿宽气震山河地吼了一声："快起来！"

西棠吓得一激灵，立刻醒了。

一会儿住在隔壁的同事敲门进来，递给她一页纸："凯伦刚刚发过来的。"

那是唐亚松的一页剧本，西棠低声问："没有保密协议吗？"

"有。"同事答，"凯伦说管不了那么多了，我没看，放心吧。"

第二天一早，公司派来太原的全班人马赶最早一班飞机返沪。

西棠在飞机上看薄薄的一页剧本，她拿到的这个角色是一个十年动荡时期的上海知青，小姑娘出身高知家庭，因为父母成分关系，一九七〇年被分配到了最偏远的青海建设兵团，那一年，她十九岁，是一名高中应届毕业生。

那一页剧本上只有三句台词，西棠甚至都看不出她是不是女主角。

其他人有一个星期备戏，西棠只有一天。

西棠问化妆师:"他怎么会临时找我?"

欣妮说:"听说是那几个复旦的大学生把他们和你在书店的合照传上微博去了,公司花钱买了新闻,估计是创作方那边突然有人看到了。"

西棠点点头。

欣妮说:"西爷,那照片我看了,我也觉得你的眉目气质很合适。"

一路风驰电掣回公司,整个造型部门的同事都已经在等她,造型总监李氩领着几个化妆师立刻围了上来,将她推进办公室。

倪凯伦坐在沙发上看她换衣服。

李氩亲自给她修眉型,倪凯伦在一旁问:"头发要不要修一修?"

李氩这时收起了兰花指,大将风度尽显,镇定地摇摇头:"不用,新剪的头发太刻意。"

用最快的速度把妆容定好已经是下午四点多,倪凯伦让她回家。

西棠回家关在房间里,翻出倪凯伦给她买的书,把之前写的笔记又揣摩了一遍。

夜里十点多,妈妈睡了,西棠披了件外套,下楼找倪凯伦。

倪凯伦正在房间里打电话。

西棠走进去,盘腿坐在她房间的沙发上,听到她跟公司的大老板说话:"打过招呼了,但应该用处不大,唐亚松不吃这一套。"

那头的十三爷说了什么,倪凯伦不客气地说:"她就一丫头片子,您还想怎么地?几个最红的花旦都去了,连今年新科影后都乖乖合作试镜。"

倪凯伦本来明天要陪西棠去电影公司,西棠不放心,劝住了她,让她在家休息。谢医生说,倪凯伦还是需要多休息。这一段时间,因为倪凯伦怀孕,西棠常常打电话给谢振邦咨询。

谢振邦为了她,把轮科时学到的妇产科知识又捡起来学了一遍,活生生地把一个肾脏科专家逼成了妇产科大夫。

西棠看向倪凯伦,她穿着宽松上衣,小腹已经微微隆起,真神奇,轰轰烈烈的女强人竟然要当妈妈了。

孩子查出来的时候，西棠知道倪凯伦不是不彷徨的，她今年三十八岁，事业正处于巅峰时期，国内一线娱乐公司的高层，一个月有二十天在外出差，一天工作超过十四个小时，手握整个公司艺人的生杀大权，突然改变生活方式刹住车，她不觉得自己已经准备好了。

可是年龄有点大了，她忽然也想要孩子。

西棠问："他知不知道？"

倪凯伦答："这不关他的事。"

"你至少应该告诉他。"

"他与前妻已经有三个孩子，他不打算再有孩子，我们也没有联系，这只是一个意外。"

这是她唯一一次提到孩子的父亲。

"你爸爸妈妈怎么看？"

"我父母离异，各自重组家庭了。西棠，这是我自己的人生。"

西棠回去告诉妈妈，她妈妈特地下楼来，拉着倪凯伦的手，反反复复地安慰倪凯伦："倪小姐，你要是想生，你别怕，只要我身体好，凯伦，我给你带。"边说边流下泪来。

西棠给她妈妈擦眼泪，然后自己也跟着哭了。

倪凯伦看着这一对母女，她知道她们为什么哭，就是那一刻，她决定把孩子生下来。

倪凯伦打完了电话，冲西棠招招手："干吗下来？"

西棠神色有点焦虑："我有一点点紧张。"

倪凯伦用不争气的眼神瞪她："横店混了几年出来的，还有什么比那更可怕？"

西棠撇着嘴委屈地说："这是真正的大导演，我从来没有合作过。"

倪凯伦给她壮胆："多大的导演，难道他用的镜头就是照妖镜不成？你演你的，管他是谁。"

西棠龇着牙乐了。

倪凯伦说："过来。"

西棠走过去，躺在床上，脸轻轻地贴在她的大腿上。

倪凯伦摸了摸西棠的头发："累？"

西棠摇摇头："有戏演，不怕。"

西棠凑过来摸她肚子："宝宝好吗？"

倪凯伦温柔地笑了笑："挺好。"

倪凯伦捏捏她的脸："谢医生圣诞节给你打电话了？"

西棠点点头："约了新年工作结束去吃饭，现在只能推迟到试镜结束了。"

倪凯伦说："得了空多陪陪男朋友，不要怕记者拍，打死不认就行了，只要你俩商量好了就行，感情是要经营的。"

西棠低垂着眉眼，低低地说了一句："他不是我男朋友。"

倪凯伦也不跟她争辩。

西棠赖在她的身上："妈咪，宝宝生出来，做我干儿子好不好？"

倪凯伦立刻反问："你自己以后不会生一个？"

倪凯伦嘴上一说，心里却忽然想起了什么，表情缓了一缓，悄悄地侧脸过去看黄西棠。

西棠却依然没心没肺似的，嘿嘿地笑："反正你不给他找爹，多一个妈咪有什么不好？"

倪凯伦爽快地答应了："那行，以后让他给咱俩养老。"

最后定下来的试镜造型，西棠穿了一件蓝粗布裤子和白衬衣，几乎没化妆，只带了阿宽去试镜。

别小看这件衬衣，她昨天试了起码两打，挑出了这一件。

一进演员的休息室，里边叽叽喳喳的一群人，西棠见到数张熟脸孔。

章芷茵也在，穿一袭洁白的连身裙，配了艳色红唇，打扮得非常漂亮，身边是助理和化妆师。

屋子里还有另外几个年轻的女孩子，凑在一起咬着耳朵窃窃私语，容貌皆十分标致，只是脸孔不熟，应该是艺术院校的学生，每个女孩子都每隔五分钟对着化妆室里的大镜子检视妆容。

不管成名与否，都赤膊下地同场搏杀，娱乐圈真真正正的残酷。

西棠坐在房间门口的一张椅子上，忽然大门被推开，一个穿着西装的年轻男人走进来。西棠正好仰起脸，那男人脚步停了一秒，略带意外地打了声招呼："黄小姐？"

西棠只觉得他面熟，一下想不起来是谁，只好站起来略微鞠躬："您好。"

那俊朗青年翩翩一笑，被工作人员围着请走了。

一行人经过试镜的休息室，章芷茵娇滴滴地唤了一声："胡少——"

西棠闻声望过去，只看到章芷茵如一只轻盈的蝴蝶一般扑到了男人的胳膊上，紧紧地挽住了，那男人轻佻地捏了捏章芷茵的脸："宝贝儿，越来越美了。"

阿宽站在一旁，忽然说了一声："咦，那是不是华影的少东？"

西棠已经想起他是谁了。

她懊恼地掐自己的胳膊，倪凯伦要是知道她这般愚笨，非得杀了她不可。

西棠悄声地跟助理说："回去别跟凯伦说咱们见过他。"

阿宽纳闷地说："为啥呀？"

西棠还来不及威逼利诱阿宽，就看到一扇门推开了，执行导演走了出来，姑娘们纷纷站了起来，那男人粗声粗气地说："唐导到了，各位，去洗个脸，准备进来。"

那男人回头补了一句："有妆的不用进了。"

化妆室里顿时鸦雀无声。

胡少磊一路分花拂柳进来，检查了一遍试镜的工作，他随即上楼，进了自己的办公室。

他年前毕业回国来，父亲就直接让他进了集团，分管投资以及影视运营。

他回来时，正好赶上了唐亚松筹拍新片，这部电影，华影是制片方和出品方。唐亚松要公开试镜女主演的消息一出来，整个娱乐圈的女演员，只要年龄还沾边的，都杀红了眼来抢，各方势力角逐。唐亚松是名导，不合适角色的，他是绝不会要的，所以到底要定谁来演，这事儿目前还悬乎。

谁都来跟他打招呼，哪方的交情都有。

胡少磊不想蹚这浑水，得罪各路神仙的事儿，他不想出面，打算丢给唐亚松。

胡少磊进了公司办公室，隔了没到一个小时，秘书敲门进来说："胡少，唐导那边结束了，请您过去。"

胡少磊笑嘻嘻地："说我这儿正忙呢，唐导定吧，呈报审批就行。"

秘书识趣地点点头。

胡少磊问了一句："试镜结果怎么样了？"

秘书呈上一沓资料，胡少磊说："行了，你先出去吧。"

胡少磊拿着那些文件走到沙发旁坐下喝了口水，跷着腿翻了翻，忽然看见一张面孔，完完全全的素脸，一点妆也没有，因此五官看得十分清楚，一张团团圆圆的小脸，眉毛很长，脸孔精致娇柔，翘鼻子却有一股子刚烈倔强的气息，这样漂亮的女孩子，令人难忘。

胡少磊走到门口，秘书正往外打电话，看到他出来，立刻站了起来。

胡少磊说："小郁，你先等会儿。"

北京今年冬天的风特别大，多云少雪，空气不好。

赵平津下午开完会，出门送领导，步出大会堂的台阶，略微抬目望去，只见一团一团浓黑的乌云积压着垂在紫禁城的红墙黄瓦上。

赵平津陪同着领导往台阶下走，这时他身后不远处随行秘书的手机响了，沈敏跟领导的随行工作人员告歉了一声，走到一旁接电话。

一直走到了台阶下的黑色轿车旁，中年男人笑了笑，威严的脸显露出一丝家常的温情："舟儿，回吧。"

赵平津谦虚客气地同男人握手："您慢走。"他看着黑色的轿车驶了出去。

这时司机将赵平津的公务车开过来，他坐进了后座，沈敏走到他的车门旁，递上手机："找您的。"

赵平津看了一眼屏幕，点了点头。

沈敏替他合上了车门。

赵平津靠在椅背上，放松了身体，这才举起了电话，笑着问了声："磊子？"

胡少磊一开口就抱怨："你小子派头够大啊，打电话都找不着人。"

赵平津在这端没个正形："哥们儿在领导跟前呢，哪儿敢接电话啊。"

胡少磊不想搭理他："行了，谁不知道你忙，别跟我来官腔。"

赵平津笑着改了话题："你回北京了？前儿海军回来探亲，给哥儿个捎带了几箱自己农场的有机水果，还惦记着让你尝尝。"

胡少磊出生于六里桥的制片厂大院，以前的北京孩子特淘气，那会儿赵平津常常骑了自行车，跟大院孩子去永定河捞鱼捉蚂蚱。制片厂大院就在永定河支流边上，胡少磊初中时跟张海军是同桌，通过他结识了赵平津，算起来，也是二三十年的交情了。张海军毕业后下基层锻炼，几年才回来一趟，胡少磊关心地问："军子回了？准备待多久？"

赵平津仰着头，捏了捏鼻梁："他媳妇儿快生了，这次是特地休假回来陪产的，可能有半个月吧。"

"我上个周末回去，你怎么不见影儿？"

"我这不有事儿吗。"

胡少磊没好气地说："我怎么听说你是陪你老丈人一家去了度假村？结了婚的一个个都那蔫巴样儿。"

赵平津嬉皮笑脸地回了一句："要不你也结一个？"

胡少磊立刻掐了他的话："你可千万别，逮谁都跟你一块儿往火坑里跳，我这儿有一事儿，正经事儿。"

赵平津问了句："什么？"

胡少磊直接问："那姑娘的事儿，你还管吗？"

电话那头断了线似的停住了一秒。

胡少磊忽然有点不安，追着唤了一声："舟子？"

赵平津很快回了话，那涎皮赖脸的声儿没了，声音倒十分平静："怎的？"

胡少磊摸不准他心思，只能如实说了："我今儿见到她来试镜电影剧本，老唐有几个属意的,她也在其中,据说她戏好,但似乎脸上动过,选不选她,那也还说不准。"

赵平津语气忽地有点不高兴:"她脸很好。"

胡少磊心一惊,委婉地说了句:"老唐也是要看看出品方这边的意见的。"

赵平津不紧不慢地问了一句:"本子很好吗?"

胡少磊也不客气:"剧本我没看过,但这个项目是特批的,华诞献礼的文艺项目,最起码会入围明年全部金奖类电影奖。"

赵平津听罢,沉默了一会儿,应了一句:"需要什么资源,你跟小敏说一声,这戏是她的了。"

胡少磊暗暗地松了口气,笑嘻嘻地答:"得了,有你这话,哥们儿好办事,哥们儿保证给你处理好,挂了啊。"

"磊子。"赵平津在那端忽然唤了一句。

胡少磊停住了动作。

赵平津的声音平平淡淡地:"你也不用往外头说,心里明白就好,只要我这里还维持得住局面,她的事,我管一辈子。"

胡少磊惊得愣了好几秒,方才认真地答应了一声:"我明白了。"

黄西棠是在横店剧组收到正式消息的。

当天下午,西棠向剧组请假回上海,倪凯伦穿宽衫、平底鞋,带着西棠去了华影大楼签约。

签完约的第二天早晨去上工,同组的演员和同事纷纷过来跟她寒暄,导演亲自上来跟她说:"西爷,西爷,哎哟,今儿怎么有点不一样了?"

西棠赶紧客气地说:"一样儿一样儿,您别是笑话我呢。"

西棠识相,下了戏,请全剧组工作人员吃火锅。

人生当中的很多重要节点,后来回想起来,其实都显得面目平淡。西棠记得那天是十二月二十八日,横店很冷,她裹着军大衣坐在片场,听跑场的小演员们聊天。演员是一群栖息在片场的候鸟,没有休息,没有假日,新年当天,三十多个剧组仍在拍戏。

不知不觉,又是一年过去了。

中原新年酒会。

晚上七点多，赵平津在自己的休息室里，沈敏正给他递前几天的会议报告，他前两个星期都在外地考察，有几个重要的会没有出席。郁小瑛推门进来看了看，瞧见他在忙，自己串门玩儿去了。她是中原高层家属，对中原内部的人事都很熟悉。两人没谈恋爱以前，郁小瑛为数不多几次见过赵平津，就是在他进入中原工作之后的家属团年会，但郁小瑛基本没跟他说过话儿，原因是以往的每一年，他在集团的年会待得都不久。他在职能部门担任总工程师，新年假期不出意料的话，都会特别忙，一般都是到场打了招呼就离席了，他大伯一般是由赵家几个家族庶出子弟陪同着。但这一两年赵平津当了领导，必须与民同乐，轻易不能离开。这种集团内部的社交场合，郁小瑛处理起来如鱼得水，甚至带了一丝隐秘的兴奋，以往她都是陪着她父亲来，今年，是她第一次陪着丈夫出席。

半个多小时后，助理敲了敲休息室的门，走进来跟赵平津低声一句："郁董的车到了。"

赵平津站起来，助理给他穿上西装外套，推开门，郁小瑛正好回来了，她今天精心打扮过，脸上带着一抹嫣红的笑意。

赵平津温和地微笑："咱们出去吧，爸爸他们来了。"

郁小瑛顺从地挽住他的胳膊走出了房间。

会场设在二楼的宴会厅，一楼的大厅入口处铺了红毯，员工尖叫笑闹的声音不断传来，人人脸上都洋溢着喜气的笑容，郁卫民夫妇正由秘书陪同着步入宴会大厅。

郁小瑛走上前去，高兴地挽住她母亲："妈妈，您今晚真漂亮。"

郁小瑛母亲笑着捏了捏女儿的脸，却是对着赵平津说话："舟儿，年关忙，工作辛苦吧？"

赵平津笑着答："还可以。"

他随即转头客气地唤了一声："郁董。"

郁卫民带着笑容点了点头。

郁卫民身旁是总部机构改革后新上任的领导，笑呵呵地道："老郁，瞧瞧你们这一家子,真让人羡慕啊。"

赵平津同他握手:"有一阵没见您了。"

晚上八点十分,嘉宾走完红毯,主持人串词开场,节目表演开始,郁小瑛坐在一排,赵平津端坐在她的身旁,一张英俊瘦削的脸庞,在光影变幻中,露出白玉一般冷硬的侧颜。

哪怕搁在她认识的所有北京男孩儿里头,赵平津无论从容貌到家世,都算得上是上上之乘,这样一个男人,做了自己的丈夫,她是真的觉得幸福,加上她对最近的生活挺满意,赵平津在家陪她的时间多了,虽然他也忙,在家时在书房工作的时间也多,但晚上回了家,就基本不外出了。

郁小瑛知道,他在外头没有别的人。

这一点令她安心。

他们结婚之前,郁小瑛就知道他有女朋友,具体有多少个不清楚,但她知道,外面的那些女孩子跟他们这样家庭的人是不一样的。赵平津再爱玩,结了婚,那也得老老实实地做好丈夫的本分。

她之所以这样有底气,得益于她的婆婆周女士。

周女士表明了态度,赵家认的就是郁小瑛这个儿媳妇,她自己儿子的品行,她是最清楚的,赵家男人骨血里就是极端注重家庭的人,老爷子年轻时走南闯北,一生戎马,夫人一直是原配。老太太大字不识一个,人却是十分贤惠,为老爷子在陕北老家伺候公婆,生了五个孩子,夭折了两个,老太太一九四八年才到北京,跟老爷子举案齐眉过了一辈子。他爷爷奶奶的感情,他看在眼里,记在心里。

周女士跟郁小瑛说,赵平津婚前有多少绯闻事儿她不用管,他婚后对媳妇,那绝对是一心一意的。

赵平津做到了。

郁小瑛心底一清二楚,嫁给他,再稳妥不过,他们这样的家庭,夫妻之间和和气气的,是一种体面。

她明白赵平津比她更谙这个道理。

台上音乐暂停间隙,郁小瑛凑近赵平津的脖子,在他耳边低语:"过两天就是腊八了，今年备的礼单，小敏转给了我，其中送给家里各族亲戚的已经基本送出去了，还有什么要交代的吗？"

她贴近的一刹那，赵平津搁在椅背上的手微微抖了一下，但立刻控制了，他略微倾身，维持住了一个得体的姿态，在他妻子身边温和地回了一句："家里的礼数你跟着小敏办吧，还有今年新给你爸妈那边的，你喜欢什么，就挑什么。"

郁小瑛冲着他乖巧一笑。

赵平津不动声色坐直了身体，转过脸看着舞台上的主持人，左手却轻轻地握住了郁小瑛的手，他不用看也知道，身旁坐着的几位董事，还有集团的下属，前排的记者和摄影师，他身边环伺着的一堆一堆的人，都在看着他跟郁小瑛，这里头的戏，可比舞台上的精彩多了。

新年伊始，终于忙过了一天无数个会连轴着开的年终。新年节后他工作了一个星期，沈敏强制性地减少了他的工作量。赵平津这几天都是六点多下班，司机会在他下班后将他送回柏悦府。

在柏悦府，他有时休息会儿，有时处理点公事，晚上十点左右，司机再将他送回霞公府的新房。

夜里八点多，他在床上躺着，沈敏电话进来："我给您订了汤和面。"

赵平津抬手横放在额头上，冰凉的手臂压了压发烫的前额，闭着眼模糊地答了一句："不用忙了，我吃不下。"

沈敏不理他，语气是万年不变的谦和，却不容拒绝："十五分钟后到，您开门拿一下。"

过了一会儿，果然门铃响了，赵平津只好穿了件衬衣，起床去开门。

他拆开那几个包装得严实的餐盒，坐在厨房的餐桌旁，取了一副碗筷出来。

半碗汤喝下去，额头慢慢地渗出汗来，赵平津撑着餐桌缓慢地起身，一步一步地挪出了餐厅，走到客厅沙发上躺了下去。

沙发上惯常搁了张薄薄的羊绒毯子，他伸手扯过来，裹住了自己的身体。

闭着眼昏昏沉沉地躺着，不知道过了多久，胃部的疼痛稍缓，他睁开眼坐了起来，看着寂静无声的屋子，窗帘拉得严实，客厅的灯没有开，餐厅的灯亮着，晕黄的暗暗的光线透出来，在客厅的转角处，那一扇房门依然关闭着。

赵平津在沙发上怔怔地坐了会儿，起身走过去，轻轻地推开了黄西棠的房门。

他已经有一阵子没有进来了。

他们分开后有很长一段时间，他白天工作完，夜里下了班，就回到这房间里坐着。有时下班时精神还好，他就一件一件地随手翻看她留下来的那箱杂物。这个箱子跟着他有六七年了，黄西棠发现这箱子之前，他一次也没有打开来看过。之前黄西棠在家的时候，他倒是偶尔见她盘着腿坐在地板上，凑着头往里头翻东西。赵平津有时经过她房间，看见她不是在端详那些学生时代的照片，就是在看自己的笔记本。那时他们关系疏离，他嫌弃这些东西灰尘多，从不曾费心关注过她到底在做什么，没想到如今一打开，她保留着的一沓一沓的跟他在一起时的电影票根、景点门票、车票、登机牌，这些零零碎碎的票据的历史已经超过十年，纸张发黄，甚至有些往事，他自己的记忆都模糊了。

黄西棠丢过这些东西两次，第一次是他们分手，她把嘉园的那套房子卖了，东西全扔在了门外，沈敏去捡回来，送还给了他；第二次，她在北京离开他，这箱子留在了他的公寓。

他知道她今生已不会再回头。

那时赵平津已经结婚了，在中原集团职务升迁，工作更加忙碌，夜里大部分时候都有应酬，回来时已经很晚了，身体极累，他只能一动不动地坐在她床边的地毯上，什么也不干，就那样呆坐着，不知不觉就坐到了天光微亮，这样一宿一宿地睡不着。后来有一阵子，他知道自己这样下去不行，便吩咐公寓的保洁人员打扫后把门锁了，但没过多久，他还是拿回了钥匙。

黄西棠在家的时候，她从来不锁门，房门关上的时候都不多，也许觉得房子是他的，他们之间是金钱关系，她服务得尽心尽力。

她这人就是这样，各种各样拧巴的小心思，各种找抽。

她离开他已经很久了。

那一夜，她猝不及防地跟他告别之后，他让她下车走了，而后恍恍惚惚地驱车回了柏悦府，心底仅存一丝微弱的幻想，以为她不过是跟他闹脾气吵架，回到家时，却发现她早已做好了一切准备，房间收拾得很干净，连被子都叠了，所有她用的私人物品都已经清理干净，梳妆台上空无一物，下边的抽屉拉开来，第一层是空的，第二层的角落里，放着一个纯黑的木头盒子，上面一张银行卡、一张房门卡，码得整整齐齐的。

银行卡是当初他给出去的那张，房门卡是柏悦府的，盒子里装着的那块表原封不动。

他伸手打开了那个盒子，看了一眼，一顺手就把梳妆台的镜子砸了。

她就是存心气他，她从他这儿拿了多少钱哪，也没见她推辞，装什么清高，就这么一个他亲自送的破手表，她就是不要。

想当年他们爱得最深的时候，他喜欢她，就想哄她高兴，喜欢一件儿一件儿地送她些好看的玩意儿。想到分手后黄西棠怎么对待那些礼物，想到那些破铜烂铁的最后下场，新仇旧恨，赵平津气得头一阵晕，眼前都黑了。

镜子碎了，掉了一地的玻璃碴儿，他恨她，很久不回柏悦府，有一天再回来时，屋子已经收拾干净了，镜子也换了新的，却再没有一个小小人儿从房间里跑出来，白白的脸蛋儿，黑色头发扎得乱糟糟的，对他傻乎乎笑了。

赵平津坐在床边的地毯上，靠着床伸直了腿，拉开了衣柜最底层的一个抽屉，熟练地扯出了那只小熊。

他没答应还给她，她就真的没有带走，偷偷搁在衣柜里头，还给它穿了一件小毛衣。这玩具真是她从小抱到大的，以前他们谈恋爱那会儿，他就一直见她抱着它睡，毛绒都秃噜得不成样儿了。他把小熊拿出来，发狠地猛抽它的头，打得它头都委顿下去了，定定地看了会儿，忽然又舍不得，只好把它的头扶了起来，又抬手摸了摸。赵平津愣了好一会儿，举起小熊小心地嗅了一下，似乎还闻得到她口水的味道，心里忽然就又难受了。

车子开进胡同大院。

院子里打扫得干干净净的，春联已经贴上了，树下挂着一排红灯笼，赵平津在大院里停了车，往他爷爷奶奶的小楼走去。院子里的楼道口边上，迎面正走过来一个年轻漂亮的女人，手上牵着一个小丫头，红扑扑的脸蛋，齐眉童花头，穿一件红彤彤的小裙子。

女人一见着他就瞪眼睛："哟，这谁呀？稀客呀。"

赵平津嘴上也没闲着："现在姑娘可真不害臊，哪有人大年三十回娘家呀。"

齐灵瞪他一眼，也顾不上拌嘴了，目光溜溜地打量了一眼他身边的人。

赵平津笑笑，介绍身边的郁小瑛："瑛子，你见过的。"

齐灵笑声爽朗："婚礼上见过一回。"

赵平津说："这我们发小儿，铃铛儿。"

郁小瑛一副乖巧的小媳妇样儿，嘴巴甜甜的："姐姐好。"

这时楼上铃铛儿妈妈走到阳台上了，手上还拿着一把大葱，见到赵平津，立刻热情地喊："舟儿，上阿姨家吃饺子啊。"

小姑娘仰着头声音清脆地大喊："姥姥！"

铃铛儿松开了女儿的手："上去吧，进门记得问姥姥、姥爷好啊。"

小姑娘"噔噔噔"跑远了。

齐灵冲着赵平津使眼色。

赵平津明白了，这是有话要说："我跟铃铛儿聊两句。"

郁小瑛含着笑，跟铃铛儿招呼了一声，转身往大院里头走去。

铃铛儿看了他一眼："我上次一回来，我妈可就跟我说了啊，我孩子明年都上幼儿园了，你和晓江还打架？"

赵平津嬉皮笑脸地："架不住您魅力大呀。"

铃铛儿笑着踮脚伸手去拧他耳朵："还贫嘴。"

赵平津赶紧躲。

铃铛儿贼兮兮地说："我可都听说了，为了一个女孩子？"

赵平津的眼眸瞬间黯了黯，面上却看不出半分，语气还是轻松随意的："哥们儿几个哪回打架，外头哪回不说是为了女孩子，你还真当真儿？"

铃铛儿一看他这样儿，也不想管他的事儿了。赵平津这人就是被宠坏了，对待男女感情，她就没见他认真过。当初她为了他背叛了初恋，晓江儿最后闹到要自残。为了这事儿，陆晓江他妈跟她妈妈闹了十几年的矛盾，最后还不是一样随时间淡去了，争风吃醋的事儿是有，但怎么看起来，都像是男人之间较劲儿的成分居多。年轻时的感情都冲动而炽烈，如今十几岁时候的那些事儿，看起来就跟雾气似的，太阳出来，什么都散了。她也不信赵平津是什么深情的主儿，男人结了婚，万事皆休："也是，咱们里头的事儿，你们自己清楚就行。行了，媳妇儿在屋里等着呢，我不耽搁你了。"

赵平津点点头，替铃铛儿拎了手上的东西，送她到了楼梯口。

除夕夜里一家人吃团圆饭。

周女士早上就回来了，跟着他大伯母和保姆一起做了一大桌子菜。饭桌上，老太太、老爷子和他大伯母都在，周女士安安稳稳地做她的孝顺媳妇儿，等到一家人在电视前坐下了，她给老爷子沏了壶茶，跟在南京过年的丈夫通了电话。终于得了空儿，周女士坐到了赵平津身边："晓江他妈妈春节回来，头一个就找我告的状，家属院子里头都传遍了，你把人胳膊都打折了。"

赵平津赶紧往她嘴里塞蜜饯。

周女士抬手要揍他："我看你是越来越不像话了。"

郁小瑛在一旁，她这婆婆语气是骂，细听下来，也没有真的责怪的意思，赵平津依旧一副嬉皮笑脸的样儿。婆婆宠儿子，那也真是宠。

周女士在一旁说："瑛子，你得好好说说他。"

郁小瑛赶紧答应："哎，妈妈。"

赵平津说："行了，这事儿您甭管。"

郁小瑛开始研究丈夫，故作好奇地问了一句："你俩为什么打架？"

赵平津笑了笑："你还真信我俩打架？我俩好着呢。"

郁小瑛不再问了，微笑了一下，转头陪着老太太看电视里的金猴闹新春。

Chapter 4
《春迟》

"这么久不见了,你不能说点好听点的吗?"西棠气得直翻白眼。
"这么久不见了,你就不能剪个好看点的发型?"这人依旧没个正经。

西棠一下飞机,就感觉嗓子不舒服。天气预报说,北京整个三月,有雾霾的天数预计超过二十天。

西棠来北京见唐亚松导演,参加剧本讨论会,进行拍摄前期的准备。

在第二次剧本围读会上,西棠终于见到了秦国淮。

那是在华影唐亚松的办公室,西棠按照每天的行程惯例去跟编剧老师上课,那一天,她推开门,只见一个男人坐在沙发的中央,穿白衬衣、灰色西裤,头发没有做造型,略微长的黑发垂落在额头上。他听到推门声,略微抬起头来,那张脸英俊得光彩照人,五官和屏幕上是一模一样的,皮肤状态却比屏幕上看起来稍微老一些,眼角有几缕浅浅的皱纹。

这是西棠在荧幕上无数次凝望过的脸。

尽管知道他迟早会来,但那一瞬间,她还是愣住了。

旁边的演员笑着说:"淮哥,芳菲来了。"

芳菲是西棠在剧本里的名字。

西棠走近了几步,在沙发前站住,喊了一声:"秦老师。"

她感觉自己嗓子发紧,声调有些奇怪,心跳得很快。

那一瞬间,她的脑子里有太多往事闪过。他贯穿了她整个青春,墙上贴着他的海报,电脑里反复地播放着他的片子,她上大学后,会对着他的戏揣摩演技,幻想自己在和他对戏,现在真真切切地面对着这张面孔,她的脸瞬间微微涨红起来。

秦国淮本人很和气,也很平静,站起来和她握了握手:"黄小姐。"

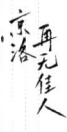

早上开剧本讨论会,座中有秦国淮,西棠很认真,有些害羞,话也没有多说,幸好没人注意到。开完会,阿宽进来接她时,她觉得晕眩,阿宽还以为她饿到低血糖了,赶紧给她剥糖果,剧组里的编剧助理小何问她:"西棠,下午还去北大街吗?"

西棠点点头。

"那下午见喽。"

《春迟》剧组第一次在北京开筹备会时，唐亚松就给全部演员发了一张借书卡，借书卡上的地址位于北大街胡同的深处，是北京的一个私人藏书馆，里面收藏了大量私人家庭留下的从建国到现在，尤其是动荡时期珍贵的家庭书信、照片，还有保存下来的文献和刊物。

西棠在北京的这十多天，基本每天下了训练课就去图书馆。

那天下午，西棠正在书架上查阅文献，看到馆里来了一位由两个年轻人搀扶着的头发花白的老先生，旁边还跟着馆员。

西棠看到了一个熟悉的人。

沈敏一看见她，低身跟老先生说了几句，向她走了过来。

沈敏瞧见她，依旧是温和的笑意："你烫头发了。"

西棠摸了摸自己黑色的齐肩鬈发："嗯，新戏的角色。"

《春迟》的剧本太好了，西棠读的时候，几次都落泪了。戏中的女一号丁芳菲，三十四岁，设计公司白领，已婚，育有一个五岁的女儿，丈夫是秦国淮饰演的左厚。夫妻结婚多年，感情日趋平淡，因为各种琐事反复争吵，终于吵闹到要离婚，这时丁芳菲母亲突然去世，临终前留下的心愿，是要丁芳菲去寻找被留在青海省西宁市的大儿子。

青海省西宁市格尔木农场，丁芳菲一辈子从来没听说过这个地方。

一九七八年，出身高级知识分子家庭的母亲为了返城，离开了她的青海丈夫，离开了年仅两岁的儿子，残酷年代中的一己私念成为她一生最大的愧疚。活着的时候，她有丈夫、女儿，不敢面对这份愧疚，却在即将离世的时候，把一生的大半遗产，一幢城区的老房子和几十万存款全部留给了那个被遗弃在青海湖畔的儿子。

丁芳菲不知道她竟然还有个同母异父的哥哥。

母亲的离世给芳菲的生活带来了巨大的变化，她心里满怀悲痛，却也带着一丝隐隐的不满，不满那个哥哥分走了她母亲的爱。尽管如此，她却决定要执行母亲的遗嘱。因为正与丈夫分居，所以在电影的一开头，她独自带着五岁的小女儿,从繁华富庶的中国东部,一路西行,千里迢迢去找她一生中从未谋面的大哥。

西棠为了丁芳菲这个角色把头发烫卷了,她看着沈敏,有点不好意思地说:"挺显老的吧?"

沈敏宽厚地笑:"挺好看的。"

沈敏带她进了馆里不对外开放的地方。

这家私人图书馆里有一些十分私密的收藏,捐赠人要求不对公众开放,仅作学术研究,这里面包含了沈敏父母的一部分书信和日记。

沈敏说:"我捐出来的,是我父母寄回北京的书信,还有我父亲在青海写的工作笔记,整理出来的大约有三十万字。我自己保留了一份复印件,原件捐给了田老先生的图书馆。"

她最近一直在看这方面的资料,容易被触动,满心的感动。

沈敏看她眼泛泪光,赶紧转移话题说:"刚刚那位是田老先生,你见到了吧?他是舟舟的书法老师。"

西棠点点头,田稽卿,大书法家、收藏家和馆藏家。

沈敏笑着说:"舟舟从小跟他习字,后来老爷子也送我去,我写得一般,但舟舟是正式拜过师门的。"

沈敏带着她参观这间图书馆的馆藏,走到里头的一个房间。这是一间小小的读书室,棕红色的大书桌,长条板凳,沈敏介绍说,这个读书室不对公众开放,平日里只开放给北京几个高校历史系和中文系的研究生,今天是周一,里面空无一人。西棠好奇地东张西望,沈敏却站定了,立在房间的中央,指了指墙上的一幅字,笑着说:"你猜猜这是谁写的。"

雪白的墙壁上挂着一幅条幅书法,黑墨流云,乌木挂轴,绫锦镶覆。西棠略略眯起了眼,仰起头看那三行章草,发现是临摹的《远涉帖》:师徒远涉,道路甚艰;自及褒斜,幸皆无恙。

后来,从在北京开始跟着编剧老师参与剧组筹备,一直到六月份离开北京出外景去青海,西棠每天都来这个阅读室背剧本,窗外栽了几株翠竹,十分清静。

有时候读剧本读得累了，西棠抬头揉揉眼睛，那幅字就跃入了眼中，笔势细腻遒美，落笔却是一气呵成，缥缈之间仿若流风回雪。字没有署名，仅在条幅的下方，盖了一枚小小的朱红印鉴。

　　那样风骨的字，出自那样一个骄纵猖狂的人之手。

　　西棠读了一段时间的剧本后，有一天在华影开会，一个导演组那边的同事唤她，芳菲芳菲，她自然地回了头。

　　就是那一刻，西棠知道自己入戏了。

　　周四下午，赵平津开完了会，前脚回到自己的办公室，后脚沈敏就跟了进来。

　　沈敏跟他打了声招呼，往他桌子上摊开文件："新开展的两个项目的开发方案需要您审批，这是急签文件，还有这一批储备干部的提拔名单。"

　　赵平津坐在椅子上，取过水杯，半杯水凉透，他略微皱了皱眉。

　　沈敏按了内线电话，让秘书送他惯常喝的水进来。

　　赵平津按了按眉头，凝神看眼前的文件，看了一会儿，他忽然抬头，望了沈敏一眼："着急下班？"

　　从进他的办公室开始，沈敏看了两次表了。

　　沈敏说："没有。"

　　赵平津看了看时间，下午四点多，这时候还早，他经常加班，有时下了班还有应酬，沈敏跟着他，很少在八点前下班。

　　沈敏忽然说："我今天约了西棠。"

　　赵平津搁在桌面上的手顿时停住了。

　　沈敏解释说："本想上班中途走开一会儿，没想到您的会开了这么久，我一会儿还有接待工作……她拍戏需要份资料，馆里不让影印，我答应了给她带一份复印件。"

　　赵平津听了，头也没抬："你明天再给她送过去。"

　　沈敏说："她明天要离开北京了，去青海拍戏。"

　　赵平津听了，一言不发，继续翻动手上的文件，沈敏站在他的桌子前，一动不动。

他不出声指示，沈敏不敢动。

赵平津取过那一沓文件签完了，搁下笔，站了起来，对沈敏说："给我。"

沈敏一愣。

赵平津拧着眉头，也不知道是在生谁的气："你给她带的东西，给我。"

沈敏说："您待会儿还有事儿吧。"

赵平津已经扣上了衬衫的袖口，取了西装外套："你看看贺秘书的行程表，有事给我电话。"

司机见他下楼来："赵总，要用车？"

赵平津说："我自己开吧。"

车子驶出了中原大厦，从朝阳门外往东走，夕阳映照在高楼的玻璃上，微微有些刺眼。

赵平津手握在方向盘上，握得有些紧了，又不自觉地松一松。他知道她在北京，三月份就过来了，沈敏没有主动提过，依稀还是方朗佲说了一声，貌似她去看了青青，但没人在他面前提起，时间转瞬就过去了，愣是没见过一面。也是，他们如今是没有任何见面的必要了。

车子驶进北大街胡同，道路窄了，他减慢了车速，远远就看到了人，黄西棠等在那一座老宅子的门口，小小的一个人儿，穿一条碎花长裙子、一件浅棕色开衫，同色平底鞋，还是那么瘦，表情是在公开场合时的漠然，白肤红唇，黑发如云，隔了一年多不见，可这会儿瞧见她，又似乎还是昨天的样子，她越来越好看了。

赵平津停了车，走下车来，西棠看到他，脸上呆呆的。

赵平津递给她一个文件袋："小敏让带给你的。"

西棠心底一阵一阵地震荡，心脏跳得太快了，连带着半边胳膊是麻的，脸上却是异常平静，语气客气得很："谢谢，怎么麻烦您跑一趟？"

赵平津不愿与她客套，直接问了句："你在干吗？"

西棠老实地答："等助理的车回酒店。"

赵平津打开副驾驶座的车门："上来。"

西棠赶紧说:"不用麻烦了。"

赵平津转过身坐进了驾驶座,启动了车子,转头看一眼黄西棠,她仍然站在车门外,他说:"我叫你上来。"

西棠一咬牙一闭眼,上了他的车。

赵平津一边打转方向盘,掉转车头,一边撇撇嘴:"发型太丑。"

西棠立刻抬手开车门。

赵平津眼疾手快地一把拽住了她,抬手按下了车门锁。

"这么久不见了,你不能说点好听点的吗?"西棠气得直翻白眼。

"这么久不见了,你就不能剪个好看点的发型?"这人依旧没个正经。

"你是谁,我剪什么发型关你什么事儿?"

赵平津不怀好意地笑:"你头发都这样儿了,你那偶像他能喜欢你?"

西棠鼓起眼:"谁喜欢我?"

赵平津斜睨她一眼:"你戏里那男主演,你不是喜欢他?"

西棠脸上一阵白一阵红,她喜欢秦国淮这事儿,赵平津知道。每次电视上有秦国淮,她都能看得一脸陶醉。有一次西棠沉迷于看他的一部电影,拒绝给刚下班饿着肚子的赵平津做饭。那天晚上,赵平津只好叫外卖,还记得给她叫了一份她爱吃的糖醋里脊,只是他从此记恨在心了。这都多少年前的事儿了,他还记得。

西棠抬起头嬉皮笑脸地冲他笑:"是啊,终于等到这一天,我要晚上溜进他房间里,以偿夙愿。"

赵平津皱着眉头一动不动,十分严肃:"据说他拍戏一个月都不洗澡。"

西棠蹬着腿大叫:"去死。"

赵平津哈哈大笑。

车子经东二环开往朝阳北路,走到半道儿时赵平津的电话响了,他看了一眼搁在手挡旁的手机,对西棠说:"是小敏,帮我接。"

西棠不想搭理他:"你自己接。"

赵平津生气地答:"我是遵纪守法好公民,你想让我违反交规?"

铃声持续不断地响。

西棠看着眼前长长的车流，车子堵在了高架桥的半坡上，前后的车相距很近，赵平津一边看着前方路况，一边伸手摸手机，西棠只好伸出手，接起来，按了免提，直接说："沈敏，是我。"

沈敏是一副丝毫不意外的口气，在那端温和地说："西棠，舟舟接到你了吗？"

西棠说："接到了。"

赵平津侧过头问了一句："怎么了？"

沈敏听见他的声音，开始逐项地报告："上边的领导预计六点在公司视察完毕，会议报告我整理后会转交刘司机，一会儿他带给您，今晚定了八点半在北京饭店，您记得出席。"

赵平津答了一声："嗯。"

沈敏说："还有贺秘书给您预约的今天下午去医院，庄主任门诊六点下班，下班前您记得去复诊。"

赵平津答了一句："知道了。"

沈敏汇报完他的行程，跟西棠招呼了一声，把电话挂了。

西棠问："身体怎么了？"

赵平津淡淡地答："胃痛，老毛病了。"

西棠想说"结婚了，你太太没照顾你吗？"，但想想这一句实在可疑，只好默默地不说话了。

赵平津依旧是那副漫不经心的样子，轻轻地笑了笑："咱俩分开后，你天天诅咒我吧。"

西棠扑哧一声乐了："造孽太多，诅咒你的可不止我一个吧。"

赵平津笑嘻嘻地："还真没有，我对不起的女人，就你一个。"

西棠赶紧答："哎哟，大荣幸。"

赵平津笑了笑，也没有再说话了。

隔了一会儿，西棠还是忍不住："自己身体当心点儿。"

赵平津轻轻地"嗯"了一声。

车子停在了酒店前的车道上，阿宽等在大堂门口，西棠解开安全带，赵平津忽然唤了她一声："黄西棠。"

这时西棠手机响起来，谢振邦给她发了条信息。倪凯伦正在医院产检，谢振邦摸着她圆圆的肚皮，两个人扮鬼脸自拍，西棠对着屏幕笑了。

一会儿，她从手机中抬起头来："什么？"

"没事，过去吧。"

西棠冲他摆摆手："谢了。"

西棠下了车，站在路边，看着赵平津利落地转动方向盘，把车掉头，压线并入了车道。驾驶座上的男人穿白衬衣、浅灰西装，隔着车子的挡风玻璃，英俊面容一闪而过。

西棠慢慢地转身往酒店里走，这是一个平淡的星期四的下午，北京傍晚的夕阳淡淡地洒在鼓楼上。

她心底一片寂静无边。

去青海的飞机上，黄西棠睡着了，梦里看到了一望无际的深绿，农场里的牧草长得齐人高，一个女孩子的脸慢慢浮现出来，稚嫩的脸庞，穿一件打着补丁的深绿色军装，扎着腰带，齐耳短发。她知道，那是丁芳菲母亲的原型，十九岁的高中应届毕业生，在格尔木农场下乡了七年零三个月，自一九七八年返城后，至死未再回过青海湖畔。

西棠一点儿也不害怕，远远地望着她，心底轻轻地跟她打招呼：嗨，你回来看我们了吗？

梦断断续续，两个年轻人在河边的枸杞树林中纠缠，衣服脱了挂在低矮的枝丫上，身体交缠和激情喘息的声音仿佛就在耳边。西棠屏住了呼吸，感觉手脚被压住了，怎么都挣不脱，这时背对着她的男人忽然转过了脸。

背影是肢体清秀的年轻孩子，映入眼帘的却是一张熟悉得刺眼的脸庞，俊美五官带一点削薄的硬秀，眼底幽深，在望着她，目光里有一层薄薄的笑意。

西棠在飞机上突然惊醒了过来。

西棠猛地吸进了一大口气，剧烈地喘息起来，然后拉过毯子，捂住了自己的脸。

过了一会儿，西棠感觉到阿宽趴在她的座位旁："姐，你怎么了？出了一身的汗。"

剧组在青海省西部的一个偏僻的小村庄驻扎了下来。

唐亚松的工作团队提前一年勘景，定下了这个风景优美，基础设施却约等于零的村庄，村里没有酒店，从最近的县城开车过来要三十分钟，剧务便租下了一间民房供剧组使用，给了女演员优待，西棠和另外一个女演员住了西院的一间屋子，大部分同事都在大炕上睡大通铺。机器房里的灯通宵不灭，天气炎热，暴雨和酷暑交织，夜里蚊虫密密麻麻地飞舞，工作条件极其艰苦。

跟黄西棠一起过来的是助理阿宽和经纪人马继茬，倪凯伦怀孕已经八个多月了，西棠是公司新晋当红的女明星，因为工作需要必须得北京、上海两地来回飞，倪凯伦身体是跟不上了，在北京还有一些商业活动和剧组的宣传需要反复洽谈，因此公司另派了继茬姐带她。西棠跟她交集不多，她之前一直带的是公司的当红小生，西棠只知道这个经纪人也是业内资深行家，在公司精明强悍如倪凯伦，也忌惮她三分。

马继茬过来替她打点好了剧组的事务，就飞回北京去了。

在青海工作的三个多月，是西棠最辛苦却也最清静的一段时间，生活条件那样差，但她印象最深的是每天晚上下了戏，所有的同事都在院子里吃大锅饭。这里没有网络，白天辛苦的拍摄结束后，夜里大家扎堆在院子里歇会儿脚，熟的不熟的都凑一块儿聊天，灯光师老耿抱着吉他出来，大家就围着他唱歌。有一天夜里，大家起哄架秧子闹唐亚松来一段，唐导也不含糊，往院子里的麦子垛上一站，扎着腰眉头倒竖，来了一段高亢的西皮："今日痛饮庆功酒，壮志未酬誓不休——"

大伙儿拍掌，使劲儿地笑，西棠坐在台阶下，笑得泪水都流出来了。

这样日复一日，一整个剧组的人吃住、工作都在一块儿，整个团队的感情就迅速建立了起来。

拍摄初期那会儿下了戏后，西棠跟秦国淮有时会在院子里聊会儿天。秦国淮比她迟了大概一个星期进的组，西棠当时跟整个剧组已经混熟了，再见到他时，也不再那么紧张。西棠再清楚不过，镜头前再光鲜好看的明星，生活里也不过是寻常人，但秦国淮那张如烟如雾的脸，毕竟牵系着她少女时代的梦想和回忆。

在唐亚松掌镜的极其严肃的片场里，出于一个演员应有的专业素养，西棠把秦国淮当成合作的演员，可下了戏面对着他，还是觉得好梦幻。

他们常常一块儿收工，夜里吃完了晚饭，西棠抱着她在戏里的女儿，带着小姑娘看天上的星星。

孩子在她怀里睡着了。

秦国淮坐在她旁边的一张竹椅上，笑笑说："没想到，你一个年轻女孩子这么能吃苦。"

西棠有点害羞："我以前在横店做了好几年群演，做群演更辛苦。"

秦国淮略感意外，但并没有表现出来："我在横店也待了几年，做群演的确不容易。"

"这几年没见您演古装了。"

"这一两年少了。"

有时候秦国淮抱着孩子，西棠说："您还挺会带孩子。"

"我一直想有个闺女。"

"您孩子多大？"

"六岁，男孩儿，调皮得很。"眼角眉梢分明是做父亲的骄傲。

就是这样的闲聊，剧组里的人来来去去，有时候唐导也过来坐一会儿，跟秦国淮抽一杆当地老农卷的旱烟。

丁芳菲的戏份在青海杀青的那一晚，西棠收工的时候已经很晚了，回到剧组的房子里洗了个澡，在擦头发的时候，听到了外面的轰隆隆的雷雨声。

夏天的暴雨倾盆而下，恍若千军万马奔腾而来，西棠披着头发，掀开门帘，看到院子里的屋檐下，秦国淮坐在他惯常坐的那张竹椅上，手里捏着一罐啤酒，正垂着眉头淡淡地看着这场骤雨。

西棠走了过去，抱着膝头坐在门槛上，不知为何，两个人都没有说话。

今天他们在镜头前拍了吻戏，他的手臂紧紧地拥抱着她，他的怀抱温暖强壮，带着一丝隐隐的怜爱，黄西棠心头涌出阵阵的战栗……那是属于丁芳菲和她丈夫的拥抱……西棠不能回忆那种感觉。

院子里只有一片茫茫的大雨。

秦国淮忽然说："西棠，有没有人告诉过你，下了镜头，你仍然很美？"

西棠微微笑了一下，语调却仍是很平常的："秦老师过奖了。"

哗啦啦的雨声中，秦国淮掐灭了烟，抬手扶住了她的肩膀。

西棠感觉到他唇中湿漉漉的水雾，混着烟草的味道。

第二天，电影《春迟》剧组在青海的戏份拍摄杀青。

唐亚松对镜头要求严格，即使全部主创人员都已经排出了足够多的时间，到最后杀青时，整个剧组的工作时长还是比统筹时间拖延了两天，部分工作人员，尤其是主演后面的工作都被耽搁了。为了能尽快赶回城里，前期的一部分工作人员和机器早两天已经先走了，剩余人员下午五点多出发，车子走到一半，老乡守在岔道口上把路给堵住了，司机下车一问才知道，原来因为昨天的那场暴雨，前方的道路塌方了，当地的司机跟剧组的人一商量，大家临时决定绕道走另外一条路，时间多两个多小时，也能回到西宁市区。

西棠上了车就开始睡觉，旅行枕头围着脖子，她倒在座位里，睡得一片迷茫，模糊感觉到车子停了一会儿，然后又开始行驶，睡了不知道多久，偶尔醒一下，抬眼一看，外面只有一片黑漆漆的夜色，她又闭上眼睡了过去。

混沌之中，她忽然听到了一声轰然巨响。

还来不及做任何反应，她的身体向玻璃窗扑过去，而后又被安全带勒住了，身边的阿宽整个压在了她的身上，爆发出了惊声尖叫。

前后的车灯一阵闪烁。

很快有人打开了车门，大声喊她的名字，她赶紧答应，一个男人的手臂伸进来，拉住了她的手。

手电筒在路面上晃动，前面一辆车开进了泥坑里抛锚，雨天路滑，后面的车躲闪不及，造成了追尾。

西棠沿着车门的缝隙，在泥浆里连滚带爬地被拽了出来。

剧务统筹打着手电在黑暗中来来回回地奔走，大声地呼唤每一个人的名字，庆幸的是，剧组人员都安全。车子暂时是没法开了，几个受伤的同事和剧组里的女孩子们互相搀扶着，沿着山路走了一个多小时，走到天都亮了，终于走到了山坳里的一个小村子里。

剧组里的男人们留守在原地，装着机器和素材的车子泡在了泥水里，大家都在拼命抢救，现场必须有人看守。

一户牧民给他们腾了间屋子，又端来了热汤面。

黄西棠用毛巾擦干净了身上的泥，换了件老乡的袍子，帮着同事整理乱糟糟的衣服、道具，早上十点多的时候，听到外面有人喊她名字。

黄西棠走了出去，看到外面停了几辆新来的车，有人正给剧组的同事一个一个地分发盒饭和矿泉水，男同事们已经陆续回来了，人群中站着一个穿着白西装、风度翩翩的青年男子，身后还跟着几个男人，来人打量了她一眼说："西棠，没事？"

西棠摇摇头。

胡少磊说："没事儿就好，辛苦了。"

这时唐亚松进来了，胡少磊对她笑笑，转过身跟着唐导一块儿走了出去。

西棠回到屋子里，这时候消息已经传开了，昨晚他们在山谷里跟外界失去了联络，因为情况不明，演员的公司那边还暂时压着消息，问题出在电影里饰演西棠女儿的小演员的家人。孩子在外地拍戏，妈妈是陪在剧组里的，孩子爸爸知道当天剧组要回城里，但从昨夜到今天白天都联络不上老婆和孩子，加上媒体一直在报道暴雨和泥石流，他着急了，就直接找了媒体。新闻一出，网络上已经都爆炸了。

有女同事在悄声八卦胡少磊，没想到这事儿竟然惊动了华影少东，据说他是昨儿凌晨就到了青海省城，连夜开车赶过来的。胡少磊一来，救援立刻就到了，当地救援部队开来了卡车，把陷在泥淖中的车子用吊臂运了出去。

整个团队一回到西宁市,阿宽的电话就没停过,公司宣发部同事着急了老半天了,《春迟》这部片子本来就是文娱版块的热点,昨晚一出变故,所有的粉丝都等着看后续的消息呢,好几个演员都发了微博了,西棠作为女主演,肯定也不能落后,当天下午三点多,跟在导演唐亚松的后面,西棠的社交账号也发了与这次意外相关的图片,一张是剧组的同事们正守护着陷在泥泞中的车辆,一张是走在山路上天微亮时烟雾缭绕的小村庄,还有一张,宣发部同事特地调成了黑白色,黄西棠穿着一件简陋的布袍子,跪在地上整理东西,面对手机镜头,笑容如春阳般灿烂。

这则图文微博一小时内的转发量,就过了十万。

因为这一次事故本身的戏剧性,过程惊险却最终平安落幕,一向低调神秘的《春迟》还没拍完,网络上的议论就到了空前的热度。

《春迟》剧组返回北京拍摄的时候,夏天的天气很好。

烈日艳阳,天空高远,蓝天出现的次数比往年多了一倍。

剧组在北京召开了开机发布会,国内最重要的娱乐媒体都想约黄西棠做独家采访,半年之中,她的片酬涨了三倍。

唐亚松新片的女主演,带给她的,是难以估量的名声和功利。

她在圈内的地位,迅速地水涨船高。

西棠不太关注这些,戏里的丁芳菲匆匆下班,拖着女儿从幼儿园往家的路上一路奔跑,天天吵架的丈夫不知踪影。母亲生病住院,芳菲抱着笔记本电脑在医院陪护床上改效果图,正经历着焦头烂额的中年危机。

有一件小事情,她听化妆间的姑娘们在聊,剧组返回北京拍摄之后,秦国淮的妻子常常来探班,夫妻俩可真恩爱。

黄西棠没碰见过秦国淮的太太,因为她一下了戏,哪怕只有半天休息时间,她都往上海飞。

她当初从青海回来时,买了机票直接返沪,公司的同事在机场接到她,车子直接去了医院,她才知道妈妈已经住了一个多星期的院,为了不影响她拍戏,倪凯伦没有告诉她。

她又急又怕,在医院里一刻不离地陪了妈妈三天,又要返回北京拍戏。

唐亚松的戏,工作强度非一般的剧组能比,有时候阿宽都不陪她了,太累了,她就自己飞上海,有时候是马继苣跟着。

马继苣管理艺人很专业,西棠虽然跟她私交不多,但处得还算可以,倪凯伦却莫名紧张。西棠在上海的时候,有时回公司,无意之中听到倪凯伦暗自叮嘱她的助理和化妆师:"除了剧组和酒店,哪里都不要让她去。"

西棠几乎每隔三四天就回一次上海,眉眼之间现出了淡淡憔悴,她已经完完全全地入了戏,甚至不用演,人一走到场景里,她就变成了丁芳菲,那种担忧、紧张、焦灼,表现得淋漓尽致。

演戏跟现实交错重叠,连西棠自己都感觉恐惧。

唐亚松没想到她能演这么好,她虽然是科班出身,但毕竟没有很多大银幕经验,不过他一路在监视器后看下来,虽然她的表演不至于像秦国淮一样滴水不漏,但情感张力竟然格外真实。这一段简短高压的都市生活跟后来在青海那一段舒缓、温馨、修复性的夫妻感情,形成了格外鲜明的反差。

唐亚松知道这戏有了。

西棠在北京的时候,阿宽寸步不离地跟着她。

西棠在北京拍了一个月的戏,除了酒店和片场,她连街都没有逛过,苦熬了一个月,这一段戏份即将拍完。

周六的晚上,马继苣来接她去工作。

这次是一个代言品牌的赞助活动,西棠从去年开始代言这个牛奶饮料品牌,走的是清新甜美的都市女孩儿路线,口碑、销量都还不错,今年厂商续签了一年。

活动在商场的一楼大厅举办,西棠穿了件绿裙子,跟主持人一道介绍推广产品,完了又做游戏又抽奖,把现场整得热闹非凡,十点多活动结束的时候,照例是在夜场跟品牌老总一起出席合作酒会。西棠在车上补了妆,马继苣陪着她走进酒店的一间小型宴会厅。西棠全程端着酒杯,敬酒,寒暄,一个一个男人的手伸出来,摸她的手臂、后背,她脸上永远笑嘻嘻的,不落痕迹地闪躲，心里一点也不敢大意，小心提防着，没敢喝多少酒。

到了一点多，茈姐接她下班，走到电梯门口，茈姐忽然说："哎呀忘记了，宽，帮我回去拿下包。"

阿宽应声去了。

西棠跟着马继茈进了电梯，站了一个晚上，她累坏了，进了电梯就不顾形象地靠在了电梯壁上，马继茈按了关门，然后又按了一个键，电梯开始往上走。

西棠愣了好几秒，回过神来，站直了身体，喊了一声："茈姐？"

马继茈冲她笑了一下，镇定自如："没事儿，我上去有点事。"

西棠身体疲倦，有点愣神，心里的疑问刚冒出来，都来不及问出口，电梯"叮"的一声到了。

门打开了，门口站着人，高壮陌生的黑衣男人。

西棠心里猛地惊跳了一下，脸上没有了表情。

一个男人对她说："晚上好，黄小姐，这边请。"

西棠望出去，一整层楼都是行政套房，空旷寂静，走廊上一个人也没有，摄像头在遥远的尽头，三个男人堵在门口，电梯被马继茈按住了。

无路可逃。

那一刻西棠蒙了，记忆中那些黑暗大雾瞬间扑面而来，一模一样的场景，害怕都还来不及，只是这一刻的自己比当年清醒万倍，黄西棠知道等待她的会是什么，整颗心绝望地往下沉。

她的指甲深深地掐进自己的胳膊，压住战栗，试图自救："茈姐，大家一个公司同事那么多年，没经我同意，您别做这样的事儿。"

马继茈不为所动，笑容不改，带着微微的和气："西棠，胡先生有好几个大制作的片子，正在找女主演，你进去聊一聊，以后想拍什么片儿，那是一句话的事儿。"

西棠心里知道，马继茈冒险做这样的事情，想必不知收了多少好处，到这一步了，是很难放过她了。

两个男人踏进电梯，伸出手臂来，拉住西棠的胳膊，她被挟持着往前走。

套房的门从里面打开了,黄西棠看到了一张噩梦般的脸。

孙克虎脸上有笑,只是不知为何那笑意看起来格外瘆人:"哎哟,大明星,好久不见了。"

他穿了件黑色的polo衫,扣子敞开,脖子上清楚可见一道狰狞的疤痕。

黄西棠被电击一般,脚下一软,下一秒立刻被死死地拉住了。

她开始猛烈地发起抖来。

孙克虎给她作了个揖:"今儿您赏脸啦。"

"我不能每次都找赵平津。"
"没有靠山，出了事，没人保你。"

Chapter 5
我不能每次都找赵平津

阿宽等在酒店的车库电梯口，只看到马继苙一人下来。

阿宽望了望她身后："我家艺人呢？"

马继苙吩咐道："让司机送你先回吧。"

阿宽有点纳闷："我家艺人工作不是结束了吗？她今晚还得回上海呢，我得等她一起回呀。"

马继苙笑了一下："我在这儿等着，一会儿就接她回酒店去。"

"她还在上面？"

"嗯哪。"

阿宽的小眼睛瞪着，看着她的笑容，看了一下，又看了一下："苙姐，那我先回了。"

马继苙还来不及点个头，阿宽转身拔腿就跑，一直跑出了车库大门，车库外没有灯，手机一拿出来就"啪"的一声摔了，赶紧摸索着捡起来，也顾不上看摔坏了没有，急匆匆地往上海打电话。

倪凯伦听完阿宽的电话，立刻给马继苙打电话。

马继苙倒也不怕她，接了电话还不惊不惧地："唉哟，凯伦，这么晚还不睡呀。"

三言两语后，马继苙就把事情交代了，倪凯伦是西棠正儿八经的经纪人，这是瞒也瞒不住的事情。

倪凯伦彻底发飙了，怒吼一声："马继苙，你马上上去把她领出来！"

马继苙知道倪凯伦远在千里之外，一时半会儿又能奈她如何，她坐进了自己的车里，甩开了手提包，才气定神闲地说："这么着急就叫我领人，你知不知道谁看上你家艺人了？"

马继苙笑了笑，故作神秘地悄声说了一个名字。

倪凯伦一时怔住了，这个人物，背景雄厚，坐拥国内娱乐圈的半壁江山，手上掌握了全国三分之二的院线发行权和电影投资权，而且跟传统的娱乐圈大亨睡遍公司旗下男女明星不同，此人外传品行极为高洁，跟太太是少年夫妻一路走来，极为恩爱，倪凯伦在北

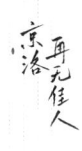

京圈子里，听过多少经纪人铆足了劲儿往他那儿送女明星，没一个成功的。

电话那端马继茬邀功似的，语气里有掩不住的得意："我说凯伦，连我都羡慕你，西棠演了唐导的片子，气质、身段那可真是大大不同了啊，她可真是太招人了，我说凯伦你真是好运气，我带了那么多艺人，也从来没有一个能攀上那么大的树！"

倪凯伦知道事情棘手，更觉得火上浇油："不管是谁，黄西棠同意了吗？你不能把人往火坑里推！"

马继茬摇摇头，颇不赞许似的："凯伦，我明白你爱护她，可她在这北京城里头行走，还这么清冷高贵，这来来回回小半年了，还谁约也约不到，这不是让我为难吗？她也不是什么清清白白的人，你又不是第一天入行，圈子里的女明星，谁没经历过这点儿小事？"

倪凯伦仰起头，眼睛刺痛，知道一切都完了，脑海中那一刻却忽然想起来，黄西棠妈妈在住院，因在病房里闲得无聊，正给她即将出世的孩子织一件红色的毛线小背心。

那端马继茬还在说话："我实话告诉你吧凯伦，这事儿也不是我一个人做的主，事儿成了，有她的金玉大道好走，完事了，我会照顾好她的，医生我都预约好了，绝对保密和安全，你劝劝她，想开点吧——你干什么？！"

马继茬一转过脸，一只胖胖的手发狠地扇在她的头上。

马继茬尖叫一声："造反了你！"

阿宽更生气，大声地叫："她在哪里？你不要害人！"

马继茬脸上变了色："哪儿来的没规矩的胖丫头？！我明天就开了你！住手！"

阿宽红着眼，拼命地把手伸进车窗撕扯她的头发，将她往外拉："你出来！你出来去喊她下来！"

倪凯伦已经听见了电话那头阿宽急起来的吵嚷声，把电话往床上一扔，忽地站起来往前走，没走几步，腹中的胎儿立刻一阵乱动。

她赶紧先坐下来，呼吸粗重起来，连手都在不断地颤抖。

她想了又想，时间紧迫，只好咬碎了牙，重新拿起了电话。

赵平津那天有应酬，应酬完了，人已经喝到半醉，司机和沈敏扶着他，将他送回了柏悦府。

沈敏把赵平津安顿好，待他睡下后，他起身回家。

赵平津昏昏沉沉睡着，没过多久，沈敏重新走了进来，把他推醒，神色慎重："倪小姐有急事。"

赵平津头痛难忍，却立刻清醒了。

沈敏重复了一句："倪凯伦。"

赵平津接过了沈敏递过来的电话。

沈敏替他开了灯，出去客厅拿东西，回来时看到他已经挂了电话，正要掀开被子坐起来，他脸上的神色是镇定的，伸手取过了床边的衬衣。

随手套上衬衣，他着急起床，一站起来，整个人一头往下栽。

沈敏眼疾手快地一把拽住了他。

沈敏让他坐回了床上，他皱紧眉头。他今晚喝了酒，脸色一直不好，这会儿呼吸也不太顺。赵平津急促地喘了口气，声音异常低弱："拿我电话过来。"

沈敏立刻递上。

赵平津开了机，今年开春之后，中原集团内部高层动荡剧烈，他一直深居简出，电话也很少亲自接，中原董事会在他大伯病休离世之后的那一段时间里，权力交替发生了一些微妙的变化，这其中就包括他的岳父趁势直接把控了能源控股的几个核心项目的审批。赵平津上任两年了，逐渐将这些项目部门收归经营管理层，又将几个经营管理层的干部提拔。在董事会的提名委员会名单出来后，集团高层渐渐发现，这位新上任的赵家新一代领导者，正以少壮派的强势和手腕，努力减少了集团内部各种权力斗争，重新将集团领导的权力集中到以总经理为核心的管理团队来。尤其是上个月董事局会议结束后，八位董事有五位都投了支持票，基本间接架空了赵平津岳父的权力，郁小瑛为此事跟他大吵了一架。

两个人正在冷战，赵平津回家去，郁小瑛也不搭理他。

今晚赵平津喝得有些过了，就吩咐司机将他送回了柏悦府。

这段时间局势波诡云谲，赵平津私人电话一直关机，这时一打开，信息迅速进来，震动提示声不断地响，没过两秒，电话也开始拨进来，他终于不耐烦起来，一股脑儿全按灭了，蹙紧了眉头，强压着脾气。

赵平津拨了一个号。

沈敏动手给他扣上衬衣的扣子。

赵平津撑着沈敏的手站起来，眼前涌起大片重影，沈敏不敢出声，只紧紧地扶住了他的手臂，而他皱着眉头，一动不动地听着电话。

电话接通了。

赵平津笑了一下："罗杰，哥们儿找你有事儿呢，你今晚在不在酒店？"语气如常，愉悦轻松，带了一点点玩世不恭的薄薄笑意。

两个人下楼去，沈敏开车，车上他又打了几个电话。轿车驶入酒店车道，肖罗杰已经在等，还有一个穿蓝色西装、打扮得油头粉面的男青年，看热闹不嫌事儿大地喊："哥哥，赶紧的，等你来呢。"

这花花公子赵平津自然是认得的，胡少磊的堂弟，一个专门吃喝玩乐的二世祖，赵平津下车来了："事儿办得怎么样？"

肖罗杰微胖，穿一件白衬衣、黑色马甲，蓄小胡子，看起来像个斯诺克选手，实际上却是正儿八经的职业管理人，负责北京这两间顶级涉外酒店的管理运营已经超过十年，他跟赵平津熟悉得很，这会儿乐呵呵的："电话先打进去的，还不让进，门口那两个哥们儿守着呢，小超进去后打了声招呼，看着人没多大事儿。"

蓝色西装青年猛地点头："我可都看见了，美人儿，绝世大美人儿，可我怎么听说是我哥的女朋友？"

赵平津伸出一只手拍他脑袋："你小子胡说什么呢？"

赵平津着急要往电梯走。

肖罗杰拦住了他："舟子，等会儿。"

肖罗杰靠近他的身边："里头不止孙克虎一个。"

赵平津脚步顿了一下，敏感地问了一句："还有谁？"

肖罗杰压低声音在他耳边飞快地说了一句，然后耸耸肩："胡董估计就是个白手套，孙克虎是搭线的，真正的主儿是里头那位，我看了，这是要往上孝敬了。"

赵平津点了点头，示意知道了。

肖罗杰回头笑嘻嘻地搂住了胡少超："乖乖，去把你家大爷领出来，肖哥招待。"

胡少超摸了摸鼻子，依言去了。

肖罗杰陪着赵平津进了电梯，套房门外酒店的管家已经等着了："晚上好，肖总。晚上好，赵先生。"

赵平津进去了，扫一眼过去，套房客厅被打扫过，地毯上有酒渍，黄西棠的礼服裙外裹了件外套，坐在沙发上，安安静静的。

赵平津没再看她一眼，往里间的书房走去。

肖罗杰站在客厅里，跟随从低声说了一句："赵总交代的，今晚监控录像已经处理好了，请领导放心。"

孙克虎坐在书房门边，一看见赵平津，咬紧了牙根："哟，舟舟，你可真爱多管闲事呀。"

赵平津看也没看他一眼，略微躬身，跟坐在椅子上的人握手："误会一场，给您添麻烦了。"

男人坐在沙发的阴影处，年纪五十开外，穿一件短袖白衬衣，眉目宽阔，面皮略有些焦黄皱纹，倒看似毫不计较，笑了一声道："舟儿，原来都是自己人。"

赵平津不露声色地笑着说："虎子这是逗您呢，他可是知道的。"

男人脸在阴影中，慢悠悠地说了一句："虎子，舟儿说的，是不是真的？"

孙克虎脸都绿了。

赵平津客客气气地说："败了您的兴，我另外给您安排了一间套房，清静些，请您赏光过去，我跟虎子陪您喝两杯？"

男人站起来，哈哈一笑："不用，不用。"

赵平津赶紧迎上去："今儿冒昧打扰了，改日我给您赔礼。"

男人往外走："好说，好说。"

这时沈敏进来了,对着他点点头,示意安排妥当了,赵平津说:"我送您下去。"

赵平津略迟了一步,压低声音跟身后的沈敏说:"送她出去。"

赵平津立在走廊里,看着男人进了电梯。

赵平津回头走进套房,孙克虎拿包正要走,一转身,看到门已经合上了。

"这就着急走?"赵平津堵在门口,说话时,唇边依旧是薄薄一丝笑意,脸上却已经布满了阴森森的寒霜,"孙克虎,咱俩的账可还没算呢。"

黄西棠跟着沈敏下了楼,车子停在一楼大堂前的车位上,沈敏送她上了车,赵平津的司机站在车旁跟她说:"黄小姐,赵总让你等会儿。"

西棠坐在车子里,跟倪凯伦和阿宽打了电话,又等了许久,沈敏出来了,跟她打了声招呼,然后又走开了,没过两分钟,赵平津终于出来了。

赵平津阴着脸坐上了车。

他坐在后座,看也不看旁边的黄西棠,只哑着嗓子不耐烦地说:"住哪儿?送你回去。"

西棠抿了抿唇:"我自己走吧。"

赵平津怒意沉沉:"自己走?还等着谁再请你上去喝酒聊天?"

黄西棠不再说话了。

赵平津完全压制不住脾气:"你是要走,还是在这儿坐一辈子?"

西棠仍旧不说话。

沈敏走过来拉开了车门,一看就知道这两人在吵架,习惯性地打圆场,递给西棠酒精、棉球和一包创可贴:"帮他擦一下手上的伤口。"

西棠这才看到赵平津手背上有一道长长的口子,不知道是哪儿刮的,正细细密密地渗出血来。

沈敏伸头跟赵平津说:"舟子,那我回去了。"

沈敏关上了车门。

西棠的视线绕不开那丝丝缕缕的红,说:"伸手。"

赵平津一动不动。

西棠去掰他的手腕。

赵平津甩开了她的手:"别管我。"

西棠气得大叫了一声:"赵平津!"

赵平津终于屈服了,任由黄西棠把他的手按在了座椅扶手上。西棠撕开消毒棉球的袋子,赵平津低着头,看到她右手拿不稳东西,一直在微微发抖,心里一痛,眼泪差点流了出来。

赵平津移开了视线,盯着她的脖子和身体,紧紧地咬了咬牙关,声音显得格外僵硬:"他把你怎么样了?"

西棠又沉默了。

"说话。"

"没怎么样。"

"没怎么样是怎么样?"

黄西棠终于尖叫起来,脸孔涨得通红,身体一直在愤怒地发抖。她将手上的棉球、药水劈头盖脸地朝着他扔了过去:"他扯我衣服摸我胸了,你要不要检查一下?你冲我发什么脾气?我根本什么都不知道!一个一个都是王八蛋,我要杀光那些王八蛋!"

赵平津终于伸出手,抱住她的脑袋,将她紧紧地摁在了怀里。

车子往首都机场的高速路口走。

西棠安静了下来,给赵平津手上的口子消毒。

赵平津没再说话。

西棠看得出他在生气、愤怒,一开口说话,口气就坏到了极点,他的胸口起伏不定,呼吸不稳,却又极力地忍着。

他今晚明显是喝了酒,眼底发红,脸上的倦色掩饰不住。

西棠要连夜赶回上海。

凌晨四点多,赵平津陪她到了机场,阿宽没到,他给她取的登机牌。

西棠看到了他手上拿的登机牌,终于明白他要送她回上海。

她开口拒绝:"我助理一会儿就到了,不用麻烦你了。"

两个人为这事又要吵起来。

这时候,机场大厅入口处,阿宽推着箱子冲着他们奔了过来,一进来,先抱住了黄西棠:"我不是故意的,我是不小心的,对不起,我下了电梯,就只看到了继茁姐一个人……"

"不对,是那个烂女人!"

"我只好打电话给倪小姐,呜呜呜呜,对不起……"

西棠只好拍拍她的肩膀:"没事了。"

阿宽擦了擦鼻涕,一抬头看到了赵平津。

英俊男人阴森冷寒着一张脸,扫过她的眼神,冷如冰霜。阿宽吓住了,赶紧又抱住西棠,悄声问:"他是谁?"

幸好这时候赵平津电话响了,他起身走开了几步,到窗边接电话。

阿宽偷偷摸摸地看了赵平津几眼,发现他没在注意这边,悄悄地捂了一下心口:"那气势,真吓人。"

西棠只好轻声地解释了一句:"一个朋友,今晚一起回上海。"

阿宽已慢慢回过神来,转头打量窗边的赵平津,他穿了件白色衬衣、卡其色西装外套,身形瘦削高挑,阿宽忽然轻轻地叹了一句:"原来真正好看的男人,不在娱乐圈。"

赵平津接完电话,回来冲着西棠抬抬下巴:"走吧。"

西棠随着赵平津走贵宾通道。

赵平津说:"让你的助理坐后面去,我有事和你说。"

"我不坐头等舱,我买的是商务舱的票,有什么事不能现在说?"

"你不跟我对着干,你就不痛快是不是?"

他的脸色差到了极点。

西棠只好去跟阿宽说。

上了飞机,空乘领着他们坐到了两个连着的位子。

除了空乘送上欢迎饮料时他说了句谢谢,之后他一句话也不说。

西棠明白他情绪不佳,但不明白他到底为什么闹脾气,赵平津一向脾气大,今晚惊动人三更半夜不睡觉来救场,他生气也是正常的。但细想又觉得不太对劲，从欢场里捞个人出来，这种事儿西棠不相信赵平津没做过，女人对他们来说不算什么，西棠以前就亲眼见过，高积毅有过一个女朋友，是舞蹈学院的女学生，长得极其漂亮，尤其那细蛮纤腰，灵动如春天的杨柳枝，跳起舞来跟一泓春水荡漾似的，西棠是女生，都能看得两眼发直。后来高积毅带出去玩儿，这女孩子被一个公子看上了，高积毅不但没生气，还笑嘻嘻地把人送了过去，这一来二去的还攀上了交情，当然这后头两人之间有过什么交流西棠就不清楚了，西棠只知道，他们的世界里，只要用利益和关系能解决的，都不算什么事儿，赵平津不至于发那么大火气。

飞机起飞的时候，颠簸了一阵子，赵平津明显难受，紧紧地蹙着眉头默默地忍着，半个多小时候后飞机渐渐平稳了，赵平津脸色已经苍白到了极点，一言不发地坐在她的身旁，仿佛正在思索着什么，眉头深深地皱了起来。

两个人位子之间的隔板是降下来的，西棠不敢升上去，战战兢兢地抱着小毯子，也不敢睡觉。

赵平津突然转过头，盯着她的脸看，阴着脸一声不响的，西棠被他看得心里发毛："干什么？"

赵平津忽然说："当初在孙克虎那里出了事，你被送去的哪个医院？"

西棠瞬间愣住了，也是那一瞬间明白了，他留在酒店顶层套房的那十分钟发生了什么事。

赵平津压抑着自己的情绪，沉着嗓子又问了一句："谁把你送出的北京？孙家什么势力我能不清楚？你伤了人，谁把你送出的北京？"

西棠不敢看他："我不明白你在说什么。"

赵平津彻底地怒了："黄西棠！"

黄西棠咬着牙说："他又没死，还活着继续作恶呢。"

赵平津的呼吸粗乱而沉重，但还是压制着声音："伤着哪儿了？"

"孙克虎不是都告诉你了吗？"

"他被你捅了一刀，他还清楚个屁！那些人，伤着你哪儿了？孙克虎是什么人，你能活着出去？"

好一会儿，西棠都不说话。

赵平津急了，他侧身过去捏她下巴，眼里一片赤红，殷红可怖的血丝布满眼底："伤着哪儿了？"

"别问了。"

他咬牙切齿地瞪着她的眼角："脸上是不是？"

西棠倔强地抿着嘴，不肯说话。

赵平津一时想到了什么，脸色唰地白下去，再也无法冷静，声音完全变了："你肚子上的疤痕，你骗我说是拍戏受的伤！

"黄西棠！"

空乘悄悄地走到了头等舱的舱门旁。

赵平津阴沉着脸，脸色惨白。

西棠僵着脸，一动不动地坐着。

赵平津终于松开了她，心头一阵一阵剧烈地跳，眼眶里的红如炽焰一般燃烧着，他咬着牙死死地忍着胸口的疼痛："出去外面受人欺负，丢尽我的脸。"

下了飞机，他的车子已经在机场等，他不用司机，自己开车。

车子开上高速的时候，黄西棠跟他说："去医院，我妈生病了，在住院。"

赵平津打转方向盘。

车子经过延安高架路，赵平津关掉了车灯，遥远的天际泛起一抹鱼肚白，晨曦染红了灰蒙蒙的高楼大厦。

天光照亮了车内的两人，心事无可遁形，两个人都不再说话。

到了医院已经七点多，上早班的医生、护士脚步匆匆。

赵平津把车子停在了住院部的大楼前。

西棠细细弱弱地问了一句："你怎么办？"

赵平津已经恢复了情绪，只是脸色隐隐发青，如隆冬下雪前的灰暗天色，看起来格外阴沉惨淡："今天顺便处理一下这边的工作，然后回北京。"

赵平津按开了车门锁："进去吧。"

西棠点点头，手在包里翻东西。

赵平津看了她一眼，伸手拉开车前的储物柜，递给她一个蓝色的口罩。

西棠道了声谢，撕开包装戴上了口罩，推开门下了车。

"黄西棠。"

西棠没走两步，听到赵平津唤了她一声。

她回过头来，看到赵平津跟着她下了车，却并不走开，只站在车门旁。他没穿外套，身上一件白衬衣，手插在西裤口袋中，西棠这么一望过去，心里有些酸涩，疑心自己睡眠不足眼花，对面的人似乎比以前消瘦许多。

赵平津望着她淡淡地说了一句："孙克虎这件事情，你不用再担心。"

西棠恳切地说："我不能这样一直麻烦你。"

赵平津不理会她，只说："行了，进去吧。"

西棠冲着他点点头，她不敢回头，只微微地垂着头，脚步渐渐加快，那一束视线，一直烙在她的后背上。

谢振邦等在住院部的门前，看见她走近了，伸手揽了揽她的肩膀，低声说："跟我来。"

西棠猛地放松下来，腿脚发软，一步一步地挪着走进楼道里，转了个弯，她的眼泪终于流了下来。

谢振邦站在她的面前，她低着头，眼泪滴在地板上，泪眼蒙眬之中，看到他白袍的衣角。

西棠接过他递来的纸巾。

"谢谢你。"

谢振邦耸了耸肩，温和地调侃了一句："我终于知道我的对手不是风车，也是人。"

这件事情发生之后的大约一个星期，西棠跟大多数成名的女明星一样，开始多带一名男助理。

黄西棠不太习惯。

倪凯伦已经足月，准备飞香港生产了，临走前还得给她办理这些交接手续，倪凯伦不容商量地说："你不习惯也得习惯，这也不是我一个人的意思。"

西棠知道事情无法改变，只好点了点头。

倪凯伦神色凝重："孙家不能把你怎么样，你越红，价值就越大，姓孙的也忌惮，但万事一定要小心。"

倪凯伦终于无法逃避这个话题："西棠，你这样在娱乐圈，一个女孩子孤身一人，出了事无法自保的。"

西棠默默地低下头，她自己何尝不知道。

"我不能每次都找赵平津。"

"没有靠山，出了事，没人保你。"

西棠明白她是什么意思，她的意思，跟马继茌的意思，其实是一样的。

西棠在北京拍了这么久的戏，知道女明星的电话号码，不管换多少个，总有人问得到，她自然一直有收到各种约会的信息，但她从来不太看。以前她只是个电视圈的小明星，没多大名气，那些约不到的自然就散了，但是这半年多来，情况慢慢地变得不一样了。给她打电话约各种饭局的人越来越多。到后来，事情越传越离谱，传闻某个京城大鳄想要跟她约会，被拒绝了，京城的饭局里有人开了赌价，看谁能约到她，于是她的身价一路疯狂高涨起来。

倪凯伦只是不想逼她。

倪凯伦委婉地说："你再考虑一下。"

第二天西棠去医院，司机换成了新添的一个男助理。若不是提前得知情况，西棠还真的看不出来，这个衣着、容貌都很普通的中年男人，是武警特种部队出身的高手。

昨天有北京的专家过来会诊，取走了黄西棠妈妈的全部病例资料，主治医师跟她说："很快可以出院。"

这一次生病之后，她母亲开始陆陆续续地说一些以前没有说过的事情。

妈妈在病房里跟她说："仙居房子的地契，妈妈放在家里的保险箱里，那房子几十年了，以后要租要卖，看你自己方便。"

西棠慢慢地抬起头，眼里忽然有泪水，她知道她妈在干什么，这是交代后事了。

妈妈亲亲女儿的手，她的手还是跟小时候一样，小小白白的："你接妈妈来上海住，妈妈很高兴，就是你工作太忙了。"

西棠赶紧说："妈，我以后多陪你。"

妈妈挥挥手："倪小姐也跟我说了，现在你的工作机会特别多，妈妈肯定全力支持你。乖乖，妈妈不担心你的工作，妈妈担心的是以后没有人给你操心人生大事，把你给耽误了。"

西棠心理上无法接受这样的情况，撇撇嘴，一副要哭的模样，但还是忍住了："妈，你瞎想什么呢。"

妈妈跟她说："如果以后谈婚论嫁，之前做过手术的情况，要跟对方说，不要欺瞒人。"

妈妈捏捏她气嘟嘟的小脸："也不要怨，慢慢等，会有珍惜你的人。

"丘伯伯上次来，说有个外孙女，想来上海考舞蹈学院，小姑娘挺喜欢你，想让你介绍一下艺考的老师。"

西棠答应了。

西棠知道丘伯伯来看过她妈妈。

那会儿她在北京拍戏，听护工说，丘伯伯在病房坐了一下午，留了些水果，就回去了。

从杭州到上海往返奔波，他也是七十岁的人了。

听说丘伯伯的妻子比他年长五岁，头年走了。

西棠记得小时候，她不懂事儿，很喜欢丘伯伯，他抱着她满屋子地绕，中年男人的手臂强健有力。她上小学的时候，丘伯伯给她带了一个粉色的米老鼠小书包，她一直背到三年级，书包的肩带都磨花了。

母亲始终担心她的终身大事，有一天午后又提起来。

"我也不是说一定就是谢医生，只是妈妈希望你嫁个好人家。"

"好人总是会有的。"

"妈妈知道你是个好孩子，你跟倪小姐是好朋友，要互相扶持。"

西棠正忙着给她妈妈削苹果，闻言插嘴说道："凯伦她不结婚的，不婚主义者。"

"结不结婚,都要有个伴儿,妈妈担心你孤单。

"只要你喜欢,对方头婚二婚、有没有孩子都没关系,但你要听妈妈的话,男方一定要身世清白,明媒正娶。"

西棠乖巧地点点头,认真地答应了一声:"好。"

谢振邦常常到这边的病房来。

西棠每一次都问:"我妈有没有机会做移植手术?"

谢振邦每一次都带着歉意答:"现在情况很稳定,你别太担心。"

每次谈论这个事情,西棠眼里全是泪。

她拼了命地赚钱,就是想让她妈妈享福的。

她的钱已经足够了。

只是不知道妈妈还能活多久。

秋天的北京,山上的枫树、银杏红彤彤、金灿灿的,山沟里的酸枣也成熟了,一颗一颗鲜红锃亮地挂在枝头。

高积毅把车停在了石景山半山的停车坪,刚下车来,看到赵平津的车也刚好到了。

高积毅等到他停好车,走过去敲了敲他车门:"舟子。"

赵平津瞧见是他,下了车问了一句:"哪个厅?"

高积毅抽出支烟含着:"东礼堂吧。"

两个人并肩往追悼会的大厅里走,一路上都是穿黑色正装、神色肃穆的客人,高积毅压低了声音:"你小子最近去哪儿了?神龙见首不见尾啊。"

上个月中原集团召开董事局会议,董事会领导任满换届,这段时间赵平津应酬都少了,除了工作,外头的人都不见,连高积毅他们几个都见不着他。以往他们几个逢周末、节假日都凑一块儿玩儿,如今方朗偬要陪孩子,赵平津不待见陆晓江,哥几个竟是很久没聚了。

赵平津缓缓答了句:"我还能在哪儿,天天跟孙子似的上班。"

今儿两个人情绪都不高。

这石景山他们来的次数也不少,但大部分都是严肃的治丧场合。赵平津情绪不太好，上一回他来，是他伯父走，隔了不过两年多，这回躺在告别厅里的是他们发小儿，癌症走的，英年早逝，才四十岁，是赵品冬读初中时的恋爱对象、高积毅的同班同学，赵品冬特地打回来越洋电话，要他一定出席，替她送死者一程。

赵平津在灵堂前鞠躬上了香，问候了悲痛欲绝的死者父母，走出了告别厅。在殡仪馆的走道上，很多校友上来跟他寒暄。

他一概不应答，秘书挡住了要上来的人。

高积毅跟他在车前吸烟。

"公司拆壳，留下一百多万，大都给员工发工资了。

"人一走，什么都是假的，什么都没了。

"我们这一届这拨人，出去了三十多个，世界各地都有。

"留在北京的，走了两三个吧。

"朗佫在那边一个一个联络，让同学们捐点钱，给他老婆孩子。"

赵平津一直微微蹙着眉头静静地听高积毅说话，这会儿才答了一句："我明天得出差，回头我让小敏拿点过去。"

"你小子升了官，面儿都见不上了啊，赵董。"

"滚，少挤对人。"

高积毅半真半假地开着玩笑："我说，这一回兵不血刃的，外头都议论，你可真够狠的。"

"我要不办事，今天外头议论的可就不是我了。"

"树敌太多，你小子当心点儿，别的且不言语，就你那丈人，他能服你？"

赵平津吸着烟，不咸不淡地回了句："我也没把他怎么着。"

高积毅仰着脸哈哈大笑："臭小子，真有你的。哎，我说，实权在手，董事局半数是你的人了吧？"

"也不能这么说。"

高积毅倒不觉得有什么，打小的情分搁在那儿，像今天这种私人场合，赵平津不也什么人都没见，就跟他和朗佫亲近，只是他也明白，赵平津如今大权在握，外头人对赵平津的态度跟过去也是不能一样了，但在他这儿他自己不觉得，他跟往常一样搂住了赵平津的肩："上个星期朗佲两口子带孩子来我家吃饭，也不见你。"

赵平津缓缓地吸了口烟："下回一定去。"

高积毅冲他眨眼，不怀好意地说："上回在万豪酒店的事儿，我可都听说了。"

赵平津警告性地望了他一眼。

高积毅赶紧撒手，移开话题："行行行，不说那事儿，不过你跟老孙的梁子，那可是越结越深了。

"孙克虎献宝不成，反叫那位落了把柄，这会儿据说更不待见孙家了，孙克虎被他爸狠揍了一顿，差点没赶出家门。"

赵平津侧身靠在车上，眼前烟雾缭绕。

高积毅捅捅他的手臂："听说上头在查孙家那一派。"

赵平津弹弹烟灰，淡淡地答了句："我也听说了。"

高积毅就这点好，够仗义："要不趁这会儿办了他？哥们儿也早想干这事儿了。"

赵平津回过身，将烟按灭在灭烟器中："容我再想想。"

助理来催促他走了。

赵平津说："我先走了，你帮我跟朗佲说一声。"

高积毅答应了一声："成，回见吧您呐！"

北京华影大楼位于西城区的新凤里，是一幢白色的方体写字楼，在这幢高耸的大楼里，有一间全球知名的声音后期制作中心，拥有亚洲同期最好的录音设备和最高水准的影视后期制作服务，西棠在这里给电影《春迟》配音。

电影创作团队和录音导演团队都在棚里，距离在北京第一次召开全体剧本主创人员会议，已经过去了一年零八个月，所有人对待工作仍然一丝不苟。

西棠在这幢大楼里工作了整整一个星期，为调整入戏的情绪，不做任何消遣，每天早晨九点准时进棚，完成当天的工作就休息，如果不顺利，就会一遍一遍地来，有时会到深夜或凌晨，然后返回酒店休息，第二天早上继续进棚。

唯一的放松，就是偶尔跟同期工作的演员或者同事在楼下喝杯咖啡。

喝咖啡的间隙，同剧组的演员问她："西爷，接下来演电视剧还是电影？"

西棠笑着说："我打算先休息会儿。"

她已经跟倪凯伦说了，《春迟》的工作结束之后，要休息一阵子，陪陪她母亲。

电影的录音结束之后，离开北京的前一天，正好是钟巧儿的生日，西棠去九华山公墓看了她。

她的墓碑前有一束艳红的玫瑰。

不知道是谁送的。

那一夜的生死一线之间，西棠明白了她，明白了她当年的身不由己。

如果那一晚她没有从那个套房出来，那么面对钟巧儿经历的一切时，她不见得比钟巧儿更勇敢。

黄西棠坐在她墓碑前的台阶上，看着风吹过深秋的凄凄荒草。那一刻，西棠原谅了她对生命的轻视。

西棠远远看过去，她的男保镖兼助理，一动不动地站在墓园的主道上，目光从未离开过她这一边。

她在这条路上越走越远，已经无法回头了。

十月份，《春迟》拍摄结束，西棠返回上海之后，跟谢医生吃了一顿晚饭。

那天晚上，西棠跟他聊了一些事，她自己的事，娱乐圈的事。

他们约会一年多了，虽然见得不多，但断断续续的见面一直维持着，那是黄西棠第一次跟谢振邦说起那么深入的私事。

她也成了娱乐圈里在刀尖上行走的人了，沦为权欲和金钱的玩物，很难自保。

不会有多少清朗正直的男孩子，能接受这样的女明星。

谢振邦听了很久，最后跟她说："如果我请求你离开这里，跟我回新加坡结婚，当然，和你妈妈一起，你会不会考虑？"

语气认真。

黄西棠沉默许久，最后还是摇摇头："我已入了这名利场，没打算要回头。"

她冲着谢振邦笑笑，眼角有泪光："很虚荣，是不是？"

谢振邦摇摇头。

黄西棠眼里的泪水慢慢地流出来，这是她截至目前的人生中，一个男人给过她的最好的承诺。

可她不能答应。

谢振邦说："我有什么可以帮到你？"

西棠说："如果你没有瞧不起我，请继续当我的朋友。"

谢振邦紧紧地握住了她的手："当然。"

倪凯伦仍在香港，黄西棠结束了《春迟》的全部工作之后，终于开始休假。西棠陪妈妈回仙居，散散心，看看老街坊邻居。母女俩回去的时候，隔壁小地主正在搬家。

小地主开了车到车站接她们，又到家里的酒楼吃饭，没一会儿，小地主媳妇儿领着孩子过来了，高兴得眉飞色舞地："姐姐，我们正打算明天去上海呢。"

小娃娃也喜欢漂亮人儿，一看见西棠就眉开眼笑，西棠一边伸手抱孩子，一边跟她说话："带孩子去玩儿吗？"

小地主媳妇儿快言快语："这回不是，新店手续下来了，着急装修呢。"

西棠有一点惊讶："这么快？"

她妈妈住院的那一阵子，小地主去看过两回。她妈妈出院后，小地主跟她发消息说，他媳妇儿催他来上海发展，他答应了。

西棠知道，那姑娘一直羡慕杭州、上海的生活，每个月都要上来几趟。小地主倒是在上海、杭州两地各给他媳妇儿买了一套房子，但生意都在家乡这边，一直没打算挪动，没想到这一次，小地主拍板同意了。

只是前后不过一个多月而已，没料到上海的餐饮审批手续这么快下来。

小地主在饭桌上跟她说："捏捏，我送泥（你）十分干股。"

西棠赶紧推辞。

小地主顿时急了:"捏捏,泥不摇(要),拿(那)我就不开了!"

这回换小地主媳妇儿急了:"那怎么行!"

西棠顿时乐了:"你看,弟妹不愿意送。"

小地主媳妇儿赶紧把孩子往西棠的妈妈怀里一塞,冲过来紧紧地缠住了西棠:"我不是说这个!好姐姐,你在上海一个人打拼多辛苦,我们一家去了,咱们也能互相照顾,我的好日子就指望你了!"

西棠妈妈望着他们在饭桌上吵闹,抱着孩子在膝上,脸上乐呵呵的。

这一年的秋天很好。

重阳节前后,小地主的仙居餐厅试营业一星期后正式开业,开业的第一天,西棠要了一个最大的包间给他捧场,倪凯伦带着孩子也来了。今年七月,倪凯伦在香港剖宫产下一个男婴,她的一个表亲陪她进的产房。西棠在片场连续赶了二十个小时的戏,换来半天的假期飞去了香港,她赶到时,婴儿正好被护士抱出来,头发浓黑,哭声嘹亮,引得整个走廊的家属都凑上来看。月子中心的护理师等在门外接走了宝宝,西棠进去看产妇,倪凯伦在产床上高兴得流泪,但她仍然没有谈论过孩子的父亲是谁。孩子满月后被倪凯伦抱回上海,西棠妈妈送了重礼,倪凯伦也不啰唆,道谢时就喊了一声姨外婆,这就是认了亲戚了。

西棠带着她妈妈,谢医生也来了,一群亲戚朋友热热闹闹地吃了一顿饭。

西棠喝了一点点酒。

她从来没有过过这么热闹丰盛的日子,觉得很平静幸福。

小地主媳妇儿在跟倪凯伦商讨,他们打算把上海现在这套房子卖掉,换一套大点的,孩子秋天就来上海读幼儿园。

西棠难得油盐不忌地美美吃了一顿,神色愉悦,笑脸嫣红,她拍了拍小地主的胳膊,沉下声音问了一句:"小地主,你跟你媳妇儿来上海发展,是谁给你安排的?"

小地主闻言神色一愣,随即望着西棠,不敢说话,只好憨实地冲着她笑了笑。

"我爸对不起您,我知道您心里苦,我这婚姻没法儿散,这我也知道。日子我会好好过,可我先说明白了—— 您儿子没出息,您要是敢动她,先把我命拿去吧。"

Chapter 6
我都不知道,你这么恨妈妈

国盛胡同赵家的四合院。

司机将车开到了院子大门前,周女士坐在车后座,拍了拍郁小瑛的手:"今晚住家里吗?晚点让舟儿回来。我也好一阵子没见他了。"

郁小瑛也没答应,只笑笑说:"妈妈,我先陪您进去。"

周女士点点头:"进来喝杯茶,消消食。"

赵平津结了婚之后,如果不在外地出差,一般小两口一周会回来一趟陪老爷子、老太太吃饭,今天是因为赵平津有工作,周女士回来北京,只有郁小瑛陪着她来看望老人。

司机过来拉开周女士这一侧的车门。

郁小瑛下了车,走过来替周女士拿了围巾、大衣,跨过了院子的门槛。

保姆阿姨听到前厅的声响,从里屋走出来沏茶。

电视打开了,郁小瑛陪着婆婆在客厅里喝茶,周女士问了家里的近况,又问候了亲家。她虽大半时间都在南京陪伴丈夫,但北京这边的事儿也是一清二楚的。赵平津前段时间在中原动静大些,周女士有些话,也只能点到为止,又关怀地逐一问了郁小瑛父母跟爷奶身体好不好。

郁小瑛答一切都好。

郁小瑛望着婆婆,小心地喊了一声:"妈妈。"

周女士看了她一眼,从进门到现在,就知道儿媳妇有话要说:"这孩子,还见外了,有话就跟妈妈说,是不是舟儿欺负你了?"

郁小瑛目光含泪,欲语还休:"您别生我的气,每回在爷爷奶奶家,您跟老太太都念叨着孩子的事儿,我实在是……"

周女士眸中的光一闪而过,不自觉地坐直了身体,她凑过去主动地拉了拉郁小瑛的手:"瑛子,家里就我们娘俩,有什么事告诉妈妈。"

郁小瑛闭了闭眼,横了心似的说了一句:"是舟子不要孩子。"

语罢，泪水盈盈地落了下来。

周女士又问了几句，脸色渐渐沉了下去，十分钟后，她站起来走出了客厅，出声唤道："舟舟今晚在哪儿？打电话让他回来。"

赵平津走进国盛胡同。

夜里九点多，屋檐下亮着灯，天已经冷了，入了十一月开始供暖之后，北京的雾霾天一天一天地连着，整座城市都陷入了灰蒙蒙的阴霾里。

赵平津站在正厅的门前，擦了擦鞋底的灰。

门帘声响，他一抬头，郁小瑛正开门要走出来，白色羽绒服拉链开着，眼睛红红的。

周女士正追出来，一眼看到赵平津正站在家门前，一边十分不满意地瞪了他一眼，一边拉住了郁小瑛的手臂："瑛子，你且站住，妈妈今天绝不让你受委屈。"

郁小瑛迟疑了一秒，周女士趁势将她拉进了屋子里。

赵平津跟着走了进去。

他不慌不忙地，人站在玄关处，保姆阿姨给他脱大衣，递了热毛巾给他擦手，又捧了茶上来。

周女士站在客厅一动不动地看着保姆忙前忙后，脸上神色如风雨欲来，压着声音吩咐了一句："阿姨，您先下去，您少娇惯他，我看他简直是不知道天高地厚了。"

赵平津依旧嬉皮笑脸的，一口将那杯热茶饮尽了，随手将茶杯搁在玄关的柜子上，对着保姆阿姨笑着说："您休息吧，周老师当家的威严一点不减。"

他走进了屋里。

客厅里两个女人都不坐，郁小瑛站得远了些，和他隔了一张沙发，周女士就堵在他的面前，脸色不快，愠怒隐隐，他大约也知道发生什么事了。

郁小瑛找他妈，这是迟早的事儿。

赵平津对着他妈问了一句："怎么了？"

周女士望着儿子，脸色虽然不好，但还带了一丝希望似的："舟儿，你媳妇儿说你不要孩子，是不是真的？"

赵平津微微皱了皱眉头，脾气还是忍着，只答了一句："妈，这是我们年轻人的事儿。"

周女士生了一肚子的气，没有半分善罢甘休的意思："是你俩都不想要，还是你自己不想要？"

赵平津一扬眉头，索性绝了她这念想，语气也不由得强硬起来："是我暂时不想要。"

周女士看着眼前的儿子丝毫不知悔改的浑样儿，心里仅存的一丝希望的火光慢慢地熄灭了。

"结婚以来，你对你媳妇儿有什么不满意的？"

"没有。"

"老大不小了，为什么不肯要孩子？"

赵平津不耐烦地回了一句："妈，您能不能别掺和我们的事儿？"

郁小瑛捂住了嘴巴，开始小声地啜泣起来。

周女士站在自己家客厅里，听着儿媳妇的哭声，脸上挂不住，胸口起伏不定，怒火一阵一阵地烧起来："这不是你自己的事儿，你媳妇儿受了委屈，我这做婆婆的没管教好儿子，我惭愧！我对不起人老郁家！人把一好好的闺女嫁给你，不是让你这么对待人的！我问你，你打算怎么办？"

赵平津没回他妈的话，转过脸走了两步，忍耐着性子温和地说："瑛子，这事咱俩回家商量。"

郁小瑛低着头，含着眼泪抽噎着说："你不用骗我了，我知道你不愿意，还不是因为外头的那个女明星——"

赵平津愣了一秒："你胡说八道什么呢？"

周女士断喝一声："让她说！"

郁小瑛忽然就抬起了头，尖细的声音忽地拔高了："凌晨三点半都要赶着去西宁，你为什么要去青海？谁在青海拍戏？我胡说八道什么了？网上铺天盖地的消息，谁看不见？"

赵平津脸色暗了一秒，脸上那股嬉笑依然挂着："这么清楚我的行程？那你不也打探清楚了，我干什么见不得人的事儿了？"

郁小瑛气得直掉眼泪，那天西宁市下着倾盆大雨，她的丈夫凌晨下了飞机，车子直接开进了西宁防汛抗旱总驻防。赵平津从驻防部队出来，直接回了酒店蒙头睡大觉，下午就回了京，他在青海待了十个小时都没到，连酒店房间门都没有出去过，唯一进过他房间的人，还是胡家那个他的发小儿。

倘若他真的干了什么对不起她的事儿，她要发作也有个由头，可眼下这样，她除了闷声忍着，别无他法。

赵平津站在那儿，想了一会儿，脸色慢慢变阴沉，声音倒还是平静的："瑛子，不管我身边是谁跟你报告我的行程，我告诉你，你让他最好小心一点。"

周女士怒吼一声："舟儿，你跟谁说话呢这是？！"

郁小瑛哇的一声哭了出来，抓起沙发上的围巾、皮包往外跑，周女士跟了出去，想拦着她不让她回。郁小瑛一直呜呜咽咽地哭着，站在院子里头不肯动，周女士回头望了一眼屋子里，这对年轻夫妻什么感情，她能看不明白？赵平津是绝不会出来哄人的，周女士劝了几句，只好叫司机开车过来送她回去了。

周女士进了屋。

赵平津依然站在客厅里。

屋子里只剩母子俩，周女士一进一出，怒火败了大半，方才的声色俱厉，一半是做给儿媳妇看的。这事儿是赵平津犯浑，该教训是得教训，她本不愿插手他们年轻夫妻的事儿，但要孩子是家里的大事："舟儿，你到底想怎么样？"

赵平津的情绪恢复成了进门那会儿，唇边是薄薄的笑，却不进眼里，言语上客客气气："周老师，您安排您儿子结了婚，怎么着，使命还没完成，又接着安排我生孩子？"

周女士深深地呼吸，抿着嘴角，脸上的纹路深刻下去："你结了婚不要孩子，你没问你媳妇答不答应？"

赵平津看了一眼他母亲，垂了垂眼睑："您早点休息吧。"

他转身往书房走去。

周女士跟着他走过去："舟儿！"

赵平津在门边转身，眸中隐隐消沉，带了一丝怨怒："我实话告诉您，我就是不想生。"

周女士脚步一下就顿住了，她站在书房的门口，微微张着嘴唇，愣了好一会儿，缓缓收起了包容慈爱的面容，冷着脸淡淡地说了一句："舟儿，别耍性子，这个家一步都不能走错，后果你承担不起。"

赵平津扶着椅背站住了，而后疲惫地笑了一下。

周女士看着儿子，唤了一声："舟儿……"

赵平津站在书房的那一方大方桌前，北厅的这一间书房正对着院子，一株西府海棠栽在窗边，家具都有些年份了，红褐色的花梨木大桌散出沉郁幽远的馨香。老爷子打小儿就爱带着他在里头玩儿，后来四五岁时开始练字，他个头儿小，老爷子特地叫人打了一方小凳子，他就踩在那方矮凳上，趴在桌面上写字，老爷子负着手在一旁慈爱地看着。后来从读初中那会儿开始，他父亲每次回来，都要在这里召见他，有时正遇上他闯祸闯大了，父亲逮着他就是一顿狠揍。赵平津一个一个拉开了抽屉，看了看，又伸手推了回去，直到拉开最尽头的那个抽屉，随手从盒子里掏出了一个小玩意儿，在手掌里摩挲着，断断续续地说："我知道您为什么不喜欢她，我一开始心里是理解的……您受了多年的委屈，我爸常年不沾家，您南边北边地两头跑，当初我也没怨您，就想着时候长久了，您也会明白我跟我爸不一样……"

书房里一片寂静，赵平津沉郁沙哑的声音飘飘荡荡，仿佛有回声。

周女士侧过脸去，抬手悄悄地抹了抹眼角的泪。

赵平津的话音忽然低了下去，却是异常清楚，一字一字冷如寒铁："可您不能欺负她。"

周女士闻言，愣了一下，随即轻轻地摇了摇头："看来瑛子的话没说错。"

赵平津无声地笑了一下："她不知道怎么回事儿，您还不清楚吗？"

周女士颇不赞许地皱皱眉："以前的事儿过去了就算了，你如今是结了婚的人了，该知道轻重。"

赵平津阴恻恻地问了一句："是谁这么盼望着这事儿过去？是您，还是陆晓江？"

周女士终于听明白了。

她露出了一点点了然的神色，不动声色说了句："我说怪不得呢，把人晓江儿打成那样。"

赵平津眉头阴沉得能下一场暴雨。

周女士看了眼儿子："我当初若不阻止你，后来你大伯走得那么突然，如果不是我稳住了郁家，你眼下能站在这儿跟我闹脾气？"

赵平津怔怔地站了几秒，继而突然放声大笑，笑意森然，寒意刺骨："这么说，我该谢谢您？谢您赏我荣华富贵？还得谢您跟陆晓江给我唱的一出好双簧？"

赵平津额头的青筋毕露，气得脸色煞白，因为愤怒和讥讽，面容几乎扭曲，唇边却依然挂着笑，只是那笑容，怎么看都像哭："因为齐灵的事儿，晓江心里怪我，这事儿家属大院里的人都知道，我就不明白，我们发小儿之间这点嫌隙，都被您惦记上了？您不就抓着他爸的那点事儿，就这样吓唬了他这么多年？您是我母亲，您就这么对您儿子？怎么，陆晓江他妈还有脸来找您告状来着？别说我折他一胳膊，我就当面儿抽他，他也不能把我怎么样！"

"舟儿，你别太放肆！"周女士发威怒吼一声，"我就知道，就为了那没教养的丫头片子，你做了多少出格事儿，撺掇着人净干出格事儿！你自己想一想，这是好女孩应该做的事儿吗？"

赵平津咬着牙忍住了即将爆发的脾气："我自己一人做事一人当，干她什么事儿？人一好好的姑娘，她做什么了？她这辈子最大的霉头，就是认识了我赵平津！人一个小姑娘，无依无靠的，您多大的人物啊周老师，周女士——您是我妈，我不能拿您怎么样。要孩子这事儿，我的确不能不尊重瑛子的意见，可我告诉您，这事儿要单单搁我这儿，我就是一辈子不想生了，您也管不着！"

周女士一动不动地站着，腰背挺直，套装整齐，声音再没有了一分感情：

"舟儿,你别太任性,你要是犯浑,那小女孩,我不能留。"

赵平津紧紧地盯住了他母亲的脸庞,忽然勾勾唇角,轻飘飘地说了一句:"您当初也是这么威胁我爸的?后来他有没有多爱您一点?"

只是一个瞬间,周女士瞳孔微微收缩,身体猛地一个战栗,下一秒,一个耳刮子就扇了过来。

他母亲老了,这一两年矮了许多,这一巴掌,扇在他的半边脸和脖子上。

赵平津动也没动一下,脸上刺痛,心底涌起无限的悲凉。

周女士喘着粗气,痛苦地叫了一声:"若不是妈妈爱你护着你,你能在赵家这么不知天高地厚地胡闹?当初你父亲在外头那个,听说怀的也是儿子!"

周女士的眼泪流下来,头发散了,面容一下老了十岁。

赵平津掩住了心底的诧异,忽然轻轻笑了一下,那笑容安详宁静,竟有了入骨的绝望:"我爸对不起您,我知道您心里苦,我这婚姻没法儿散,这我也知道。日子我会好好过,可我先说明白了——您儿子没出息,您要是敢动她,先把我命拿去吧。"

语罢他将手里把玩着的那玩意儿随手一搁,转身往书房外走去。

周女士扫了一眼桌面。

桌面上是一个小小的瓶形金属物,圆头,铅心,有些暗淡的铜黄色泛出冰冷的光。

周女士猛地打了个寒战,扶着桌子站住了,嘴唇哆哆嗦嗦地颤抖着:"没到这会儿,我都不知道,你这么恨妈妈。"

赵平津脚步一顿,停了两秒,却没有回头,走了几步,听到周女士在书房里爆发的号叫痛哭声。

他埋着头一步一步地往楼上走,越走心里越难受,一阵一阵地疼,跟刀绞似的。

中原大楼董事会办公室。

沈敏今天另有工作,不列席董事会议,他掐着表看时间,眼看时候差不多了,把手上工作停了,上到了楼上会议室。

赵平津的秘书冲着对面的会议室努努嘴："还没结束呢。"

沈敏又等了一会儿，早上十点多，会议室的门打开了，几个助理陪同着几位总经理和工程师鱼贯而出。

等到人散得差不多了，沈敏推开门走了进去。

赵平津还坐在主位上，隔了一个大圆桌，董事会与会秘书正在收拾桌子，整理文件。

秘书悄悄地看了一眼赵平津，领导不走，他不敢走。

沈敏走进来，清了清嗓子，吩咐一句："先出去吧。"

秘书收拾文件出去了。

赵平津瞧见是他，随手合上了手边的笔记本电脑，额上有一层薄薄的虚汗，脸色倒还是平静的，只是稍有些苍白。

沈敏低声问了一句："您怎么样？"

赵平津摇摇头示意没事，手撑着桌沿站起来。

沈敏伸手替他拉开了椅子。

偌大的会议室只剩了他们两人，赵平津没有说话，迈开步子往外走，沈敏大气不敢出，只静静地跟在他身后半步远的地方，眼睛盯着身前的人，一刻都不敢放松。赵平津步伐有些慢，但还算平稳。

两个人默默地穿过走廊，往他办公室走去。

贺秘书正在赵平津的办公区打一份合同文书，瞧见老板进来，立刻站了起来。

沈敏将会议纪要往贺秘书手里一塞，板着脸严肃地说了一句："我有重要工作要跟赵董汇报，不要放人进来。"

贺秘书赶紧点头。

沈敏转身替他扭开了办公室的门。

赵平津走进去，额上的冷汗流下来，流到眼睛里有些涩痛，眼前已经看不清楚，只听到沈敏在身后"嗒"的一声合上门。他缓缓地松了口气，痛楚压制不住，眼前一黑，失去了知觉。

再醒过来时，他人躺在沙发上。

沈敏坐在沙发边上。

赵平津看了他一眼,又闭上了眼,眼前阵阵晕眩不止,身上的虚汗渗透了衬衣,人已经痛得昏沉。

沈敏神色十分慎重,看到他睁开眼,第一句就是:"您不能再这样工作了,我安排您休息吧。"

赵平津蹙着眉头没有说话。

沈敏想是这么想,可心底也犯难,早先赵平津人在京创上班,公司是自己的,爱怎么折腾怎么折腾,加上他一直对工作要求极高,有时候一两个重点项目做下来,身体超负荷运转是常事儿,沈敏也习惯了忙完后安排他住院静养个把星期。现在他回了中原集团,责任重大且不说,周围还一堆豺狼虎豹环伺,安排他晚上和谁见面、和谁吃饭都不能大意,更别说避开集团内部的工作和会议。赵平津要是住院休养的话,也只能是暗地里来去,若是风声走漏出去了,只怕好不容易稳定下来的局势又要起波澜。

沈敏轻声跟他说了一句:"昨儿夜里,保姆阿姨半夜给我打了电话。"

赵平津脸色不好。

想了好一会儿,赵平津跟沈敏说:"让贺秘书今天去买份礼物,送到周老师办公室去。"

沈敏应了声。

赵平津又想了几秒:"两份吧,送一份到霞公府的家里去。"

沈敏坐在他身旁,手压在大腿上,沉吟了一会儿后还是说了:"卜玉书那边,估计还是有别的心思,这两天跟那边有接触,两人昨晚在居远斋见过面。"

赵平津抬手压住额头,哑着嗓子说了一句:"让赵远密切注意他经手的项目。"

沈敏说:"记下了。"

"上回你说的,老卜有个儿子?"

"嗯,去年他负责的遗址修复工程做得不错,上头挺满意。"

赵平津把手挪到腹部,皱着眉用力压了压,好一会儿才说:"我记得那个项目的设计图,是我们公司出的?"

"嗯,就是严总审批的。"

"当时送上来签字时我看了,图纸上的耗损预算太大,这事儿你私下查一查,把所有资料留一份,重点查一查资金方面的预算。"

"好。"

沈敏眼看着他脸色一阵一阵地惨白,药吃下去都半个小时了,愣是没见他好一点儿,便动手扶起他往里边的休息室走:"您进去睡一会儿,稍晚我让秘书过来喊您。"

高积毅开车带着一家老小,去方朗伦在密云的酒庄度周末。

陆晓江回来了。

男人们在池塘边钓鱼。

高积毅的儿子在草地上摔了一跤,哇哇大哭,陆晓江老婆悄声地抱怨昨晚房间里有虫子,欧阳青青带来的保姆四处找不着奶粉勺子了,然而女人、孩子吵翻天儿了,三个男人永远坐在水塘边岿然不动,真是看得人搓火。下午时分,女人们带着孩子,结伴回城区逛商场去了。

等女人、孩子都走了,哥仨商量晚上干脆在酒庄里吃火锅。

高积毅挺高兴,转眼就叫一小姑娘上来泡茶,那姑娘是酒庄的一个销售业务员,高积毅常来玩儿,是老相识了。方朗伦坐在一旁,给媳妇儿打完了电话,转头看了看陆晓江:"你跟舟子,还那样儿?"

陆晓江点了点头,没敢说话。

高积毅想起来这荏事儿了:"朗伦,你今天打电话给他没?"

方朗伦摇摇头:"打了,说没空。"

"说了晓江回来的事儿了?"

"没说。"

高积毅调侃了陆晓江一句:"那就怪了,我还以为晓江在,他不来呢。"

陆晓江一脸颓丧。

方朗伦说:"电话倒都是通的,有时小敏接的,可人我都小半年没见着了。"

高积毅有些纳闷地道:"我倒是见过两回,可都是在喜来登,那小子孙子似的伺候着领导,根本没说上话。"

说实在的,方朗佫也觉得怪,赵平津一直在北京,可哥们儿见上人面儿的时候的确不多:"最奇怪的是,上回我爸生日,连沈敏都来了,愣是没见他。"

"我看他是官大了,架子也大了,再忙,总要吃饭吧,能有多忙?"高积毅一边抱怨一边掏出了电话,"哥们儿配合点儿啊。"

高积毅开始拨电话,响了两声,他嘘了一声。

电话通了。

高积毅把手机压在耳边,瞬间压低了声音,显得焦灼而紧张:"舟子,你哪儿呢?

"哥们儿在酒庄出事了。

"上回哥们儿开车过来,在高速上撞废了辆君威,当时没在意,没承想遇上赖爷了,现在人来了,堵在大厅。

"报警?那不能啊,多跌份儿啊!

"今儿放假,没人,我跟朗佫下午搁这儿钓鱼。

"人不多,我跟朗佫单干了啊,这儿还有俩保安呢。哥们儿刚刚已经放话了,打赢了加半年工资!打残了,高哥给他们养老婆、孩子!"

茶厅里几人目瞪口呆,然后开始捂着肚子憋笑,高积毅信口胡诌的本事一流。

"你来不来?"

高积毅拉上了赵平津一向信任的方朗佫垫背:"朗佫跟你说一句。"

方朗佫横了一眼快要忍得嘴角抽搐的高积毅,拿过电话,语气焦急起来,竟比高积毅还显得煞有介事几分:"舟子,赶紧过来救命。"

高积毅起身在屋子里溜达,桌子上一个空茶盘,他拎起来朝桌子上一拍,几个玻璃杯子摔到地上,女人尖叫一声,高积毅冲着外头空无一人的大门口大喊了一声:"你大爷的!"

方朗佲手一抖,把电话挂了,气得跳脚,这回可真是急了:"老高,你浑蛋!那可是哥们儿从奥地利背回来的杯子!"

高积毅嘿嘿一笑:"赔你,赔你。"

一个小时后。

高积毅隔着玻璃窗,远远看到一台黑色大车飞速地开进了敞开着的大门。

"来得还挺快。"高积毅眼看奸计得逞,嘿嘿地乐,扭头对陆晓江说,"你先躲会儿。"

方朗佲正往锅里下小羊羔肉片儿,闻言说:"至于吗?"

高积毅说:"等他坐下来,咱俩先劝劝,他要一进来就发现被骗,依他那德行,这回不是晓江挨揍,咱俩都逃不了。"

陆晓江起身:"我回屋子里去。"

车子开进庭院里,高积毅立刻扯开嗓子大喊:"舟子,快来快来!"

赵平津下车一看,哪有什么拆白党,就几个人围在院子的围廊下,在东来顺的铜锅下架了木炭,正涮羊肉呢!

赵平津的脸立刻就黑了,阴着脸大步往廊下走。

高积毅一看这神色,立刻说:"哎哟,朗佲,赶紧地,拦住他,他能把咱锅给掀了!"

赵平津翻脸转身就走。

高积毅赶紧走过来,一把搂住了他:"别介啊,坐会儿,坐会儿。"

赵平津也不坐,桌面上搁着一条烟,烟刚好抽没了,赵平津拆了,拿了一盒塞进了衣兜里。

高积毅心疼地叫:"唉,你可别糟蹋了,我好不容易从老头子那儿讨来的。"

赵平津眉毛抬也没抬,动手又拆了两盒,随手扔给了一旁方朗佲的员工小弟:"高哥赏你的。"

小弟一激动,叫了一声:"谢谢高哥!"

高积毅狠瞪着赵平津,龇牙咧嘴地笑。

赵平津抽了一根出来，这烟味道并不好，一股子草药怪味儿，他含着烟望了眼高积毅："咱爸天天是上书房行走的人，你至于吗，舍不得这点好东西？"

高积毅哈哈大笑："你坐下行不行？朗佲，给舟子拿个碗。"

赵平津淡淡地说："有事，得走。"

他真告辞走了。

赵平津走了两步又回头，指着高积毅的鼻子，骂了一句："你幼稚不幼稚？"

高积毅气得哇的一声站了起来。

赵平津背着他摆摆手，潇洒地走了。

高积毅看着他上了车，那辆黑色大车呼啸着开出了酒庄的院子。

高积毅气得伸火钳在火炉里乱捅一通："这小子，真败兴。"转头又跟方朗佲说话，"老二，你见着他，你倒是帮晓江说句话呀。"

方朗佲慢悠悠地答："行了，舟子那脾性，你还不知道吗？哪天他想开了，自然就好了，不过话说回来，他今天怎么那么好脾气？"

高积毅转过头去，闻言，也愣了一下。

方朗佲摇摇头，夹了一筷子肉片儿，蘸了芝麻酱，慢慢地吃。

方朗佲暗暗觉得不对劲。

天色渐深，风刮起来了，夹着细细的雪。

晚饭吃饱了，高积毅前几天痛风发作，也不喝酒了，几个人凑一块儿在小花厅里喝茶。

九点多，沈敏给方朗佲打电话："舟舟是不是在你那儿？"

方朗佲随口答了一句："刚走。"

沈敏紧着追问了一句："他自己开车走的？"

方朗佲打了个饱嗝，示意陆晓江给他添茶："是吧。"

这下连方朗佲也听出来了，沈敏语气难得地有些焦急："走了多久了？"

"估摸半个多小时了。"

"他喝没喝酒？"

"没，人都没坐下。"

沈敏应了声："好。"

眼看沈敏要挂电话，"慢着，"方朗佲赶紧拦住他，"小敏，怎么了？"

沈敏也不含糊了，索性说了："他下午刚刚做了胃镜，正在家里休息。"

方朗佲心底一跳，抬头看了对面的高积毅一眼，高积毅也咂摸出不对劲了，搁下了茶勺问道："出事了？"

方朗佲立刻说："小敏，你说清楚点。"

沈敏是慢性子，性格一向柔和，此时语气急了些许："他十分钟前给司机打了电话，说开不了车让司机接。他身体最近不太好，司机不放心，通知了我，可我给他打电话，已经没有人接。"

方朗佲知道沈敏这人有分寸，一向是赵平津身边办事丝毫不乱的人，连他这会儿都沉不住气了，只怕不是开不了车这么简单的事儿，难怪今晚心里一直隐隐地觉着不对劲儿。方朗佲着急地问了一句："他怎么了？"

沈敏一接到司机的电话就穿了外套，这会儿拿了车钥匙出门，进电梯前，听到了方朗佲的话，他迟疑着答了一句："我担心他一个人要出事，他最近一个人时……"

信号忽然断了。

方朗佲拿着电话倏地站了起来，转过身就往外跑。

高积毅跟陆晓江立刻跟了上去。

方朗佲一边去喊门卫开门，一边冲着高积毅大叫："老高，去开车！"

三个人在门口跳上了高积毅的车，等不及两人系安全带，高积毅就一脚踩下油门。轿车砰的一声弹起来蹿了出去，高积毅问了一句："他走哪条道回的？"

方朗佲差点滚到座位下去，赶紧伸手拉住了椅背，重新打通了沈敏的电话："小敏，你在哪儿？"

沈敏说："京承高速路上，我跟刘司机正在赶过去。"

高速上风声呼啸。

雪落在挡风玻璃上，又被雨刷擦掉了，高积毅拼命踩油门，超了好几辆车，在路口上了京承高速。

高速路上的车不多，他们的车速已经逼近一百二了，幸好这车平时高积毅开得多，开起来顺手，只是沿着返城的路开了十多分钟，仍然没见着赵平津的车。

高积毅目视前方，不敢分神，只一遍一遍地问："见着人没？"

方朗佲和陆晓江两人一直盯着窗外望，他问一句就答一句："没有，接着开。"

没过一会儿，坐在副驾驶座上的陆晓江忽然大叫："停！"

高积毅吓得心头一跳，脚一抖松开了油门，下意识先看了一眼后视镜，而后一脚猛地踩下刹车。

车子的轮胎在下了雪的地面上打滑，差点没一头冲进路旁的沟里去，高积毅猛地扭转方向盘避开了，三个人都被安全带勒住了。高积毅扫了一眼车窗外，窗外一片空茫茫的，黑漆漆，半点星火也没有。

他抹了一把脸，伸手拍陆晓江的脑勺，怒吼了一句："你小子瞎叫唤什么！"

陆晓江喘着气，一把扯开了安全带："哥，倒车！"

高积毅和方朗佲同时扭头往后看过去。

一瞬间，两人同时看见了。

他们身后右侧十多米的应急车道上，停着一辆黑色大车，车前大灯没开，应急车灯也不开，黑漆漆的，悄无声息地停在那里，黑暗中只辨认得出模糊的轮廓。

那是赵平津的车。

高积毅缓了口气，这会儿才觉得整个大腿的肌肉都紧绷着，他重新挂挡松开手刹，车子缓缓地后退，停在应急车道，然后打开了双闪灯，跳下了车。

方朗佲已经率先跑了过去，又看了一眼车牌，确定是赵平津的车，他伸手就拉车门："舟子！"

车门锁了,他探过头去看,车窗倒映出自己变形的影子,看不见里边的情况。

高积毅和陆晓江过来敲车窗,冲着里头喊:"舟子?"

毫无反应。

高积毅伸拳猛地一捶车窗,大喊:"舟舟!"

情急之下手劲大,车门都被震得嗡嗡直响。

下一秒,车门处忽然传来咔的一声,锁开了。

方朗佲推开了车门边上的陆晓江,车门开了一道缝儿,方朗佲伸手一把拉开了。

赵平津坐在驾驶座上,身上的外套脱了,只穿了一件毛衣,指间一点幽幽红光。

方朗佲冷汗直下。

赵平津抬眸轻轻地扫了一眼车外。

陆晓江心头一惊,脚下不自觉地后退,退到了黑暗中。

高积毅说:"你小子吓死人。"

赵平津面色寒白:"怎么了?"

高积毅心有余悸:"你没事?"

赵平津将烟放在唇边咬住,手撑着座椅,跳了下来,身体一晃,撑着车门站住了。

这会儿看他,跟方才在酒庄里仿佛换了个人似的,方才嚣张跋扈的神采全都不见了。他独自待着的时候,面容平静得诡异,更显得消沉,烟仿佛抽多了,嗓子沙哑:"什么事儿大惊小怪的?"

高积毅松了口气,火气噌噌地直往上冒:"我去你的!沈敏以为你出事了,你有病是吧!车停这儿,灯你也不开一个!黑灯瞎火的,哪个司机看得见你?我说舟子,你要不想活了,搁这儿,你可真一点儿也不冤!"

这会儿,后面两辆车的车灯一前一后地闪了闪,沈敏和司机也到了。

赵平津眉头一直微微皱着,仿佛忍受着疼似的,他的身体一直倚在车门上。

雪一直细细碎碎地下,落在了头发上,赵平津从车上下来时,本来就穿得单薄,方才出来得着急,方朗佲几个也是大衣都没穿,几个人站在高速路上,没一会儿就冻得不行。

高速路上车来车往,十分危险。

沈敏上前来,看了他一眼,立刻说:"高子哥、朗佲哥,给你们添麻烦了,大伙儿在这儿站着不安全,先回吧。"

司机拉开了后车门,赵平津仍然没说话,转过身,隔着车灯的一束光,陆晓江一直站在车后,他看见赵平津的鬓角全被冷汗浸透了。

沈敏将他送进了后座,递给他一个保温杯:"您的药,保姆刚熬好的,我今天工作了一天,不给您开车了,怕不安全。"

高积毅找到了高速出口,掉转车头,往回开去。

车厢中忽然安静了,气氛莫名地沉了下来,三个人都不说话。

高积毅默不作声地开了一阵子车,头一个忍不住了:"老二,给小敏打电话。"

方朗佲依言掏出手机给沈敏打电话。

方朗佲按了免提,对着沈敏说话:"小敏,你们回到哪儿了?"

沈敏声音还是那样儿,平平淡淡地:"四环边儿上了。"

高积毅一把抢过电话,劈头就问:"小敏,他到底怎么了?"

沈敏没敢说话。

高积毅怒了,冲着电话吼了一句:"沈敏,你防谁都好,你还防我们仨!他要真出了事,谁不难受,难道我会害他不成!"

"高子哥……"沈敏答应了一声,而后又沉默了。

方朗佲也有些急躁起来,忍不住催促了一句:"小敏,医生怎么诊断的?"

沈敏声音有点发抖:"初步报告显示溃疡加深,溃疡面有少量出血。"

方朗佲心底咯噔一下:"医生怎么说呢?"

"医生让住院休息,他不愿意。"

高积毅问:"周老师知道吗?"

"舟子不让我跟家里说,说是病情控制住了,他还照常上班。"

方朗佲不说话了。

赵平津私底下的状态不好,虽说平日里面上不露半分,别人兴许看不出,他们哥几个多少看得出一些,只是他人前老跟没事人似的,方朗佲想着他兴许慢慢会好起来,没想到他竟是拖一天算一天的打算了。

沈敏有点哽咽:"还要等病理结果,医生说他现在这样的情况,一定要尽早预防异型性癌变的可能性。"

高积毅急匆匆问了一句:"这话舟子知道不知道?"

"知道。"

"他是不要命了!"

沈敏不说话了。

电话里一片寂静。

电话搁在方朗佲的手里,话筒里只听得到沈敏的蓝牙耳机里传来的呼啸风声。

高积毅和方朗佲面面相觑,没有说话。

过了好一会儿,高积毅跟方朗佲说话:"朗佲,你劝劝他。"

方朗佲搓了搓脸:"小敏,你看看他行程,哪天空了一起吃饭,告我一声,尽快。"

沈敏缓慢地应了声好。

不知道什么时候,后座的陆晓江那儿传来声响,是断断续续的啜泣声。高积毅抬眼从后视镜里看了一眼,只见陆晓江头埋在手臂里,在黑暗中抽泣。

高积毅烦躁地说:"现在你知道哭了,早干吗去了?还跟三岁一样,你就懂得哭!"

陆晓江父母调到北京工作那年,他才三岁。父母工作忙,陆晓江自己一个人被反锁在屋里,午后醒来在屋子里哇哇大哭。赵平津那时五岁了,是大院里头出了名的调皮捣蛋鬼,他从一楼的窗户里翻进去,打开门,领着陆晓江回家。赵家的保姆阿姨把陆晓江搂在怀里,往他手里塞点心。

后来有一年多的时间，三岁的陆晓江，都是被寄养在赵平津家的。

他和赵平津比沈敏这个做弟弟的还亲。

大了后，沈敏跟赵平津亲近，陆晓江和赵平津反而疏远了。

方朗侳咬了咬牙，拿起了电话："小敏，你跟我说实话，他心里头是不是——还惦记着西棠？"

沈敏在电话那头的黑暗中，没有出声。

车厢里只有陆晓江的啜泣声。

高积毅吼了一句："你别哭了！"

高积毅伸手把电话掐了。

《春迟》初剪版在华影内部试映，黄西棠陪妈妈去看了。

她妈妈说，怕等不到上映了。

倪凯伦安排了人，单独拿了电影密钥，在公司内部的一个小放映厅，邀请了谢振邦，西棠带着阿宽，她带着自己的助理。

这部电影的最小观众是倪凯伦的儿子Jaden[9]，五个月的小宝宝，躺在婴儿推车里吸吮着手指，跟着妈妈进了放映厅。

开场后没一会儿，宝宝就在倪凯伦怀里睡着了，保姆进来抱了出去。

倪凯伦在试片会看过一部分，但看到正式剪出来的版本，她还是哭了。西棠觉得，也许当了妈妈，人比较柔软了。

谢振邦仍然是她的男性密友，他是她为数不多的男性朋友，她妈妈不知道，仍然以为这一对小儿女互有情愫。谢振邦纵然并不完全认同电影中稍显浓墨重彩的主旋律基调，但他非常体贴，全程保持缄默。

西棠在放映厅里陪妈妈坐了会儿，留了阿宽陪着妈妈，自己去办公室看剧本去了。

她一直不习惯在银幕上看自己，那些喜怒哀乐，自己先体会了一遍，而今再看，就会有种莫名的抽离感。

那是丁芳菲的人生，不是她的，她的工作已经完成了。

从事这行业差不多十年了，西棠不用看，拍的时候就已经知道，这一部

---

[9]杰登。

戏，她自己，包括跟她对过戏的演员，感情都非常投入。

走出了放映厅，司机和保姆将老老小小送回了家。回到办公室，倪凯伦独自冷静了会儿，然后召了黄西棠进来，声音已经平静而有力："宝贝，娱乐圈里一线女明星的位置，轮到我们重新洗牌了。"

十三爷催着黄西棠续约。

倪凯伦不让。

倪凯伦悄悄跟她说："拿了影后再谈续约条件。"

电影还没上映呢，倪凯伦可真厉害。

《春迟》是十月份正式杀青的，一部电影，从筹备开始，制作周期将近两年，比西棠拍过的任何一部电视剧的拍摄周期都长，但她心里觉得十分满足。

倪凯伦月子坐完了之后，家里请了一个育婴保姆照顾孩子，西棠妈妈身体不好，每周都得去医院，于是请了一个阿姨做饭。

有差不多一个月，黄西棠基本处于休息状态。

倪凯伦在公司里跟宣发部门开会，回到办公室后十分不高兴："你什么时候才自己发微博？"

都快两年了，她没再登录过自己的微博。

黄西棠坐在座位上，低着头不说话。

"不就几张照片吗，删了就是。"

西棠抬头，眼睛里水光粼粼："不要。"

处于上升期的女演员，休息这么长时间是非常危险的事情，公司甚至花钱保持了她的曝光率。

幸好到了十二月份，《春迟》后期制作顺利，定档在望，宣传活动也密集起来，倪凯伦谢天谢地，终于将她送出去工作了。

她要再天天在家跟着她妈做饭带孩子，女明星都没法当了。

《春迟》在第二年的春天公映。

杨柳冒出新芽，融融春水涌动，三月份，玉渊潭的粉白樱花开始绽放了。

大院礼堂周四的晚上有活动，为了庆祝三八妇女节，领导组织女干部看电影。赵平津那天休息，刚好在家，周女士叫儿子陪她去，赵平津答应了。

在机关的小礼堂放映厅，赵平津陪着周女士到了一看，整个家属大院里的女同志都到了，还有特地赶回来的白发苍苍的退休老阿姨。赵平津扫了一眼，前排陪同着的还有分管宣传的几个领导。

赵平津自然知道这部电影要上映了，一个月前有次大家聚餐时，席面上高积毅没头没尾地跟他说了一句，她那新片送上来审查，一刀没剪，只改了两句台词。

赵平津愣了一秒，回过神来，答了一句，谢了。

大银幕上西北农村，六月的阳光明亮耀眼，丁芳菲五岁的女儿在晒着苞谷的院子里欢乐地奔跑，跟在她屁股后面的是一只大黄狗，还有一个挂着鼻涕的小男孩儿。黄狗是家里养的土狗，男孩儿是女儿的表外甥，五岁的表姨和六岁的大表外甥。那男孩子肤色黝黑发亮，黄泥土渗进皮肤，穿着粗布短褂，是丁芳菲在西北农村老大哥的孙子。

隔了半个世纪从未见过面的两兄妹，一前一后地往庄稼地的深处走去。

丁芳菲提出要看看他父亲的墓地，她母亲返城后，这个西北男人又当爹又当妈，把孩子拉扯大，一生未再娶。

丁芳菲心里想，她妈真是造孽。

男人肩上扛着锄头，带着她走过田埂，芳菲怀里抱着一包香烛，她问："你对她还有印象吗？"

木讷的男人听了，沉默了一会儿，摇摇头。

又走了一会儿，他跟芳菲说："我听村里人说，她是城里来的大学生，很有文化。"

丁芳菲在坟头掏出一张照片："这是她的遗照，你要看一眼吗？"

芳菲将那张照片烧了。

烟雾袅袅地升起，丁芳菲五十岁的老哥哥扛着锄头，站在父亲的墓前，对着绿油油的麦子，号啕大哭。

电影院里一片啜泣之声。

周女士哭得梨花带雨。

黑暗中赵平津递过手帕，拍了拍他母亲的手背："您别哭啦。"

十点多电影放映完，赵平津扶着他妈走出来，一路有熟人打招呼："舟儿，陪妈妈来看啊。"

赵平津主动打招呼："范阿姨。"

"哟，周女士，儿子真孝顺。"

周女士宽慰地笑笑。

两人走到了礼堂外，陆陆续续来车，把人都接走了，赵平津的车子停得有点远，母子两人慢慢地走过去，赵平津笑笑说："电影不错吧？"

周女士客观地评价："今年文化部的这个项目不错。"

赵平津说了句："您光顾着跟领导握手去了，方才没看清字幕吧？"

周女士看了他一眼："什么意思？"

"您没见着女主演的名字？"

周女士顿时愣住了。

赵平津闲闲地说："黄西棠，演丁芳菲的那个姑娘，哭了老半天了，您没看出来？"

周女士对黄西棠的印象，还停留在读大学时期的小女生模样，这么多年过去了，容貌似乎不太一样了，一时倒还真没认出来。周女士处变不惊："小姑娘出落得挺漂亮的。"

赵平津冲着他妈笑了笑："多亏了您棒打鸳鸯，要不那可就是您儿媳妇了。"

周女士笑容有点僵住了，转过头一看，赵平津一张白净脸庞带着笑意，看不出一丝的情绪，他冲着她挥挥手："您等会儿。"

赵平津走到车子旁，打开车门，上去后上了锁，颤抖着手吞了药片，右手握拳抵在腹部，蜷缩着身体靠在了座椅上。

闭着眼歇了几分钟，赵平津启动了车子，开车去接他妈。

周女士站在大院里高大的槐树下，琢磨着儿子的态度。她知道他跟郁小瑛已经是半分居状态，他十天半个月回一次家，多数时候住柏悦府。她那儿媳妇也是厉害角色，自打上回找她说明白了孩子的事儿之后，再没跟她这个婆婆说道过一次，周末仍然陪着赵平津回来，郁家那边，赵平津也没少招呼伺候，两个人的日子过得和和气气的。

但若说是恩爱夫妻，那是绝对称不上的。

周女士见了太多这样的夫妻了，熬过二三十年，到六十岁了，儿孙绕膝，也是和和睦睦一家人。

可她这儿子究竟打算怎么过，她心里没底儿。

《春迟》是四月二日正式上映的，在公映后的第三天，票房突破了一个亿，这个成绩在近年来烈火烹油的国内电影市场上不算惊天动地，但赢在了后续稳健的口碑，终于在第二周的周末，爬到了票房榜的第二位。

黄西棠只觉得自己忙得要死了。

一个城市接着一个城市地宣传，先是前期路演，然后是后期答谢，拍不完的宣传照，聊不完的访谈，跑了好几个电视节目，还有代言和商演，尽管倪凯伦再三挑选，但还是做不完，有时一天几个工作连轴转，一个活动下来，她只负责抬胳膊，一圈人上来围着她换衣服，她站着都能睡着。

西棠察觉自己心底的那片湖水再没有了一丝波澜，是那一年的秋天遇到了方朗佲。

那时候她签了新电影的戏约，正准备进组。九月份的时候，倪凯伦运用手上的人脉资源，给她安排了去巴黎时装周秀场看秀的工作，于是公司派了最好的团队陪着她去了巴黎。结束工作后从戴高乐机场飞回北京时，西棠在首都机场头等舱休息室遇到了方朗佲，是方朗佲主动上来打的招呼，西棠看见他，心里平平静静的，也还挺高兴的："朗佲哥，出差吗？"

方朗佲点点头："嗯，你呢，回上海？"

"嗯。"

"挺好？"

"挺好的。"

"回头在北京，有时间上我们家去，今年你的新电影，青青光去电影院就看了三回。"

"哎，好的，谢谢捧场啊。"

旁边有人举起手机偷拍，助理阿宽和方朗佲的秘书谨慎地上前去挡，西棠对着方朗佲笑笑，他跟她道声再见，往登机口去了。

两个人都大大方方的，方朗佲也知道，她跟舟舟是真真正正地断了。那一年从开春开始，除了七月份陪老爷子、老太太去了趟北戴河，赵平津基本没离开过北京，深居简出，几乎看不到人。

地勤开始安排登机了，西棠走在中间，阿宽跟在身后。她跟倪凯伦在欧洲只待了三天，除了工作，余下的全部时间就是疯狂刷卡购物，先去了国内旅游团的朝圣地老佛爷和巴黎春天，倪凯伦还带她去了玻玛榭百货，各式各样的奢侈品牌的衣服鞋包，她几乎是只看了一眼，有一些甚至不必试就直接买下，只是为了不同的工作场合，能穿得恰如其分或者光彩照人。在娱乐圈，女明星的衣服敢穿第二次上镜，是要被人笑话的。

她以前在横店常常听女明星在化妆间闲聊，最常听到的话题就是谁昨天又去了香港，一个小时就刷了三百万。西棠那时在剧组当群特演员，一天的工资大概有两百块，加上公司发的剧务补贴，每个月的钱都填进了债务的深坑，连一支好点的口红都没买过，但为了尽量保持皮肤状态，只能在市场买一点黄豆，每天早上起来打一壶豆浆带去片场，当时西棠只觉得人生好荒诞，没想到有一天，自己也会过这样的生活。

西棠一上飞机，终于有了一点点私人时间，她在手机里看她妈妈这周的治疗单，倪凯伦凑过来看了一眼，说："要不要换个医院，看看北京的，或者国外的？"

西棠摇摇头："她不愿意。"

西棠低着头，沮丧的声音里藏着深深的内疚："她这病就是累出来的，在医院照顾我那一年多，她就说自己腰疼。"

倪凯伦伸出手臂抱住了她。倪凯伦知道黄西棠心里恐惧，却一直强迫着自己面对，她母亲现在一周去两次医院，病情随时监测，平时有人照顾，生活也算和乐，但这种日子，谁都知道，随时有变数。

Chapter 7
令堂辞世，节哀保重

他身旁的男人眼睛看着她，语气温和有力："黄小姐，令堂辞世，节哀保重，我姓李，李蜀安，是陪景教授一块儿来上海的。"

赵平津记得是快到年底那会儿，那天是在公司门口，他要去对外经贸司开个会，正要上车，沈敏从大楼里头奔出来，在他耳边低声一句。

赵平津一听，怔住了："什么时候的事儿？"

沈敏说："消息是今早的。"

赵平津只想了两秒，对沈敏说："你现在去上海，她有什么需要帮忙的，就帮一下她。"

沈敏点点头，替他拉开了车门，然后转身往公司大楼走。

龚祺接了上来，扶住后座的车门，递了水杯和药给他。

车门合上了，司机往东安门大街驶去。

赵平津仰头把药片吞了，一丝苦味藏在舌底，<u>丝丝缕缕地蔓延开来</u>。

她妈多大年纪？黄西棠今年二十九，她母亲生她时还很年轻，没到六十就走了，这岁数太年轻了。

他知道她受不了。

进会议室之前，赵平津打了个电话给沈敏："在哪儿了？"

沈敏说："到机场了。"

赵平津很少这么频繁因为一件事给沈敏打电话，他虽然什么也没说，但沈敏知道他放不下心："我争取尽快联络她经纪人，人都在她身边呢，您别太担心了。"

赵平津沉默着。

沈敏低声一句："我登机了。"

晚上沈敏打回电话，一项一项报告说："丧葬事宜由她公司和她弟弟出面在料理，一切都安排妥当了，办得很低调，也不对媒体开放，据说是家属的意思。明天追悼会应该会有一些演艺圈的朋友去，倪小姐负责出面接待。我已经安排献了花圈，明天追悼会我跟他们公司的老总去，您看还有什么需要安排的？"

赵平津问了一句："她怎么样？"

沈敏低声回："我还没有见到她。"

赵平津心一紧。

黄西棠跟她母亲相依为命，这打击太大了，不知道她要怎么承受。

赵平津压着情绪深吸了口气："你明天见着人再说吧。"

黄西棠在追悼会上见到了结伴而来的大学同班同学。

他们那一届的表演本科班二十二个人，来了十个左右，郑攸同站在中间，西棠见到她们寝室里的黎晖，泪水再也忍不住流了下来。同寝室四个女孩子一起住了两三年，钟巧儿已经离开了人世，黎晖去大学做了老师，剩下的一个汪玲珑，西棠此生绝不愿再见到她。

读书时，黎晖跟她并不熟。黎晖是北京人，父母是高校老师，她周末常常回家，西棠只记得，她是一个钢琴过了十级，家境优越，为人很有礼貌的女孩子。黎晖紧紧地抱住了她，说："别怕啊，都会好的。"

同学们一个一个上来拥抱她，有些自大学毕业后，就再也没有见过；有些在片场兜兜转转，常常照面，但大家都忙。

西棠低着头，轻声对郑攸同说："谢谢你，老郑。"

快结束的时候，西棠见到了沈敏，他是陪着十三爷来的，跟她握了握手，说了一句："节哀顺变。"

西棠一遍一遍地鞠躬答谢，从她母亲病危，她在医院守着开始，她已经几天几夜没睡过了，她的身和心都感觉不到痛苦了，她的眼泪已经流尽了，只剩下一个麻木的躯壳，站在灵堂前，对着吊唁的宾客一遍一遍地鞠躬。她一直守在灵前，其他的一切丧葬事情，都是小地主和倪凯伦安排的。

追悼会结束后，大批的媒体记者堵在殡仪馆的门口。

郑攸同去年主演的电影上映，在年尾入围了华语五大电影节的全部重要奖项，最终郑攸同在兰州捧起了人生第一座电影奖杯，而在今年十月的颁奖典礼上，一尊引颈高唱的金鸡奖杯——属于最佳女主角的那一座，刻上了黄西棠的名字，当时给她颁奖的，正是郑攸同。他们这一届表演本科班星光熠熠，在当晚的颁奖晚会上出尽了风头。有一部好作品傍身，郑攸同和黄西棠如今也晋升成了演技派，现在郑攸同正在拍一部大导演的武侠电影，主演，天天占据头条的新闻。郑攸同是唯一被拍到过的黄西棠的绯闻男友，加上这一班出了很多明星，摄影记者们个个都调到了十倍焦距，恨不得从这些人脸上捕捉到蛛丝马迹。

外面的车子一辆接一辆地离开，记者闹了一阵，然后就彻底地安静了。

倪凯伦进来，将黄西棠带到了隔壁的休息间，关上门转过身，直接跟她说："你父亲那边的人在等着，想跟你见一面。"

西棠闻言抬起脸，一瞬间甚至不明白她在说什么。

倪凯伦看着她苍白消瘦的脸颊，声音放缓了几分："这也是上一辈的事情了，你妈妈临走时跟我交代的，说她走了以后联系一下那边，若你父亲认你，你以后也有个家；如果对方不认，那就永远不用告诉你。"

西棠声音极细，却带了一丝怒意："我有家。"

倪凯伦应承了她母亲办这件事，就想办好，便跟西棠说："人从北京来的，你见一下。"

倪凯伦打开了门。

门口立着两个人，一个六十多岁的老人，头发斑白，面容宽厚，旁边搀扶着他的是一名中年男人，国字脸，浓眉大眼，穿一件灰色大衣，里面露出白色衬衣的领子。

老人下巴微微颤抖，耷拉着皱纹的眼角泛出激动："你是，你是……"

西棠站着一动不动。

他身旁的男人眼睛看着她，语气温和有力："黄小姐，令堂辞世，节哀保重，我姓李，李蜀安，是陪景教授一块儿来上海的。

"这是景教授，是联合大学的退休教师。"

倪凯伦说："景先生，进来说话。"

她将黄西棠往里面拽。

四个人在冰凉的殡仪馆里坐着，西棠一直不说话，她父亲跟她说话，说着说着，情绪渐渐激动："你妈妈她，从来没有找过我，这么多年了，我也是昨天才得知的消息……

"我对不起你们母女，但我也没想到，她硬是没打过一个电话，临了也没见上一面，这么多年了，有什么难处也不说，还一个人带着孩子……"

老人在她面前不停地抹眼泪。

西棠脑子缺氧，思维迟钝，只听到他反复地念叨。他说他回来找过一次她母亲，两个人商量好流掉孩子分手，她妈妈当时答应了，他也没想到她妈妈把孩子生了下来，后来她们搬了很多次家，他就再也找不到了。

西棠依然木木地坐着。

李蜀安轻轻地拍了一下她父亲的肩膀，依然是那种温和有力的声音："老景，女儿心里难受着呢，你冷静点儿。"

葬礼办完之后，西棠回了横店。

母亲去世之后，她坚持着工作了近两个月，签好的戏没办法停，但她在剧组里，表情渐渐麻木，而且开始发胖，她的戏服是量身定做的，服装师不得不改了两次腰身。

倪凯伦过来，给服装师塞红包，又给摄影师敬烟，让他们把她拍瘦一点。

戏杀青之后，即将过年，倪凯伦给她推掉了大量的工作。西棠的脸开始浮肿，回到她跟妈妈住的房子后，她再也没有出门。

暂停了拍戏之后，西棠陷入抑郁，因为悲伤无处宣泄，她长期压抑的食欲彻底爆发，她开始疯狂吃东西。一开始，倪凯伦还心疼宽容她，慢慢发现她跟完全没有味觉似的一刻不停地把东西往嘴里塞，而且只吃那些平时不给她吃的食物，炸鸡块，大薯条，奶油极重的蛋糕，滴着油的麻辣串，没到一个星期，她满脸泛油光，额头长满痘，整个人呆若木鸡，再也没有了灵光。

倪凯伦当机立断，派阿宽白天来家里守着她，阿宽扔掉了她所有的外卖，她发了疯似的反抗，可她再吃一年也不是阿宽的对手，阿宽三下五除二，就把她按在了沙发上。

黄西棠彻底老实了。

第二天阿宽过来上班时，西棠在房间里睡觉，她三餐重新按时吃那些寡淡的水煮青菜，并且常常因为没有胃口完全吃不下，只是她仍然在发胖。

倪凯伦觉得十分可疑，半夜哄完孩子上她家来，看到一个人影，窸窸窣窣在开冰箱的门。倪凯伦跟在她的后面："你是疯了是吧？"

西棠置若罔闻，把巧克力往嘴里塞。

倪凯伦怒极了，一把扯开她，迎头就是一巴掌扇下去，然后把冰箱里的食物往垃圾袋里扔。西棠木木地在一旁站着，看着发怒的倪凯伦把冰箱里的东西扔了个精光，忽然一个密封罐从冰箱的深处滚出来，骨碌碌地掉在了地上，西棠捡起来，打开闻了闻，那是她妈做的牛肉酱，肉质鲜香，带一点点甜的辣，是她最喜欢吃的味道。

西棠的眼泪瞬间喷涌出来，抱着那个瓶子，跪在冰箱门前号啕大哭。

倪凯伦伸手要拉起她，却完全拉不动。西棠哀号不止，哭着哭着，人往旁边倒，倪凯伦赶紧掐她的人中，低头看到她被掐醒了，眼泪还在流。

倪凯伦有点慌了。

西棠已经彻底停掉了工作，这个圈子里，哪个当红艺人不累，可谁也不敢休息，你一停下，一断档，位置一空出来，立刻就有人顶上，观众隔一个月不见你，转眼就忘得一干二净，尤其像黄西棠这种处在上升期的女演员，正是要打拼守住这个一线位置的时候。看着她就这么自暴自弃地放弃这大好时机，倪凯伦急得火烧火燎的，可也不敢逼她。白天她稍微情绪好一点的时候，倪凯伦从公司下班回来，跟她说新戏，让她看剧本。黄西棠脸色淡淡的，她说钱赚得够多了，她一个人，花不了多少。

倪凯伦没辙了，都过了一个月了，旧历年的假期结束，她若还是不出去工作，只怕好不容易打拼出来的演艺生涯是要彻底完了。

赵平津过来的时候，倪凯伦在楼下花园里一边遛儿子一边等他，今天周末，保姆刚好请假。

倪凯伦远远就看到了那台黑色路虎车，车开得跟人一样猖狂。赵平津下了车，保安过来帮他停车，他朝倪凯伦走过来，高挑瘦削的男人，一袭驼色风衣，脸上还是老样子，带着那种讨人厌的目中无人的傲气。

倪凯伦将电梯卡递给他："你知道哪屋，自己上去吧。"

赵平津点点头。

倪凯伦说："她现在急了咬人，你可别太蛮横。"

赵平津没搭她这话茬，低头看了一眼穿着一条蓝色牛仔背带裤，正蹲在草地旁铲沙子的小小子："你儿子？"

倪凯伦赶紧把儿子护在怀里。

赵平津顺嘴评价了一句："挺可爱。"

倪凯伦骄傲地昂起头。

赵平津抬腿往电梯走："一胖墩儿，该减肥了。"

倪凯伦大怒，转过头发现人已经消失在电梯的转角。

倪凯伦蹲下来仔细看了看儿子，他的小脑袋裹在毛线帽子里，露出肉嘟嘟的小脸蛋，在中介机构高薪请来的金牌保姆，尽职尽责、一餐不落地喂他，好像是让他吃得有点胖。

阿宽给他开的门，低声说了一句："她在房间里。"

赵平津敲了一下门，然后推门走了进去。

西棠听到开门声，目光动了动，看到了站在门口的男人，忽地眼皮轻轻一跳，但只是一瞬，又恢复成了麻木的神色。

赵平津看到了窗边的一个黑色的影子，黄西棠坐在一把扶手椅上，身上穿了一件宽袍似的黑裙子，身形上的变化倒还看不出来，只是赵平津望了她一眼，就明白倪凯伦为什么要打电话给他了。黄西棠整个人都是呆滞迟钝的，她封闭了自己的感觉，只是为了抵御无法承受的悲伤。

赵平津扶着门框，语气很平和："换件衣服，我带你出去晒晒太阳。"

西棠没搭理他。

赵平津走了进来，打开衣柜，替她取出了外套，声音沉着而镇定："换衣服。"

眼看她一动不动，赵平津把毛衣往她头上套，她不说话，只抬手捂住了自己的脑袋。

赵平津按住她的手臂，她无声而剧烈地挣扎，胳膊在衣服里扑腾，怎么都不肯穿进去。赵平津本来就是没有耐心的人，哄了几句，声音沉了下去：

"行了啊,差不多得了!"

西棠动作停了。

赵平津给她穿上袜子、大衣,把她拉起来,提着她大衣的领子把她搂在怀里。西棠几乎是被拎在他的身上,跟着昂首阔步的他,跌跌撞撞地冲进了电梯。

电梯到了一楼,赵平津把她一推,阳光一刹那迅疾而刺目地照射在了她的脸上。

西棠立刻闭上了眼。

赵平津摁着她站在阳光里,她感觉眼里有一阵全是黑的。

赵平津开车带着她往城外去。

新年刚过,小区里的树上还挂着几只红灯笼,车子转上宽阔的马路,走了一个多小时,沿途的景色渐渐疏朗,高楼大厦没那么密集了,西棠望着窗外,树林茂密了起来,远远看到了一座黑瓦白墙的寺庙高塔。

赵平津带着她入了庙内,这里都到小昆山了,离城区远,平时香客不多。赵平津开了这么久的车,也是为了避开人潮,不被打扰。两人一路穿过两重殿堂到了西厢的禅堂,赵平津将她送到了门口:"师父在上课,你进去听听吧。"

西棠看着他,眼睛里泛起清亮的光。

赵平津摇摇头,淡淡地说了一句:"我就不进去了,赵家的爷们儿,都不太信这个。老太太倒是虔诚,初一十五都吃素。"

西棠进去了。

待到出来时,西棠拐了几个游廊到了东厢,看到赵平津站在地藏殿前的一个巨大香炉旁,旁边是一个穿着黄色僧袍的僧人,两个人正往香炉里烧纸钱。

西棠走了过去,赵平津给她递了一沓:"给你妈路上安顿花使,烧吧,图个心安。"

等到那几沓厚厚的纸钱都烧完了,赵平津说:"走吧。"

两个人不说话往山下走。

西棠跟在他的身后半步,走着走着脚下发软,跌在台阶上。

赵平津一下没反应过来，回头时只见她坐在地上，他皱了皱眉头说："起来。"

西棠这段时间睡得很少，眼前有点花，默不作声爬起来继续走，没两步，又要摔。

赵平津这次有了准备，眼疾手快地一把抓住了她的衣领，把她拎住了。

赵平津把她放在了山道的石阶上，往前走了一步，站在她下面的一级台阶上，弯了弯腰："上来。"

西棠默不作声地俯下身，趴在了他的背上，然后伸手搂住了他的脖子。她又闻到了他头发、衣领上的味道，剃须水的木头香气，安静幽凉。这个让她着迷的味道，她已经很久很久没有闻到过了。

她心里忽然有点发酸。

很久以前他们谈恋爱那会儿，有一年国庆节她在西单的商场做模特打工，那几天都是穿着高跟鞋一站就是一天，脚后跟磨破了皮，赵平津晚上下了班去接她回家，车子到了小区的楼下车库，然后赵平津背着她上楼。西棠背着一个大包，赤着脚趴在他的背上，脚一晃一晃的，晃晃荡荡的都是甜蜜和幸福，现在突然想起来，感觉好像是一场幻觉，仿佛那是现实中从来不曾发生过的事情。

赵平津伸手托稳了她的身体，然后直了直身子站了起来。西棠感觉她的身体瞬间往下沉甸甸地压住了他的手掌心，她在他的背上往上挪了一下，试图悄悄地减轻一点重量，就听到他喘了口气，然后冷冷地说了一句："你到底吃了多少肯德基？"

西棠伸手狠狠地拍了一下他的脑袋。

赵平津不敢说话了，背着她往山下走。冬天的太阳照射在山林间，天气干燥，石头台阶很粗糙，他走得不快，但很稳，一步一步，一直走到了停车的地方。

赵平津把西棠放了下来，按了按手中的车钥匙："外头冷，你先进去吧。"

西棠看着他。

赵平津斜睨她一眼："你是打定主意不跟我说话了是吧？"

西棠只好说:"你要干吗?"

赵平津掏出了烟盒:"你先上车,我烟瘾犯了。"

西棠坐上车,看到他倚在车旁,抽出一支烟含在了口中。

隔着车窗,他背对着她,她终于能仔仔细细地看看他。车窗外的男人穿炭灰色西裤、木褐色高领毛衣,细细看,眉目间略藏憔悴之色,人显得疲累。

锦衣玉食、娇惯半生的赵平津,也有了风霜之色。

赵平津眼前发黑,站了好一会儿,又抽了半根烟,才缓了过来。

赵平津开车回城区。

车子飞驰在公路上,西棠忽然在他身旁开始说话:"她这一辈子,过得很辛苦。"

赵平津微微蹙着眉头,"嗯"了一声。

西棠知道他在听。

"年轻时也是有风姿的女人,但没遇上好人,到老了,好不容易女儿工作赚了点钱,又查出来病。

"她一直是个很好看的女人,自己烫头发,后来开面馆,围裙也是自己裁的,每天都洗得干干净净。"

赵平津握着方向盘,默然无声地注视着前方的路面,耳边只听到她的声音,细细的,带了点柔软的鼻音。因为拍戏,她平时都是说标准的普通话,只有在很放松的时候,才会有一点点南方口音。赵平津知道,黄西棠明白他在听。

"可是街坊邻居有一点点矛盾,那些女人就骂她脏,所以我们就一直搬家。

"青春期有一阵子,我不和她说话。我怨恨她为什么要做那样的事情,让我放学走在路上都抬不起头来。后来我们在仙居住下来,有一点点钱,她就送我去学琴,我十岁才开始学钢琴。"

高速立交桥外的长空澄碧如洗,赵平津的车开得极快,西棠轻轻地呼吸着,看着男人握在方向盘上的手,修长的手指骨节分明,白皙手腕处露出一块薄薄的白金表。她无声无息地看着,她曾经是如此万念俱灰地留恋着过去,也许并不见得是想他,也许想的只是那一段时光里被他爱着的自己。她身旁的这个男人,是她的战友、敌人、亲人、爱侣,是她一生除母亲之外,共处过时间最久的人。妈妈去世之后,她已经一无所有,她要把她的半生交付出去。

"读高中时我住校,有一天下午我们上体育课,老师提前放学,我回家时看到门后有一双男人的皮鞋,然后我悄悄地关了门,回了学校。

"后来隔了一个星期,她给我拿了一大笔钱,我要考艺校,要上培训班。我不恨丘伯伯,真的,我却恨我妈。"

黄西棠说着那些支离破碎的往事。

"有一年快过年的时候,她带我去买新衣服,一家开在市场路边的服装店,我想要买一条当时流行的牛仔裤。当时她在一家丝绸厂上班,每个月的工资是五百多块钱,还养个已经十几岁的孩子。她要攒钱给我读大学,所以她当时看了很久,最后说:'妹妹,我们回家吧。'然后我就跟着她回家了。我当时已经长大了,没有闹,但也没有说话。

"我们回了家,她想了一个晚上,不忍心女儿失望,于是第二天做完了工,她回到家里,带我去买了那条裤子。

"其实那条裤子也没有很好看,而且我上学都穿校服,所以那条裤子我后来也没怎么穿过,可我当时怎么就那么不懂事儿?"

黄西棠终于开始哭泣。

赵平津减缓了车速,穿过徐家汇,车子开进了思南路,他带着她在复兴公园附近缓慢地兜圈子。

她哭起来就跟她后来跟他在北京时那样,哽咽着,没有声音的,就是流眼泪,无穷无尽的眼泪,哭得狠了就开始抽噎、打嗝,喘不上气。

赵平津看着路边的停车位,打转方向盘靠边侧停,然后解开安全带,伸手抱起了西棠,把她搂在怀里,轻轻地拍她的背。

黄西棠靠在他的肩上,一边哭一边抽气。赵平津默不作声地等着,等了很久,西棠终于慢慢平静了,一动不动地伏在他的怀里。

赵平津掏出手帕,给她擦鼻涕。

如今在外面，她也是有排场的女明星了，早年他不了解她，这几年渐渐明白了她当年的处境，可是什么都回不来了，尤其是再遇到她之后，在应酬他们时，她已经把自己磨成了又柔又软的小明星，只保存了只要有需要就会笑吟吟的漂亮脸蛋，大概是把所有的情绪都放进角色里了。

黄西棠的头发散了，几缕发丝沾着鼻涕糊在脸上，哭得红肿的眼皮下，仍然有泪水不断地渗出来。

她趴在他的颈窝里睡着了。

黄西棠醒来时已经黄昏。

车子停在一株巨大的法国梧桐下，冬天的叶子落尽了，疏朗的树冠遮住了半条马路，旁边是一幢砖红色的小洋楼，整条道路空旷而安静。

座椅被放了下来，她半躺在车上，身上盖着赵平津的外套，鼻子嗡嗡堵塞着，头脑却清明了许多，一抬头就看到了车外的人。

赵平津正站在马路边上打电话，另一只手揣在裤兜里。

西棠恍恍惚惚地看过去，自打上回在北京他送她回上海，好像一转眼，又是一年多没见过了。

赵平津怎么就在这一两年间看起来老了一些？人依然是英俊好看的，只是脸色苍白，眼神暗沉了许多，更令人难以捉摸。

手挡旁的一个储物柜子半开着，他的皮夹、烟盒搁在里边，还有一个白色的药瓶。

西棠拿起那个瓶子看了看，眼神暗了暗。

一整瓶缓解痉挛和止疼的胃药，他已经快吃完了。

赵平津回头看到她醒了，返回来拉开了车门："送你回家？"

西棠点点头。

赵平津启动车子，开了导航，两个人重新穿行在上海繁华的街道上。赵平津手搭在方向盘上，说了一句："你父亲那边——"

西棠打断他的话："我没有父亲。"

赵平津转头不轻不重地看了她一眼。

西棠不再说话了。

赵平津目视前方，继续说话："景博实已经退休，十年前离婚了，后娶的老伴儿原是家里的保姆。你还有个同父异母的哥哥，是外派大连港海区的翻译。"

西棠抿着嘴巴不说话。

"认不认，看你自己心意。"

"我不认。"

"好。"

车子回到了杨浦区西棠的家，赵平津也下了车："我送你到楼下吧。"

两个人往大楼的电梯出入口处走去，没走几步，就远远看到楼下等着一个人，谢振邦见到她走过来，立刻扬了扬手。

赵平津说："等你的？"

西棠点点头，倪凯伦要求的，谢医生陪她去看他介绍的心理医生。

赵平津脚下一缓，手中的车钥匙忽然捏紧了，刺在掌心一阵冰凉，他的声音却放轻了："那行，你回去吧。"

西棠走到楼道口回过头，看到那辆黑色的大车正在车道上加速，转个弯，迅速地消失不见了。

第二天，倪凯伦亲自开车押送，送她去了健身房。送完她，倪凯伦回公司进了办公室，助理将各个影视公司递给黄西棠的剧本和代言的商业合同送了进来，堆起来跟座小山似的。倪凯伦坐在椅子上，大大地松了口气。

二月份的时候，西棠接了一部剧本写得不错的抗战谍战剧，重新进组拍戏。

这部戏一半的拍摄地在松江车墩，小地主怕她孤单，带着媳妇儿、儿子来探过几次班，每次来都搬来了半个酒楼，因此她在剧组的人缘不错，偶尔休假一天回家，也常常在小地主那儿。

那天她在小地主的仙居楼吃饭，中途服务生推开门，喊了一声老板。

座中众人回头，看到门口站着李蜀安，一手拎着一个小书包，另一只手里牵着一个小姑娘。

小地主立刻站了起来,笑着招呼,叽里咕噜说了好几句话。

李蜀安竟然完全听懂了,笑着说:"哎,好,正吃着呢。"

小地主媳妇儿说:"李先生,进来一起坐。"

"不了,约了朋友一家呢。"李蜀安走进来笑着摇摇头,随后抱起了身边的小女孩儿,"心心,怎么做一个有礼貌的孩子呀?"

小姑娘脆生生地叫:"叔叔阿姨好!"

小地主的儿子看到她,一边手脚并用地要从儿童餐椅上爬下来,一边高兴地喊:"心心姐姐!"

李蜀安放开了女儿的手,小丫头跑过来亲了亲小地主的儿子,忽然一仰头,看到了旁边的西棠。

小姑娘看着她的脸,有点迷惑:"你是好景姐姐?"

苏好景是她跟杨一麟拍的那部都市言情剧里的名字。

小地主媳妇儿扑哧一声乐了。

李蜀安走过来,有点不好意思:"得,来了一小粉丝,怪我,平时陪她时间少,保姆看电视,她就跟着看。"

西棠只好站了起来,敷衍地亲了亲孩子的脸,笑得十分亲切:"你好呀。"

李蜀安跟小地主媳妇儿说:"我那边还有朋友,就不打扰你们一家欢聚了。"

一大一小告辞出去了,西棠坐下来,吃了两口,看了小地主媳妇儿一眼:"什么时候你老公跟他这么熟了?"

小地主媳妇儿说:"他来吃过几次饭,真没有架子。"

这男人明显在社会上做了多年了,待人处世周到圆融。这种男人西棠在各式酒会上见多了,一身威严压人,偏又态度亲切,因此笼络人简直是轻而易举的事情。自从跟她父亲来过一次之后,他再来上海时,常常会经过她家,说是替北京那边带东西,有时候是他秘书送过来。西棠很少在家,保姆下楼去拿的东西,北京捎带来的一大篮长辛店脆枣,几盒号称她爷爷奶奶做的点心,保姆收了,西棠就吩咐保姆包一大包燕窝、冬虫夏草什么的,送回给人家。

西棠从来不见生父。

倪凯伦说，她母亲走了之后，他来过几次，都是在楼下。

那时倪凯伦不让她见任何人。

在西棠的成长历程中，她母亲之前一直不愿意谈论她的生父。也许是怕女儿心生怨恨，她宁愿女儿的成长中从头到尾缺少父亲的角色，她作为一个独身的母亲也能把孩子照顾得很好，她不愿意让女儿觉得自己是被父亲遗弃的孩子。事到如今，父亲突然冒了出来，那些陈年往事也渐渐浮出水面，但早已经不值再提，其实跟西棠一直以来想的差不多，她母亲在上海师专进修的时候认识了她的父亲，有家室的儒雅男教授和年轻天真的女学生之间发生的故事，古往今来屡见不鲜，妈妈已经走了，父亲对于她，就是一个陌生人。

第二天西棠在家休息，电话响了。

她下楼去，李蜀安递给西棠一个纸袋子。

西棠打开看了一眼，里面有一个透明保鲜盒，装着色泽鲜艳的草莓。

李蜀安说："今天在郊区视察时，看到路边的老乡在卖，刚摘下来的，很新鲜。"

西棠冷淡地说："我家阿姨不在家。"

李蜀安说："打扰你了吗？"

西棠不客气地答："是。"

李蜀安笑了笑，是宽和不计较的笑。

西棠更加气不打一处来："你怎么这么热心掺和别人家的事儿？"

李蜀安站在她的面前，神态和语气都十分沉稳："我姐虽然跟你父亲离了婚，但我跟你父亲关系一向不错，我大妈跟你奶奶是手帕交，你父亲很想来，但怕你不高兴，我就常常过来看看。对了，你爷爷奶奶看过你照片了，特别喜欢。"

黄西棠冷冷地说："李先生，你也不适合来，不是说要见见吗，我也见过了，你们不要再来了。"

李蜀安说："西棠，我来看你，跟你父亲没有任何关系。是我自己想来看你。"

黄西棠愣了一下。

李蜀安神色诚恳，但也很从容："心心妈妈走了三年多，快四年了，生病走的，她生前是一位老师，做特殊教育的，是一名很好的女性。她给我留了一个特别可爱的女儿，我平时住北京，但出差多，姑娘跟爷爷奶奶住，是我大爸大妈的家里，我父母在四川。"

西棠只听到他说："你介不介意我年纪比你大一些，还有一个闺女？"

早晨十点，中原集团的会议室正召开总经理例会。

这种每周例会，如果没有特别的工作安排，赵平津一般授权沈敏主持，今天沈敏出差去了，他进了会议室。

总会计师在给他做稽核工作汇报的时候，他的秘书敲门进来了。

贺秘书躬身低头，在他身边低声地说："赵董，柏悦府的物业公司打来电话，说您家里的火警响了，酒店保安上去查看，屋里疑似有浓烟冒出。"

屋子里反正没人，一套房子而已，赵平津偏了偏头说："让物业公司处理，我车上有房门卡，你安排司机送过去，如果等不及，让消防破门。"

贺秘书领命走了。

赵平津转过身，示意继续开会。

三十多分钟后，会议结束了，贺秘书等在会议室门口，她明白赵平津的习惯，不是天大的事儿，绝不能打扰他的工作，尤其是会议场合。

赵平津走出来，看了贺秘书一眼，知道她有事儿，转身往自己的办公室走去，她跟在他身后说："赵董，需要您回去一趟。"

赵平津说："怎么了？"

贺秘书踌躇了一下，稍微压低了一点声音："您夫人——在房子里。"

赵平津开车回了柏悦府。

这套房子离公司近，他在中原上班以后，加班加得多了，晚上常回去住，其实也不长住，国盛胡同的家里，他还是住得习惯些，结了婚后，基本都回霞公府。

郁小瑛从来不管这套房子的事儿，结婚后这房子都没进过，她既然不管，赵平津也就没主动提过。

他的房子也不多，除了府右街的那一个院子是为了招待客人而买下的，其余的都不大，基本都是为生活起居便利而添置的，包括郁小瑛自己也有不止霞公府这一套房子，她没结婚前就常住在燕西的别墅，写的似乎是他岳父的名字，他也从不过问。

赵平津停车入库上了楼，一踏出五十二层的电梯门，就看到物业经理陪着他的司机站在门前。

物业经理见到他进来了，赶紧招呼："赵先生。"

司机上来跟他汇报："物业、消防先进来的，起了一点烟雾，没大事儿，消防查看无误后已经撤离了。"

赵平津点点头："没事了，回吧。"

司机转身示意物业经理："我送区经理下去吧，辛苦了。"

赵平津开门走了进去。

落地窗的窗帘不知道被谁打开了，屋子里的新风和空调系统的换气杀菌功能都开到了最强挡，郁小瑛就站在客厅里，看起来神色还算平静。

赵平津一踏进屋子就闻到了，一股烧焦的味道从厨房里飘散出来。

赵平津走进去一看，厨房的地板上搁了一口锅，里面烧了黑乎乎的一大堆东西。

赵平津一眼扫下去，眼神微微一晃，已经全明白了，那是黄西棠留在屋子里的那箱东西，郁小瑛把她留在柏悦府里的东西一把火全烧了。

赵平津走了出来，看了郁小瑛一眼："烧没烧着自己？"

郁小瑛哼了一声。

赵平津语气平和得不像一个活人："我待会儿让刘司机给你一张房卡，这屋子你要来随时来，要什么东西，随你处置。"

郁小瑛看着眼前的男人，眼底慢慢地浮出一层水光。

她以为闯了祸，赵平津会生气，会骂她，会为了她有一点点情绪起伏，可没承想他对她可真是千依百顺。

151

郁小瑛知道，她什么都能要，却要不到一个人，那一刻忽然觉得很好笑，她忍不住，站在客厅里仰着头笑出声来。

赵平津站得离落地窗很远，眼底灰蒙蒙的，像一片海。

郁小瑛笑得眼泪都出来了："舟子，这么过日子，你累不累？"

赵平津看着和他生活了三年多的这个女人，她站在他的面前笑，却笑得圆圆的脸庞上淌着泪。他心里忽然闪过了一丝痛楚的怜惜，他朝她跨了一步，想伸手拉一下她的胳膊。

郁小瑛却一把挥开了他的手，抬手拭了拭眼角的泪："你把我当什么？把我们的婚姻当什么？"

赵平津终于出声劝她："一箱子旧书而已，你又何必这样。"

郁小瑛昂着头："舟子，咱俩好聚好散吧。"

赵平津沉默。

郁小瑛定定地看着他，她哭过闹过，他永远是这样，好脾气沉默地忍着。她哭得厉害了，他有时会走过来，轻轻地搂一搂她的肩膀，她又会心软，两个人继续过着相安无事的日子。

这男人的心，她掏心窝子焐都焐不热。

他们是夫妻，却没有半点夫妻的那股热乎劲儿。她是一个年轻的女人，没法为一个男人在冰冷的坟墓里守活寡。

门开了又关了。

赵平津深深地吸了口气，压下胸口的躁闷，他知道自己应该追出去，应该哄哄她，把她送回单位或者家里。他脚下一动，客厅一整面敞开着的观景落地玻璃窗却瞬间如同一个巨大的深渊向他扑过来，整个客厅在刺眼的阳光中仿若一个旋涡飘浮在空中，窗帘的遥控器搁在沙发背上，他朝那边看了一眼，只觉一阵晕眩和恶心。

他背过身扶住了墙壁，站了好一会儿，终于还是放弃了。

赵平津迈开脚步缓缓地走进了厨房，他蹲在地板上，伸出手拨了拨那堆余烬。

细小的灰烬飘浮起来，赵平津忍不住偏过头呛咳了一声，眼睛却看到了底部有半张没烧完的纸片，他拿出来看，是两张叠在一起的登机牌，他的名字和黄西棠的名字紧紧地挨在一起，纸都烧了大半截了，残留了一边，出发地写着北京，目的地是熏得焦黄的两个字——沈阳。

他们谈恋爱的时候，赵平津正在创业，忙得昏天暗地的，一次都没有陪她出去玩过，那一趟还是赵平津出公差。那会儿京创刚成立没多久，李明接了一个关外国企的单位项目，做完了大半年，账迟迟收不了，赵平津托了当地一个工程处的本科师兄打了声招呼。那边关系复杂，赵平津只好亲自过去一趟，顺带把黄西棠带了去，他去工作的时候，西棠自己背个包去逛沈阳故宫。赵平津记得那天什么正经生意都没谈，全是饭局，早上就开始喝，一直喝到了下午三四点，喝得心力交瘁地出了酒店，打了辆车去找她，两个人在帅府旁的小饭馆吃东北菜。

西棠逛了一天饿极了，赵平津倚在椅背上，看着她呼噜噜地吃一锅酸菜炖排骨，他一点胃口也没有。

西棠筷子没停，却忽然凑过头来，伸手捏了捏他的脸，笑嘻嘻地说："我可怜的宝贝，都被蹂躏成什么样儿了。"

赵平津握住她的手，说："别闹，累。"

西棠又摸了摸他的脸，温柔地应了声："我知道。"

那一瞬间，他觉得什么都好了。

赵平津怔怔地看着那些纸灰，上面还看得出一些依稀的笔迹，那是她写的电影剧本、上课写的人物小传，还有一张照片，她和钟巧儿的脸都变成了灰，他的手指一触，立刻碎了。灰尘弥漫，赵平津退开了几步，忍不住咳嗽起来，手里还紧紧地攥着那两张纸片。

他坐在地上咳了半响，站起来慢慢地走到浴室，用毛巾把那两张登机牌擦干净了，整整齐齐地夹在了床头的书里。

Chapter 8 她挡了人的道儿

车库里的灯光刺眼,他神色颇有些惨淡,倪凯伦瞪着他说:"她男朋友在家里,这事儿我们会想办法解决的,大不了就退出娱乐圈结婚。"

赵平津的嘴角微不可察地抽搐了一下,他张了张口,想说话,却说不出来。

倪凯伦出了几天差,这天一大早回到公司上班,来不及进自己办公室,就被老板的秘书叫走了。

进了楼上大老板的办公室,十三爷坐在沙发上,招招手让她坐了,开门见山地问:"黄西棠打算什么时候续约?"

倪凯伦耸耸肩,置身事外似的:"她不是委托了律师跟公司谈吗,这事儿您问我有什么用呀。"

"合同下个月就到期了,本来年初就该谈了,碰上了她母亲的事儿就搁下了,这一搁都小半年了。"

倪凯伦笑着说了一句:"哟,之前怎么没见您催着她签约呀?"

之前黄西棠状态不稳定,公司也在观望,迟迟不肯谈续约,下半年她全面恢复了工作,公司突然就着急了。

大老板难得来一次公司,笑面虎一只,这会儿听到了,摆摆手没让十三爷回话,笑眯眯地瞪了一眼倪凯伦:"凯伦,你是公司大将,胳膊肘往外拐,这可不太好。"

倪凯伦不再调侃人了,大老板的面子还是要给的,她也实话实说:"这一年黄西棠片酬飞涨,新进来的几部剧,价格都开到哪个数了你不是不知道,她还想着跟公司续约,没自己出去单干,这都不错了。"

十三爷殷勤地道:"其实出去开工作室多累人啊,做生不如做熟,再签三年吧?条件好商量。"

倪凯伦笑嘻嘻地答:"您跟她说呀。"

倪凯伦出了十三爷的办公室,往横店打了个电话。

阿宽接的电话。

那天夜里下了戏,阿宽把倪凯伦的叮嘱传达了一遍,西棠知道倪凯伦是为她好,眼下是正在谈合约的微妙时期,未来还不知道怎么样,为人还是尽量低调。西棠心里有计较,公司在她落魄时收留了她,如今红了,翅膀硬了,翻脸就飞也不好,可谁都知道,她之前的合同,公司抽成抽得多狠,说到底谁也不欠谁的,只是都是相

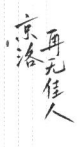

处多年的同事了，这一份人情还是要顾念。倪凯伦建议她把事情都交给律师，平时就待在剧组，尽量少回公司。

事实上，作为这段时间国内风头正劲的当红女明星，黄西棠一直是非缠身，没少叫公司的宣发忙活。自从《春迟》上映，获得了口碑、票房的双丰收之后，那一整年西棠的私生活都被翻了个底朝天，一开始是单亲家庭的身世，她是非婚生女、母亲是小三的传闻在网络上被扒得非常不堪，然后过了一阵子，又有她的一个不肯透露姓名的同学出来力证她长得跟大学时代不一样，还爆料她从大学开始就被富商长期包养，还多次堕过胎。

这种为了艺人资源发各种营销稿子是各家娱乐公司的惯用手段了，西棠没红之前就看遍了。为了抢夺利益，使什么下作手段的人都有，她自己根本不看这些新闻，那时她妈已经住院了，西棠只是担心她妈妈看到了会伤心。

苏滟的公关手段厉害，将那些完全是抹黑造谣的新闻直接高调地告上了法庭，一下歪风乱气就肃清了大半，而后再报她的新闻的媒体也不得不斟酌一下了；然后是她母亲走时，丧礼是公司帮着料理的，因为《春迟》是中影的投资，苏滟尝试着邀请了胡少磊。一般这种白事，娱乐圈里的人，若非真的交情深，很少有大腕会亲自参加，一是没时间，二是嫌晦气，可没想到胡少磊真的出席了，离开时还接受了采访，直言很喜欢她的表演，顺带还恳请媒体对艺人的私生活多点尊重。

于是没隔多久，她跟胡少磊的绯闻就传遍了娱乐圈。

西棠那段时间根本不知道外面发生什么事，苏滟和倪凯伦打的这一仗却是得到了十三爷的大力赞赏，就凭胡少磊甘愿被利用，默认女明星的公司炒这个绯闻，就足以让黄西棠的身份背景顿时高深莫测起来。

旁人分不清真假，也不管真假，总之中影太子爷的绯闻女友，这个身份在剧组里，没人敢得罪她。

西棠一直以来都在专心拍戏，就是因为相信公司，这也是她同意续约的原因之一，星艺的公关和宣发，不是一般的公司可以比的。

进组一个月后，西棠有了两天假，于是回上海休息了两天，晚上倪凯伦刚好也在家，于是带了孩子去仙居楼吃饭。那天从餐厅出来，倪凯伦跟她说：

"我告诉你为什么十三爷忽然急着续约吧。"

那一天晚上吃完了饭,倪凯伦开车载宝宝和保姆回家,黄西棠独自开了一辆车,扫了一眼后视镜,狗仔的车跟在后面。如今仙居楼已经成了媒体朋友定点蹲守的地方了,小地主年初时专门给正在健身的西棠研究出了几道菜,连西棠的营养师都觉得不错,重点是相较于寡淡的白水煮肉,小地主烧的菜竟然还兼顾了口感,西棠觉得好吃,于是有时介绍剧组的艺人朋友来尝尝,没想到一来二去地,仙居楼渐渐在圈子里有了口碑,西棠这阵子过来,都不得不尽量低调了。

西棠打转方向盘,绕开了狗仔追行的车道,车子沿着淮海中路开过去,经过灯火璀璨的环贸广场,微微一抬头,就看到了巨大的玻璃荧幕上闪着淡淡金光的品牌标志,心里有些微微的激动。入这一行这么多年了,还是会有值得她激动的事情。

西棠仍然记得自己的第一件奢侈品。

那是她入行的第二年,拍了电影之后有了一些收入,攒了两万多块钱。当时她还是小女孩儿,眼界太浅,对那份花钱买来的自信和虚荣还带着闪闪发光的幻想。那一天西棠特地约了巧儿陪她,她还记得那是春天的午后,两个女孩儿一起打车去了国贸。西棠紧紧地拉着钟巧儿的手,怀着朝圣的心情踏进了一楼,买了人生中第一个香奈儿的包,之后西棠爱惜得不得了,下雨天都舍不得背,也没敢告诉赵平津,怕露了小家子气,赵平津在两个星期后才在沙发上注意到她的包,只随口问了一句:"什么时候买的?"

西棠知道他从小到大是锦衣玉食惯的,第二次见到他时,她就注意到了他手腕上的那块表。读他们那种学校的女孩子,不管有钱没钱,鉴赏力都是一流的,表是入门级的传承系列,国内售价二十万人民币左右,而且看得出戴了有一些年份了,棕色表带有些许磨损的痕迹,贴合手腕处温润白皙的皮肤,看起来有一股漫不经心的随意。他那样的人,眉目俊朗,白衬衣配一块白金名表,表只是最基本的配饰。在他们的生活习惯中,多精贵的东西,都不过是供人使用的物件而已。

他认识她时，她还是学生，虽然读的电影学院，但穿着打扮还带了一些学生气。赵平津从不觉得这有什么，至少他们在一起的时候，赵平津从不挑剔她的穿着。赵平津和沈敏他们当时也年轻，公司刚起步时，连写字楼都租不起，几个男人在套房的客厅里办公、写程序代码，这样持续了差不多一年的时间。西棠印象最深的是，客厅的灯光二十四小时都不熄，赵平津坐在客厅的一张原木色长桌前，穿阿迪达斯的运动短裤和T恤，戴着一副黑框眼镜，对着电脑屏幕狂敲键盘，黑色短发凌乱，神情像只暴躁的狮子。西棠也是偶尔见他出去谈合同，才穿正式西装。

　　那会儿西棠替他收拾衣物，他衣橱里那些蓝白灰的基础款衬衣一季一换，每一颗纽扣、每一丝布料都透露着考究和金钱的味道。其实他们在一起两年多，逛商场买东西的次数屈指可数，赵平津太忙了，只在每年她过生日时，抽时间陪她逛一次。

　　在北京的两三年，她也就买了那一个包。她离开北京时，倪凯伦回去替她收拾的屋子，什么都带不走，那个包直接拿去卖了，还有赵平津送给她的那些贵重首饰，全部都折成了钱寄给她。

　　一切都早已消失了。

　　西棠减缓了车速，隔着玻璃窗，细细地打量着橱窗里穿着春装的模特儿。这么多年过去了，她早已经不是当初的小女孩儿，现在用得最多的，就是一款软牛皮托特包，皮子做旧耐用，可以折叠成任何形状塞进她的箱子，她用它来装剧本和保湿喷雾，它跟着她出入机场、酒店、剧组。

　　可这一刻凝望橱窗，仿佛回到了十八岁，她眼里依然有渴望的亮光，这一份渴望，不再是渴望自己能走进商场买个新款皮包，而是渴望自己成为顶级时装艺术的一分子，和他们一起工作，成为这个时代最好的艺术的一部分。

　　半个小时之前，倪凯伦贴在她的耳边，悄声地跟她说："Adam[⑩]私下跟我透过口风，说菲比忽然看上了你，已经开口钦点你做大中华区的形象大使。"

　　西棠愣住了，好一会儿才说："怎么会轮到我？"

　　公司内部高层都知道，自西棠成名以来，上海这边的精品店总监Adam Philips[⑪]跟公司一直有接洽，但仅限于邀请她参加活动、看看秀。上一次在

[⑩]亚当。
[⑪]亚当·菲利普。

巴黎看秀，她坐的都不是第一排。他们在中华区有天后刘遂心，是品牌方合作了五六年的腕表和珠宝代言人，上次在时装周，西棠就看到她跟首席设计总监菲比谈笑风生，身边拥簇着一堆人，这么多年，坊间已经认定她是品牌最宠的国内女星。

倪凯伦说，也就是黄西棠今年复出拍戏的这两三个月，巴黎总部那边忽然表露出了要签约的意思。上个月倪凯伦已经飞了一趟北京，见的是大中华区副总，合同也带回来了，公司律师在看，基本八九不离十了。

倪凯伦对于这次合作十分谨慎，直到这会儿了，才跟西棠说了这么一星半点儿。她明白这份合同的价值，欧洲蓝血品牌，真金白银的代言合同，这种奢侈品牌对代言明星的考察和长远发展的估量，也许会前前后后长达数年，据悉上一任合作者，是那个红遍亚洲的韩国女星，那还是三年前了，若是西棠继任，从此以后她的巨幅海报将出现在全亚洲的机场免税店、购物商场、时尚杂志和奢侈品橱窗。

西棠一般不太关心除拍戏之外的事情，她的代言数量在国内的当红女明星中排不上前列，但代言的质量一直被倪凯伦和她自己严格把控。一般如果有代言来谈，倪凯伦都会问一句她喜不喜欢，也是因为这种商业把控，虽然损失了收入，但也令她没有过度地消耗自己的名声。

她今夜的心情格外复杂而虚荣，这跟签下一部好电影的心情是不一样的。这是一个新的世界，是圈内身份和地位的象征，意味着艺人将进入顶级的时尚圈子。

倪凯伦悄悄跟她说："这两天基本谈妥，只差你签字。这一单要是成了，公司今年单单一季度就赚到不行。

"你律师坚持先谈续约再签代言。以你的条件，十有八九，十三爷会点头。"

在跟公司拟签的新合同里面，黄西棠拿回了一部分的经纪约，还提高了片酬分成比例，律师说过，续约的问题不大。

西棠坐在片场的折叠凳上休息。

三月底春阳娇艳，西棠撑了把伞，旗袍是窄身的，坐在狭小的板凳上很不舒服，造型师过来替她整理头发，她为了这部戏把头发烫卷了，梳了一个卷发飞机头。

趁着她休息，阿宽抱来了一摞公司寄来的快递。

从今年开始，除了阿宽和司机，西棠新招了一个助理，在上海替她处理一些片约和财务的事宜，跟在她身边做私人助理的，仍然是阿宽，她给阿宽开的薪水，快赶上剧组里二线明星的收入了。

倪凯伦来横店时调侃阿宽："宽儿，姐给你放假，你还回不回老家摘棉花？"

阿宽是南通人，父母都在老家种棉花，当初来横店应聘西棠的助理，说只能做两个月，季节到了，要回老家摘棉花。

阿宽不好意思地捂着嘴笑："哎哟凯伦姐，您就别再取笑我了。"

阿宽拆开了文件袋，西棠翻开看了，公司的续约合同。

阿宽在一旁看到了，也替她高兴："拖了这么久，十三爷终于同意了。"

西棠笑笑，低头签字，律师昨天已经告诉她谈妥了，公司动作挺迅速，今天合同就寄到了。

当天夜里倪凯伦那边就传来了好消息："巴黎那边定了代言的签约时间，我已经通知你助理了。"

人还在剧组里拍戏，凡事不能太高调，西棠心里开心，也只是在下了戏后和阿宽去吃了顿饭。阿宽拉上了她的司机，这个男人跟着西棠快一年了，沉默忠诚，像一个永不会消失的影子。艺人生活日夜颠倒，横店鱼龙混杂，有时西棠让阿宽半夜出去买点东西，有他陪着，西棠也特别安心。他跟西棠同姓，名叫黄仕伍，西棠平时叫他黄哥。

妈妈走后，西棠情绪一直抑郁，加上公司的合约问题一直压着，已经很久没有过这么轻松的时候，吃完了饭也快夜里十二点了。西棠和阿宽喝了几杯酒，两个人笑嘻嘻地手拉着手在街上东倒西歪地走。

黄司机替阿宽背了两个大背包，紧紧地跟在两个女孩子的身后。

西棠第二天去剧组上工，那天恰好在下雨，西棠穿了一件粉色的透明雨衣四处溜达,剧组里饰演她上级的汪怡人忽然站到了她的面前,伸手掀开了她的雨衣帽子,盯着她的脸看了半晌,忽然阴森森地说了句:"西爷,你眉头发黑,当心破财。"

西棠一脚踢在剧务刚刚铺好的轨道上,差点摔个大跟头。

一部电视剧拍下来两三个月是平常事,剧组里的人有各种穷凶极恶的消遣方式,泡夜店、打牌这种稀松平常,占卜算命也不出奇,怡人上次就给她摸骨,说她要到四十二岁才嫁人,她一听到就哇的一声哭了。

汪怡人笑嘻嘻地搂住她:"别怕,有姐姐呢。"

西棠赶紧拿剧本捂住了自己的脸,可怜巴巴地哀求:"姐,你家的神明能不能也保佑保佑我?"

西棠在星期三的夜里见到了倪凯伦。

《沪上谍影》的拍摄已经接近尾声,西棠的戏份基本杀青了,倪凯伦安排她回上海来准备品牌签约和发布会的事情,她晚上回到了家,倪凯伦从公司回来,上楼来敲了敲她的房门。

倪凯伦站在门口说:"大中华区总裁明天陪同菲比到上海,晚上有个宴会,你明天到公司提前准备一下。"

签约前出席品牌方晚宴,这是深入合作关系的良好方式,一切程序都是按部就班发生的,可是倪凯伦此时脸色阴沉。

西棠一动不动地站在房间里,望着她。

倪凯伦略略压低了声音:"我听到了一些消息。"

西棠心里轻轻一抖,然后耳边仿佛听到一声细碎的破裂声。

那种大事临头的寂静,犹如独自伫立在一大片空无一人的雪后湖面上,耳边忽然听到了咔嚓一声细微声响,面前的冰层乍然就破碎了。

这样的时刻,她人生中经历太多了——

宿醉清醒的一刹见到站在酒店房间门口的赵平津,她母亲弥留时在医院的最后一晚,方朗偙按着她的肩头将她抱上车,长安街的大雪下了整整一夜。

倪凯伦只问了一句:"确定是你?"

西棠惨白着脸，没有办法不点头。

曾经她有一丝侥幸以为能逃得过，最后也明白太难。

倪凯伦走后，房间里陷入了一片寂静。

不知道过了多久，西棠坐在房间的沙发上，眼前都是雾蒙蒙的一片，连倪凯伦后来跟她说了什么，又什么时候开门出去都没发觉。

第二天下午倪凯伦来公司接她去酒店，两个人互相看了一眼，心底惶惶然，却不能露出分毫，幸好脸上的妆化得浓。拍完了一部戏，黄西棠的状态已经恢复了过来，天生的好肤质白皙通透，眉毛修长，映着丝绒珊瑚红眼影和娇嫩红唇，正是合作品牌方彩妆今年早春主推的一抹亮色。下车时，倪凯伦用力地捏了捏西棠的手心，西棠对她露出一个安慰的笑容，两人华衫在身，言笑晏晏下了车，媒体的闪光灯乱成一片，迎面而来的就是 Adam。

西棠微笑着跟几个洋人拥抱、贴脸，闻到他们身上古龙水的味道，整个大中华区的高层齐齐出动，接待远道而来的巴黎总部的大老板。倪凯伦这段时间一直配合他们准备明天的签约和新闻发布会，艺人将会紧密地跟品牌形象联系在一起，双方即将是长期合作的朋友和伙伴。

途中助理陪着西棠去休息室补妆。

五星酒店的洗手间幽深阴凉，洗手台前一个女人打量了她好几眼："黄西棠小姐？"

西棠迟疑了一下，还是点了点头。

女人却不再说话，转身走了。

晚宴结束后上了车，倪凯伦听天由命地说："如果能签了这份合同，以后有什么再说吧。"

西棠看了凯伦一眼，没有说话，她想着洗手间里那个女人的脸。

何露菲是一天前在北京东华门外的四合轩听到黄西棠的名字的。

她那大半年都待在北京的家里，接不到特别喜欢的角色，索性戏也不拍了，公司给她接了两个综艺节目，一般一个星期就录个一两天节目，其余时间都在家里休息。一个月前章芷茵给她介绍了个男朋友，叫王浩，是朝阳区公安分局搞刑侦技术的，家就住在东长安街上。何露菲在北京住了好些年了，北京这种世家子弟见得太多了，家境优越又爱玩儿，就没有不喜欢玩女明星的。何露菲见他出手还算大方，也算有些好感，放软了身段，欲拒还迎地跟他谈起了小恋爱。

那一天章芷茵给她电话，约她晚上出去吃饭。

何露菲接电话时王浩正在一旁，这会儿正是王浩黏她黏得紧的时候，于是就跟着她一块儿去了。

何露菲进了餐厅包间里才发现，今天做东的是竟然是圈中大佬，姓刘，圈子里人称乾哥，北京大牌公关公司高层，何露菲之前也就活动上见过他一两回，话都说不上。章芷茵和她的经纪公司在上海，章芷茵跟他也不算熟，不知道为什么突然蒙受邀约，但这面子没法不给，就拉了同公司的她来作陪。章芷茵这些年牢牢占据着国内电视剧一线女主演的地位，何露菲在演戏这一块上完全不及她，两人不算亲密，但表面上还是和气的，也常常一块儿玩。

就是在这天夜里的饭桌上，刘乾平提起了黄西棠。

何露菲心里瞬间打起了小鼓，黄西棠红是红了，但根基还未稳呢，刘乾平公司带出的那个最红的花旦，三大电影节奖杯都摆家里，戛纳红毯也走了好几回了，黄西棠根本没法比，怎么突然就入了他的眼了？

章芷茵笑着说："她还行啊，"语罢她碰碰何露菲的手肘，笑嘻嘻地说，"我们菲菲还跟她合作过呢。"

何露菲提防着章芷茵拐着她往得罪人的火坑里跳，只含情脉脉地娇笑："那会儿她还没拍唐导的戏，也就挺机灵一小姑娘。"

刘乾平筷子夹在一块羊肉上，状似随口地问了一句："我怎么听说，她身上有好几处刀疤？"

章芷茵捧场地惊讶道："真的假的？"

何露菲忽然就明白了，黄西棠这是倒了霉了。

刘乾平忽然就笑了，抬头望了望章芷茵："我也不绕圈子了，这位挡了人的道儿了。黄西棠出道快十年了，走红也就这一两年的事儿，一个女艺人在江湖上走了这么些年，章小姐的公司跟她的经纪公司也有不少交往，就没点儿把柄落您手里？我不常在上海，您二位是我朋友，我特来请教一下。"

章芷茵差点没忍住笑意，黄西棠往上蹿得太快了，就拿今年年初开拍的那部谍战剧来说，名导演、大制作，一个开机新闻发布会就占了快一个星期的娱乐头条，一时风头完全压住了她，看来眼红的，也不止她一个人。

章芷茵羞答答地答："我也是光有羡慕的份儿啊，她能有什么呀，电影学院毕业的，根正苗红，又拿了影后，女明星那点绯闻什么的，哪算事儿？"

刘乾平皮笑肉不笑地眯了眯眼："这样，我这么跟章小姐说吧，我们公司明年有两部大制作，其中有一部是古装历史大女主戏，最起码五十集，投资十个亿，我的助理正在敲女艺人的档期。"

章芷茵一刹那眼珠子都亮了。

刘乾平说："章小姐再想想，可真没一点什么消息？"

章芷茵这会儿可真是急了，支棱着脑袋搜肠刮肚地想，半晌，为难地摇了摇头。

王浩在一旁听了半天，忽然贴着何露菲的脸问了一句："宝贝儿，谁来着？"

何露菲答了声："黄西棠。"

王浩在脑子里搜索："这名字有点耳熟啊。"

刘乾平的注意力被吸引过来了。

王浩一拍脑门，想了起来："是不是早些年在北京读书的，跟赵家、高家那几位玩儿挺好的？"

王浩想起了什么事儿，意味深长地笑了笑："这姑娘厉害啊。"

何露菲立刻用力地按住了他的腿。

王浩纳闷地看了一眼何露菲的眼色，一下还没咂摸出味儿来呢，刘乾平已经开了口："何小姐请放心，乾哥若是欠着你一份情，绝不会亏待你。"

何露菲按在王浩大腿上的手松开了。

小王同志接着笑嘻嘻地道："我要说她涉嫌杀人，是北京公安档案里在逃的刑事案犯呢？"

整个饭桌上顿时一片寂静。

章芷茵惊得两眼发直，一下子都蒙了，何露菲掐了掐自己的大腿，痛感传来，一个瞬间暗自倒抽了一口冷气。

　　只有刘乾平面上喜色一闪而过，殷勤地走过来倒了杯酒："王先生，酒可以多喝两杯，说话，却是要有证据的。"

　　王浩眼里自然是瞧不上他的，眼里只看得见何露菲对着他扑闪扑闪的大眼睛，为了讨女朋友欢心，他耸了耸肩："我出去打个电话。"

　　王浩走开打了个电话，没过一分钟就回来了。

　　王浩伸手搂住了何露菲，依然是那副不当回事儿的笑脸："得了，算您走了运了，当时可是我接的警，出事的证据、笔录都有，后来不知道为什么撤了。我发小可是受害者，这都憋着多少年了，愣是没找着人敢动她。"

　　何露菲心里一乐，佯装低头悄悄抿了抿嘴。

　　章芷茵心头一把嫉恨的熊熊怒火差点没把这屋子点着，这她看不上的青头小子还是她介绍给何露菲的呢！

　　只有刘乾平觉得这顿饭吃得值大发了。

　　阿宽记得那是周五早上出的事。

　　早上七点她准时起床，西棠今天有重要工作，她早上起来先煮一壶姜红茶，等一下要带去公司给西棠消水肿，在厨房等着水开的时候查一遍西棠最近安排的访谈和宣传拍照的行程，八点多时手机乍然响起，公司宣发部门的同事打电话进来，声音透着慌张和古怪。阿宽挂了电话，立刻点开了娱乐新闻，一下惊得魂魄都要散了，手忙脚乱按了几下手机，电话那头却一直无人接听。她在屋子里焦急地转了几圈，下一秒冲进了房间里，睡衣都没换，套了件运动衣就往楼下冲。

　　阿宽把门敲得咚咚作响，西棠这会儿没睡醒呢，保姆开了门，阿宽冲进房间推醒了她，立刻关掉了她的手机。

　　刚才在出租车里，她就一直在看手机，心脏吓得怦怦直跳，脑袋里却是一片空白。事情迅速扩散蔓延，就她打车那一会儿工夫，又有好几个娱乐大号转载了那则耸人听闻的可怕消息。

西棠睡觉时手机一般调静音，阿宽关机的时候看了一眼，已经有一百来个未接来电了。

阿宽也没敢再看自己的手机，屏幕上男人的脸看不见，只看到脖子上一个血淋淋的大窟窿，皮肉翻卷，狰狞可怕。阿宽望着西棠，愣得一时说不出话来。

西棠醒了，仿佛早有预感一般，拿着阿宽的手机看了会儿，坐在客厅的沙发上居然还觉得困，睡是睡不着了，可也没事可做。

没过一会儿，倪凯伦腰上挎着儿子上楼来了。

昨晚她跟西棠在应酬时都喝多了，她跟阿宽差不多时间被公司的电话吵醒了。保姆昨晚回家了，今早还没来，她只好先起来冲奶粉哄孩子。

倪凯伦进了门，把小小子塞给阿宽，冷笑一声："原来要的不是钱。"

倪凯伦转手就打电话吩咐助理："西棠要签约的那个品牌，在中国接洽过的全部女明星，做一份详细的资料给我。"

倪凯伦挂了电话坐下来，看了一眼沙发里的西棠，语气不慌不忙地："等一下律师和公关来。"

黄西棠倒不是不慌不忙，她看了新闻，已经明白这事儿基本属于于事无补了，女艺人最重要的就是名声，倪凯伦知道，这可一切都完了。

早上九点多，西棠的律师来了。倪凯伦现在连她这个事儿都顾不上，因为她签好的一大堆电视、电影、综艺、代言，有些已经预付了款项，这个新闻一出，势必要换下她。片方突然遭受巨大损失，一个一个电话进来，打听情况的有，探探虚实的也有，破口大骂的也有，还有好几个代言的广告厂商的媒体部一直往她手机上打电话，倪凯伦这一个早上，就顾着接电话了。

十一点左右，有记者买通了业主，跟着上来电梯口查探，还有更大胆的按响了门铃，倪凯伦打电话去物业投诉，整个小区风声鹤唳，进出的车辆都要接受更严格的检查。

中午时分，李蜀安打来了电话。

倪凯伦的电话是开着的，一直没停过，李蜀安的秘书打了十分钟才打进来。

倪凯伦开了免提,只听到李蜀安那端说:"我安排律师过去,西棠,你怎么不给我打电话?对不起,我不太关注娱乐新闻,迟了一些。

"我在福建,现在赶回上海。"

下午,李蜀安的律师到了大约半个小时后,李蜀安到了上海,风尘仆仆,身边只跟了一个秘书,秘书将手里的公文包递给他,谨慎地告辞走了。

李蜀安进了屋子。

这是他第一次进西棠的屋子。

李蜀安的眼光却没有往房屋周围打量一寸,只望着自己派遣来的律师,口吻是严肃的:"老修,事情怎么样了?"

两名律师占据了两个单人沙发,倪凯伦和西棠坐在一起,阿宽赶紧给李蜀安搬了张椅子,几个人围在客厅开会。

西棠开始跟律师交代案情,这么多年过去了,她跟倪凯伦当时都料到了孙克虎要报警。西棠一度以为他死了,她想过,他要是死了,她就去投案自首。当时她在急诊直接就转到了手术台,醒来时倪凯伦第一句话就跟她说,好像人没死。

但她在北京一刻也不敢逗留,倪凯伦回当时她跟赵平津住的那个小区给她取点住院的衣物,据说有不明身份的人来跟保安打听过她的行踪,两天后她跟医院就救护车签了协议书,倪凯伦请了一个护工连夜送她出了京。又过了一阵子,倪凯伦一直暗中托人在北京打听消息,说孙克虎似乎出国了,西棠也不敢大意,一直隐姓埋名地在老家的医院治疗。

李蜀安中途出去接了个电话,回来将电话递给西棠说:"你爸爸。"

西棠有些犹豫。

李蜀安声音透着一贯的沉稳,这会儿还多了些许温和:"家里人关心你,没事,报个平安吧。"

西棠接过电话,走到了阳台上。

没过一会儿她回来了,两名律师在本子上唰唰地速记:"六七年了,当时的监控除非拷贝保存,不然基本不可能存在了。"

修律师问道:"黄小姐,你当时参加的婚宴,是和朋友结伴去吗,或者有没有提前跟谁说过?"

"我自己去的,新人知道吧——"西棠想了想,"我答应了新娘要去的,没有朋友知道,我当时在北京没有什么朋友了。"

那时赵平津跟她已经决裂,她又住了许久的院,钟巧儿跟着高积毅出国了,出院回家时,只有她一个人了。

"几楼?"

"三十层。"

"哪个房间还记得吗?"

西棠摇摇头。

修律师看了李蜀安一眼,谨慎地推断说:"看起来,对方不像是提前有准备的,应该是机会犯罪。五星酒店套房里安装摄像头的机会不大,按照公布的视频来看,是走廊上的监控。"

李蜀安从头到尾十分平静,公事公办得仿佛对待一个亟待解决的棘手工作:"这些档案现在在谁手里?"

倪凯伦看了看手机说:"等会儿,我还约了个人。"

何露菲的车下午四点准时到了西棠家的地下车库,她停妥了车,走到地库里的电梯那儿时,看到离电梯口最近的一个车位里停着一辆黑色大车,京牌的醒目数字,她经过时,不免多看了一眼。

黄西棠那个胖胖爱笑的助理给她开的门,这会儿小姑娘也笑不出来了,将她迎进了屋子,客厅宽敞整洁,茶几边围坐了几个男人。

倪凯伦简单介绍一句:"律师。"然后将她带到了书房。

黄西棠坐在里面,面无波澜,还对着她微微一笑,笑容有些呆,但还算平静,何露菲心里有些惊讶。

何露菲摘下墨镜,对着她们露齿一笑:"哟,小区门口黑压压的全是记者。"

倪凯伦指了指椅子让她坐:"得了,你进得来就不错了。"

何露菲笑眯眯地道:"您以为我想进来啊,我约了您在办公室谈呀。"

倪凯伦不想去公司。

今早出事之后,倪凯伦中午回了公司一趟,黄西棠签了字从横店寄回的那份续约合同,十三爷压在了公司办公室,没有盖公章。十三爷明确表示公司不会出资源救西棠了,还特别指示倪凯伦赶紧多花心思把西棠几部戏的角色安排给同公司的新晋小花欧丽祖:"这姑娘救不回来了,三五年内,谁还敢找她演戏?"

一霎间,娱乐圈翻天覆地,带着指纹、血淋淋的凶器,五星酒店视频监控里的作案记录,黄西棠被公司经营了几年,已经成功塑造起来的纯情漂亮、演技过硬的小花人设被打得稀巴烂,翻身几乎是不可能了。

倪凯伦拍着桌子骂十三爷无情无义,马继茬正好进来汇报工作,在十三爷的办公室门前幸灾乐祸地笑了。

倪凯伦气得脸都歪了。

何露菲在西棠的书房里跟倪凯伦聊,快两个小时后,何露菲终于拿出手机,供出了投名状。倪凯伦一看到刘乾平的照片就明白了,皮笑肉不笑的:"我说露菲,这人你早认识吧,你怎么说你不认识啊?"

何露菲娇嗔一句:"哎呀凯伦姐,我提前给您的消息,您用好了,值不少钱吧。"

西棠心想怪不得,倪凯伦这两天推了她好几个综艺节目,而且她的卡里进了好几笔款,都是她最近几部戏和代言的尾款。倪凯伦猛催公司财务给她转账,连财务经理都问了她一句。

只听到倪凯伦继续追着何露菲问。

"刘乾平哪里来的监控视频和那些公安局的证据?"

"那段视频,不止网上的那些。"

"后面有什么?"

"有你。"

西棠抬起头,倪凯伦也愣了一下,那就是还有后半段,倪凯伦问:"你在哪儿看到的?"

何露菲摸着自己指甲上的水钻:"给刘乾平的那十多分钟,是我一朋友剪出来的,我就在旁边看着呢。"

倪凯伦炯炯的目光盯着她。

何露菲忽然抖了一下,止住了话头。

倪凯伦冷冷地道:"露菲,咱们可是一条船上的人了。"

何露菲叹了口气,咬了咬牙说:"他叫王浩,我也不知道是不是真名。"

倪凯伦走了出去,随后李蜀安跟着她走了进来,她说:"把你那男朋友的照片给这位先生看一下。"

何露菲翻出了手机上的照片。

李蜀安看了一眼,对着倪凯伦点了点头,倪凯伦说:"行了。"

何露菲离开时已经是傍晚,她知道这圈子里,任谁要跟倪凯伦谈交易,都不是一件容易的事情,只是现在黄西棠陷进了这巨大的是非旋涡中,正是她拿机会提条件的大好时机。倪凯伦这会儿也不跟她啰唆太多,这一趟她基本得到了想要的东西,可也差点没把她累虚脱了。这会儿心情不错,她一上车就脱了高跟鞋,倒车时看了一眼后视镜,已经晚上七点多了,那辆黑色的大车仍然停在原来的位置。

七点多,小地主一家过来了。一进屋子,见到李蜀安在西棠家里,小地主挺惊喜的,跟他聊了几句西棠的事情。小地主四岁的儿子抱着倪凯伦家的小宝宝在地板上打滚儿,屋子里忽然充满了稚嫩的笑声。

晚上一家人吃饭,西棠坐在餐桌上,心里居然没有什么异样的感觉。她是倪凯伦带人救下来的,她在老家住院的那段长长的时间里,小地主在医院里帮着她妈妈忙前忙后地跑腿,没有人比身边的这几个人更清楚她遭遇了什么,就连今日才得知此事的李蜀安,也镇定自若,一如往常。西棠在世上已经是孤身一人,她不在乎外界评论,也不害怕失去什么,大不了回横店重新演戏。在这屋子里,没有人提外面肮脏的狂风暴雨,餐厅晕黄的灯光下,只有一锅鸡汤泛着袅袅热气。

饭吃了一半,倪凯伦接了个电话,她今天的电话都是选择性地接听,有些不得不接，有些不想接，媒体的 律不接，但也不能主动挂断，于是手机倒扣着，有时候就一遍一遍不停地振动。倪凯伦忽然对西棠说："有点事，我出去一下。"

倪凯伦下楼去，沈敏每隔十五分钟给她打一个电话，已经打了一下午了，没想到他能等这么久。倪凯伦刚步出电梯口，就看到人正站在地库的车旁。

等了这么久，沈敏表情没有丝毫的不耐烦，仍是一贯的和气礼貌："倪小姐，打扰了。"

倪凯伦随口解释："事情多，抱歉，有事儿吗？"

沈敏点点头，客气地道："理解，西棠的事儿，有什么需要帮忙的吗？"

倪凯伦摇摇头。

沈敏是刚从北京过来的："孙克虎昨天就已经出国了，那份出警记录我们还在查。网络上的舆论，如果有需要配合的，您可以让人联系我。"

"沈先生，谢谢你。"

"西棠在不在家？"

倪凯伦没说话，又摇摇头，拒绝的意思很明显了。

沈敏无奈地回到车旁，后座车窗降下来。沈敏低身靠在车窗边片刻，转身几步拦住了正要往回走的倪凯伦，问了一句："倪小姐，西棠——人怎么样？"

倪凯伦转头看了看那辆黑色大车的后座，忽然一下明白了，她不高兴地说："赵平津是不是在车里？他自己下来跟我说话，装什么大爷？"

沈敏讪讪地抿了一下嘴，没有说话。

下一刻，后座车门打开了，英俊高瘦的男人扶着车门站了出来，是赵平津，沈敏赶紧走回去，站在了他的身后。

车库里的灯光刺眼，他神色颇有些惨淡，倪凯伦瞪着他说："她男朋友在家里，这事儿我们会想办法解决的，大不了就退出娱乐圈结婚。"

赵平津的嘴角微不可察地抽搐了一下，他张了张口，想说话，却说不出来。

倪凯伦抬眼往车库暗处看了看，不远处有几辆形迹可疑的车，她对着赵平津说："你就待在这儿吧，周围全是狗仔，她现在可是杀人嫌疑犯了，再来

171

个插足别人婚姻当小三的新闻，娱乐圈也就再没有比她红的了。"

倪凯伦话没说完，赵平津原本就惨淡的脸色更白了几分，他低了低头，抬手撑住了车。

倪凯伦转身走回电梯口，按了电梯键，只听到身后不远处沈敏略有些担忧的声音："我送您回酒店吧。"

赵平津的声音低得听不清。

沈敏声音忽然提高了，难得地严肃："我已经让贺秘书改签了机票，您必须留在上海休息，今晚不能回北京了。"

倪凯伦进了电梯，忍不住摇了摇头，真是孽缘。

黄西棠来给她开的门，那一刻不知道为什么，她神色有点焦灼和惶然："谁找你？"

倪凯伦面不改色地往屋子里走："楼下保安。"

三天后，西棠带着经纪人和助理赴京。

倪凯伦让她的助理提前通知了上海的各家媒体，当日闻讯而来的记者蜂拥而至，将机场的出发大厅堵得水泄不通。西棠也没走贵宾通道，就在旅客车道下的车，记者媒体和围观群众将她围成了汪洋大海中一个白色缥缈的小点。幸好事前是做足了准备的，十多分钟的一段路，安保和助理围着西棠一行人走了半个小时。她在机场现身不一会儿，事件当事人穿一件白色长款衬衣，略显憔悴的姣好面容，戴着口罩低着头一言不发的照片，迅速占领了娱乐媒体的全部头条。

她父亲和李蜀安来接的机。

第二天，黄西棠在律师的陪同下，出现在了朝阳区公安分局。

黄西棠捅人事件闹得沸沸扬扬，经过了几天的发酵，慢慢超出了娱乐新闻的范畴，逐渐演变成了一个社会热点，成千上万的人议论纷纷。西棠的微博自注册以来，从来没有这么高的人气，哪怕是她凭借《春迟》拿下影后时创造了人生当中第一个流量高峰时，跟现在也是根本没法儿比。尽管当事人在事发后再也没有登录过社交媒体，也没有发表过任何声明，可她的关注人数一天之内就暴增了二十万，网友们排山倒海一般地赶来围观参与，所有的媒体都在跟进此事，她出现的那一天，道家园一号前的马路上挤满了前来采访的记者，好几家媒体直接开了直播。

抵京后第一次出现在媒体的镜头里，黄西棠依旧沉默，但这一次，她的代理律师说了一句话："法律会给我的当事人一个清白。"

从那一天以后，黄西棠消失在了公众的视线中，她的律师一直在配合警方调查，媒体却没有办法从正规渠道挖出更多消息。

网上的各种小道消息倒是满天飞，一天冒出一个新的爆料，有人说黄西棠是被冤枉的，那视频里的人根本不是她，立刻有人跳出来说指纹都鉴定过了，别喊冤了；又有人说她捅人是因为情感纠纷，受害方是她前男友；还有网友说那男人的脸都不敢露出来，肯定是强奸吧……各种声音争论不休，但都没有拿出什么证据，这样吵了好几天，又有人说他有公安局的朋友告诉他黄西棠已经被拘留了。

四月十九日，事情发生之后的第七天，星艺公司就旗下艺人黄西棠的事件在北京国贸嘉里中心酒店召开了记者会。

酒店安排了一个宴会大厅，当天下午，到场的记者人数大大超过了预期，一楼的大堂一片混乱，酒店不得不临时聘请了保安，又对到场的媒体逐一登记核实，原定于三点的记者会推迟了整整一个小时。下午四点十分，黄西棠穿了一件白衬衣，由经纪人以及北京分公司的高层陪同，首次公开面对媒体。场下闪光灯不停，快门声响成一片，黄西棠素着脸，面容苍白，十分安静。

发布会持续了大约半个小时。

黄西棠的委任律师出面跟传媒交代案情，修律师四十多岁，说标准普通话，不苟言笑，显得冷静而专业。黄西棠涉嫌的是一则正当防卫的人身伤害案件，事件当事人在遭遇性侵时采取了剧烈反抗的方式保护了自己，但随即遭到了对方极为惨烈的报复，批准公开的证据是在最后展示出来的，两张黄西棠的脸和腹部伤口的照片没有一丝遮挡地投放在屏幕上时，有几个男摄像偏了偏头，将头从摄影机后移开了，似乎有些不忍看，当场有几个女记者还吓哭了。

经纪公司安排黄西棠发表了一段很短的话。

下午五点,西棠从酒店的车库电梯出来,李蜀安等在车上,摸了摸她的头。

西棠仍然在轻轻地发抖。

李蜀安的声音沉稳有力:"已经过去了,回去好好休息,剩下的交给律师。"

记者的车堵在酒店的门口久久不肯散去,西棠在车库里等了近一个小时,才离开了酒店。

按照倪凯伦的建议,黄西棠从出发去北京的那一天开始,就开了天价给苏滟的公关团队,苏滟的人这段时间一直在陆陆续续地对舆论做引导铺垫,好几批人分别在几个娱乐八卦聚集的网站把这一池水搅得翻天覆地。从发布会当天晚上开始,最好的公关团队以及邀请的各家自媒体写手一起从各个角度、各个热点分析黄西棠的事件,数十篇不同的稿子连着几天陆续上了全国最热的几家娱乐媒体的头条,从黄西棠在电影学院的少女时代开始写起,一直到今天影视圈的当红花旦,拼接起来的一段一段或真或假、半真半假的经历,将西棠写成了一个在遭遇暴力和侵犯时不肯屈服、不畏强权、贞洁自爱,受过伤害依然努力奋斗打拼的女孩子。

黄西棠在发布会上含着眼泪,苍白动人,声音有微微的颤抖,这段视频在网络上以一天十万的点击量正在不断地刷新:"事情发生后的这么多年来,我的身体和精神都一直在跟这件事做战斗,我在保护自己的时候用了过激的方式,这不是一个正确的示范,我会一直配合警方的调查,希望能给所有关注这件事的观众朋友们一个真相,感谢帮助我的家人和朋友,感谢关心我的每个人。这七年多来,我一直和我自己说,现在我也想对和我一样受过类似伤害的女性说,我们不是弱者,我们也可以很坚强,我们可以战胜过去,过更好的生活。"

西棠回了上海,闭门不出,小地主一家常常过来陪她,有时谢振邦也过来吃个饭,朋友亲人都在身边,消解了她的孤单,小区的车库出口,二十四小时都有狗仔蹲守。

李蜀安带着女儿来了。

这段时间，差不多每个周末李蜀安都在上海，小姑娘心心跟小地主的儿子俨然已经成了好朋友，两人每逢周末就在一起玩过家家，分别扮演爸爸和妈妈，两人的娃儿就是倪凯伦的儿子 Jaden 小宝宝。李蜀安碰上小地主的次数多了，两人还挺说得上话，李蜀安的太太生前是搞特殊教育的专家，还是北京一所民办残疾人学校的协助创办者和公益慈善家，小地主一说起话来，眉飞色舞的，外人根本没法理解，就像倪凯伦见他那么多回了，还是压根儿听不明白，李蜀安才见他一两次，就都能听明白了。

在这一点上，西棠暗自佩服他。

西棠跟倪凯伦说："幸好我妈走了，不然出了这事儿，她又得伤心一阵子。"

倪凯伦挥手铲她的头："胡说什么呢。"

倪凯伦知道她想妈妈了。

人一脆弱，就会想妈妈。

四月，北京难得地下了场雨。

中午时分，京郊的雨下得大了，春雨贵如油，湿漉漉地洒在园区的泥路上，不远处去年新栽的小树抽出嫩绿的芽。

老厂区的灰色屋檐下，赵平津低头点烟，手有些发软，打火机滑了一下，没有打着。

龚祺看到了，立刻走了上来，用身体挡住了铁皮屋顶往下飘落在他身上的雨丝，伸出手掌拢住他手上的打火机。蓝色小火苗一闪，龚祺侧身在他耳边低声一句："刚刚传回的消息，事儿办妥了。"

赵平津取下烟，平静地点了点头。

龚祺请示着问："小敏哥下午从河北回来，想问您——"

"让他当面跟我汇报。"

"好。"

那天夜里，高积毅是半夜三点多收到的消息。

一个朋友往他的手机上打了个电话，他迷迷糊糊地接了，听了好一会儿才听明白了，胡乱几句将人打发了，坐在床沿想了半响，慢慢地渗出了一身的冷汗。

外人不明白，看热闹不嫌事儿大，他是兜在这圈子里的人，稍微一想，就想全乎了。高积毅点了根烟，披着睡衣坐在床头，捏着手机看了一会儿，伸手拨电话。

"舟子，是你？"

赵平津淡淡回了句："还没睡呢。"

高积毅心头直跳："你的能耐大了。"

"我跟你说，这事儿没完。"

高积毅媳妇儿被吵醒了，翻了个身，迷迷糊糊说了一句："你们哥俩有什么话不能天明后再说？"

高积毅站起来，朝主卧的卫生间走去："你当心点儿吧，出门带着人。"

赵平津应了句："知道了，睡吧。"

沈敏当晚一整夜都在柏悦府，当天夜里两人十点多回到家里，赵平津倒没有特别的情绪波动，洗了澡还进书房看了会儿文件，快两点时，他从书房走了出来，沈敏坐在他家的沙发边上泡茶。赵平津不说话，取过一杯喝了，两个人都点了烟，赵平津搁在烟碟上，只偶尔吸一口提神。

沈敏看了看表，快三点了。

前期部署都是他按照赵平津的指示去做的，一切能做的都做了，现在只能等结果。

没到四点就来了电话。

沈敏挂了电话，回头递了个眼神给赵平津，两个人心头一时卸了重担，疲倦几乎是一瞬之间就涌了上来。

这会儿沈敏电话又响了，沈敏看了一眼："是朗佲哥。"

方朗佲也是一夜没睡，赵平津接了电话，两人简短说了几句。本来孙克虎这件事儿，赵平津不愿意拖累人，原打算自己扛，方朗佲坚决没让，黄西棠是在他们举办婚宴的酒店楼上出事的，赵平津明白他心思，握着手机说了声："二哥，谢谢你。"

方朗佲在那头沉默了一下，答了句："你也别太难过了。"

电话挂了。

赵平津对沈敏说："天快亮了，别回去了，客房睡吧。"

两个人都熬得双眼通红。

沈敏点点头，拿了手机往房间里走去，回头看了赵平津一眼："有什么事儿我叫您，躺会儿吧。"

沈敏知道他这段时间一直严重失眠，西棠在北京召开记者会的那天下午，沈敏交代贺秘书停止了他的工作，他也没离开公司，就待在办公室。沈敏忙完了，敲门进了他办公室，正看到网络视频里律师陪着西棠离开。

沈敏瞧着那律师有点眼熟，忽然"咦"了一声，问赵平津："这是老修？"

赵平津点了点头。

修连樟是北京市律师协会优秀专业委员会委员，近年来代理的均是国内军事、能源、土地等诉讼仲裁案件，此人低调且不爱出风头，一则普通的民事伤害案件，又牵涉娱乐圈，黄西棠出再高的价格，也不太可能请得到他。

他跟李蜀安在成都一起进修过，进京工作后跟钱家关系不错，因此赵平津跟沈敏，一年也见他个三两回。

第二天，李蜀安的秘书将那份完整的视频送到了沈敏的办公室，赵平津那天在家里休息，沈敏送过来，赵平津闻声从房间里走了出来："蜀安送来的？"

沈敏点点头。

赵平津说："我昨儿打电话问他要的。"

沈敏看了一眼他的脸色，问了一句："傅大夫来过了吗？"

赵平津点点头。

赵平津看了看沈敏的神情，沈敏站在客厅里，不知道该走该留，赵平津指了指沙发："坐吧，看看。"

沈敏看到走廊上那段完整监控视频的那一刻，他就知道孙克虎已经完了。

黄西棠是被人抬出去的，他们说内脏都破了，人都不敢抱起来，倪凯伦带来的人从茶几下扯了一块地毯，把她放在上面。

客厅里一片寂静，播放器静止了，电脑屏幕上变成了一片黑，沈敏看得不忍心，动手关闭了播放器。赵平津全身都僵硬了，沈敏抬手扶了扶他的肩膀，他簌簌抖了一下，牙根又咬紧了。

沈敏徒劳地试图安慰他："都过去了，她现在都好了。"

赵平津抖得不成样，好一会儿，才说得出话："让我自己待会儿。"

沈敏咬牙切齿地忍着，忍着忍着也红了眼，明白自己心里的惊痛根本不及他的千万分之一，所以不敢走，怕他伤着自己。

赵平津说："小敏，求你了。"

沈敏矍然一惊，不敢再留，起身离开了。

周末高积毅约了赵平津在会所里打牌，这会儿整个北京城的圈子都在议论老孙倒台的事儿。

高积毅进来时，赵平津已经坐在桌面上了，他对面是跟孙克虎一个大院里的崔腾飞。

高积毅坐到了赵平津的下家，崔公子正说到兴头上，唾沫横飞："老孙这一次可真是龙王庙走了水了，据说当晚的警力全部外调，防止走漏风声，当天夜里三点多进去的，没到一个小时，就全解决了。"

高积毅扫了一眼赵平津，他完全没听见似的，靠在椅背上，人有些困乏，正面不改色地码牌。

高积毅对面是卫戍区的老吴家的孩子："孙家这几年也空了吧，那两位上了，孙家那是迟早的事儿。唉，舟子，上回老孙的司机开那辆600，在中治大厦门前剐蹭了谁的车来着？"

赵平津给高积毅扔了张九条，淡淡地应了句："粟家那台老式皇冠。"

小吴笑嘻嘻地说："老孙的司机蹭了人不说，还直接下车把人司机揍了一顿，这可把人老帅气得呀，办公室秘书的告状电话都打到我爸那儿去了。"

高积毅听完乐得不行。

这时服务员上来上酒，几个人止住了话，崔腾飞左右看了看："舟子，你搁这儿喝牛奶？"

赵平津眼皮都没抬一下："我乐意，你管得着啊。"

高积毅赶紧按住了自己杯子，没让人往里倒酒："唉，他那破胃，都是自己哥们儿，我最近也查出脂肪肝。哎，服务员，来杯橙汁！"

西棠从北京回来的那一天晚上，倪凯伦打了个电话给刘乾平。

倪凯伦打这个电话的时候，西棠鼓着一双红彤彤的眼坐在她的身旁，刘乾平的助理接的电话，自然不敢承认，只一直干巴巴地笑着说是倪凯伦误会了。

倪凯伦冷笑一声说："让乾哥接电话吧，我又不骂人，他心虚什么呢？"

倪凯伦说了几句，挂电话之前冷冷地抛下了一句："告诉刘遂心，我们西棠还是她多年的影迷呢。"

电话里那个香港女人声音铿锵有力，这仇，结是结定了。

刘乾平坐在一旁的沙发上，脸黑得似锅底。

这回他可结结实实地吃了个大亏，孙克虎和姓王那小子将他摆了一道，将那段视频剪了一半开了天价卖给他，只说黄西棠杀了人后逃走了，因此在娱乐圈沉寂了好几年，他根本不知道还有后半段。

倪凯伦打完电话，黄西棠还坐在沙发上愣神。很多很多年前，西棠第一次见到刘遂心，是在北京的一次颁奖典礼后台，那时刘遂心还很年轻，主演的电影却已经提名过金棕榈。西棠太喜欢她的表演了，也没敢上前说话，那时绝不会想到有一天，要跟年少时的梦想和偶像，为现实利益争得头破血流。

一道一道的光芒在她眼前熄灭，明星都不过是任由人操控的木偶，原来娱乐圈背后各种利益集团的厮杀，才真正残酷而可怕。

她是品牌珠宝与腕表的代言人、巴黎时尚社交圈的宠儿，早早就有人说她将接替韩国那个女星，成为第一个担任亚洲区全线代言人的中国女明星，只是谁都没想到菲比大帝忽然看上了黄西棠。

倪凯伦这一战打了败仗，她跟苏滟对这事最是恨得不行。苏滟是那个巴黎品牌的忠实拥趸，这一次丢了代言，她俩比西棠还心痛。发布会取消了，菲比当晚就离开了上海，倪凯伦打电话给苏滟，两个人对这事儿愤慨不已，用英文聊了十多分钟，中间有大概十分钟是各种脏话，西棠捂着Jaden的耳朵关上了儿童房的门，不知道她们后来做了什么，一个星期后，品牌在上海召开了新品腕表多维体验活动，诸多大牌明星纷纷到场助阵。在联合采访区，一个记者拿到了麦克风，提问活动中盛装出席的刘遂心："请问刘遂心小姐，听说黄西棠伤人的事情是您爆料给记者的，因为黄西棠本来要成为品牌的大中华区全线代言人？"

媒体区顿时一片哗然，场内一片无法停息的喧闹鼓噪之声让紧急救场的主持人都在原地呆了两分钟。

上台谢幕全不由人，仿佛只是一个瞬间，这些娱乐圈金粉细沙的浮华又都离她很遥远了。

西棠从北京回来后，由于当事人孙克虎直接出了国，并未提起法律诉讼，西棠这边也不愿意再惹麻烦，所以这一段纷纷攘攘的闹剧，最终警方也没有立案。新闻的热度也会有一个周期，五天后，郑攸同高调宣布结婚，女方是著名演员、大美女伍美瓷，伍美瓷还大他三岁，男女双方知名度极高，求婚的各种浪漫细节宣传铺天盖地，迅速地把黄西棠的新闻掩盖了。

西棠在家里打电话给郑攸同，还没开口说话，他就说："西棠，谢谢我。"

西棠说："谢谢你。"

郑攸同说："来巴厘岛喝喜酒啊，别害怕，我给你配一桌保镖保护你。"

西棠知道他一直关心她的新闻，只说："去你的。"

事情发生一个多月后，西棠辞退了新助理，她最近几乎足不出户，也基本用不上司机，加上没有收入，要再一直支付司机的薪水实在勉强，黄哥跟她说："黄小姐，我本来就不应该领您的薪水，赵先生给我的薪水，已经足够多了。"

西棠知道，她给黄哥开的工资，只是普通的明星助理的薪资而已，甚至比不上阿宽，太委屈他的身手了。

他工作起来，事无巨细，尽心尽力，而这一份忠心，其实并不是奉献给她的。

西棠将阿宽租借给了何露菲。

阿宽陪了她两年多，这孩子脾气好，见了谁都是一张笑脸，跟各路片场工作人员都能打好交情。其实越是大牌的明星，越不好伺候，倒不是说大牌明星多刁难人，而是在这一行做到顶端的艺人，在真正入戏时，都饱受角色的心理困扰。西棠好几次在拍摄期间，整个人阴沉得不行，下了戏后拉着一张脸，谁也不理会。每当这种时候，连她经纪人都不想搭理她，阿宽最难得的就是能提供一份陪伴，无论她情绪怎么样变化，都不会多嘴过问，依旧每日给她煮各种养生汤粥。

西棠舍不得离开她。

何露菲正式签约给了倪凯伦，那一天在西棠家的书房，何露菲当场收了黄西棠一个全新的凯莉包，拿走了西棠的两部戏。她跟国视的合约今年中旬到期，国视把好资源全都给了章芷茵，她不满多年。她不想续约，要求签约给倪凯伦。

往这边走动得多了，何露菲跟西棠也慢慢熟悉起来。

有一天倪凯伦逗她："你那北京小男朋友呢？"

何露菲撇撇嘴："崩了。"

倪凯伦露出幸灾乐祸的表情："他知不知道你这么利用他？"

何露菲叉着腰："他开车走五环道儿上，被一群地痞流氓抢了包，包里有重要文件，这关我什么事儿？"

倪凯伦又说："听说你很早出道时就快要结婚了，是章芷茵抢了你男朋友，还让你流产，这事是真的？"

何露菲生气时也是鲜活的美人："你管别人那么多事干吗？你娃儿的爹是谁，你不如先告诉我。"

西棠在一边哈哈笑。

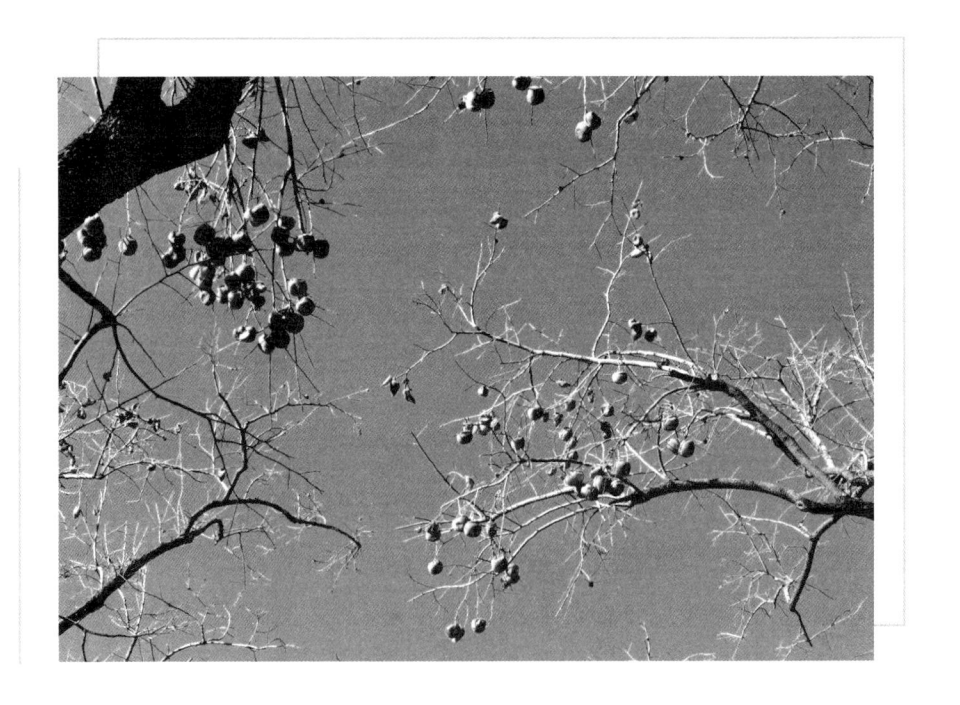

Chapter 9 二姐儿要嫁进我们家了

"陆晓江,"西棠手握在方向盘上打了一圈,一脚踩下了油门,"就这样吧。"

陆晓江回过头,看到了站在门前的男人。

赵平津站在四合院的门前,脸色苍白阴冷,一动不动地望着他,好像望着一个巨大的怪物。

五月中旬是高积毅父亲的生日。

近几年来在京的长辈，日子都过得很低调，八点多宴席就散了，高积毅送走了寥寥几桌客人，安排媳妇领着孩子陪公公婆婆回了家，从四合院的门前踱回包间里来，屋子上也就剩下了几个发小。方朗佲今晚单独来的，青青带孩子陪岳父母去了天津度假，高积毅看看表，主动跟赵平津交代："舟子，晓江儿半个小时前下了飞机，现在过来，咱们再吃点消夜。"

赵平津面色无波，喝了半杯茶，搁下杯子："我先回去了。"

高积毅跟着他站了起来，伸手揽住他肩膀："干吗呀，你就非得这样？晓江是不对，可你闹了两年多了，也差不多了吧。"

钱东霖笑着说："舟子，我那妹夫到底哪里得罪了您？您消消气儿，我看改明儿得让他给您磕个头叫声大爷。"

赵平津听见了，嘴角泛起一个冷笑，没搭理他，抄起车钥匙，绕过高积毅，径自走了。

赵平津走了没一会儿，高积毅的电话响了，是他父亲的秘书，跟他说了两句，说是刚刚他父亲离开时，发现胡同外头有几辆套牌的黑车，不知道什么来历，让他们几个小辈早些散了回吧。

高积毅转头问了声："今儿有领导视察？"

钱东霖纳闷一声："没听说呀。"

方朗佲问了一句："舟子怎么回的？"

高积毅顺口答："我也不知道。"

两人心里同时忽然咯噔一下，高积毅抬头跟方朗佲对视了一眼，都明白不对劲儿。高积毅立刻给赵平津打电话，他接了。

高积毅一听他的声音，就直接问了："出事了？"

赵平津声音还是平平淡淡地："嗯，我被人堵了，在方家胡同口。"

高积毅立即招呼人往外跑："你开一下定位。我跟朗佲现在过去，千万不要下车。"

陆晓江正好在四合院门口的车道上下车，高积毅一个箭步冲上去，一把将他的司机摁回了驾驶座，跟方朗佲跳上了车后座："舟子出事了，走。"

车子立刻掉头往外驶去。

方朗佲按下车窗，对着后面跟上来的钱东霖喊了一句："东霖，你再开一辆车！"

赵平津从高家的席面上下来时，身体有些倦，他车开得不快，这一带都是独幢的四合院，高大的槐树影子将路灯遮掩了，路上显得灯影憧憧的。他没走多远，车子刚驶出了方家胡同，他心里正想着事儿，迎面忽然冒出了一辆白色轿车，车速太快，眼看就要撞过来，他一时岔了神，手上直觉转了方向盘，闪过了迎面而来的车，驶入了旁边的一条岔道。他减慢了车速，想看看路绕出去，却发现这是一条狭窄的胡同，里边是一幢黑漆漆、没有亮光的别墅，想倒车退出去，却发现那辆车迅速地转弯、打横，直接截住了胡同口。

赵平津索性停了车，这时车窗外已经围上来几个黑衣男人，打手势示意他下车。

赵平津先打了电话报警，然后打给了司机和沈敏，跟着高积毅的电话也到了，接完了电话，就坐在驾驶座上。他这车贴了膜，外面看不到里边，他就这么倦倦地坐着，看着站在车门旁的男人对他的车抡起了一根铁棍。

车窗震动了一下，又一下，车子却纹丝不动。

铁棍最后一击将驾驶座旁的玻璃窗砸开了一个豁口的瞬间，赵平津按在车门把手上的手突然猛地向外一推，一把掀翻了堵在他车门旁的两个男人，借势一个滚身到了车尾，掀开了车后的尾厢，拼着脊背上承受的重重一击，他抽出了后备厢里的高尔夫球杆。

孙克虎上个星期被带走协助调查，两天前刚刚被保释出来，在北京他是彻底歇菜了，老婆孩子都回了澳洲，他临走之前开了一百万找人堵赵平津，下令要"给他点教训"。

胡同外忽然一阵车灯乱闪，高积毅跳下了车，一脚踹翻了白色轿车车旁一个放哨的黑衣男人，高喊了一声："你们这帮孙子，有种都别跑，你爷爷来了！"

哥仨奔进去时，只看到赵平津背靠在他那辆黑色大车的一侧，手上拎着一杆球杆防御，几个人根本近不了他的身，只听到棍棒交接处，金属撞击声夹杂着突然的一声惨叫哀号。高积毅冲进来扫了一眼，赶紧喊了声："舟子，当心后头！"

赵平津身后的车顶上，有两个人正欲爬上去偷袭，手上拎着的凶器泛着的冷光一闪而过。比高积毅更快的是陆晓江，一个箭步跃上了车前盖，抬手一钩将人扯了下来，一个酒瓶就砸在那人的脑门上。

一股湿热的血溅开来，空气中顿时充满了浓郁的血腥味。

一群男人在阴暗的胡同里打架，高积毅都嗨了，他们这一辈的男孩儿，大多是受过训练的，而且从青春期那会儿起，他们哥几个就没少合伙跟外面人打架，他跟舟子在附近几个大院里，本就是令人闻风丧胆的主儿，加上朗佬防守不错，晓江儿放哨十分机灵，一般茬架完事了，互相收拾一下都还是囫囵样儿，背了书包回家吃晚饭，这会儿对付几个外地来的无业流民，只能凑合当活动活动筋骨了。

黑暗中只听到一声声骨骼的闷响。

附近的巡逻警车的呼啸声不远不近开始响了起来，一群地痞流氓沿着黑暗处跑了。

这时沈敏领着人也赶到了，看了看人没大事，让司机留下处理后续事宜，自己开着车跟着他们回了赵平津东城区的房子。

高积毅骂骂咧咧地下了车，沈敏进了屋子开了灯，回来看到高积毅正站在别墅门前的车道上抽陆晓江脑袋："让你给我拽着人，你今晚光顾着自己往前冲，还有没有组织纪律了？"

陆晓江抬起挂了彩的手臂："哎哟，哥哥，疼。"

方朗佬拉开了车门："舟子？"

赵平津坐在车后座，闻声抬眼看了看他，却没有动，说话的声音很低："让小敏过来。"

沈敏赶紧走上前来，伸手扶住他的胳膊。

沈敏稍微用了点力想拉起他，他略一动，立刻痛得一个打战。他蹙紧眉头忍住了，方朗佲看到他原本是打横搁在上腹的手臂，此时被用力地深按进了胃部，想起来刚才对方招招都是冲着他腹部打的，孙克虎太阴损了，这可真是深仇大恨了。

方朗佲喊："老高，过来搭把手！"

高积毅龇牙咧嘴地走过来，一看到赵平津一头的冷汗，他顿时又火了："那帮孙子打着你了？"

周子余医生跟赵平津住在同一个小区，半夜被急诊叫去手术，回来时看了一眼隔壁的房子，平日赵平津不常回这套别墅住，这会儿三点多了，赵平津的那幢房子灯光是亮着的。

周子余正要过去看一下，就接到了沈敏的电话。

黄西棠三十岁那年开始创业。

她与何露菲和倪凯伦，三方共同出资，在上海创立了路凯传媒，公司的艺人就她和何露菲。公司成立之后，西棠火速赶回横店，签下了几个之前在横店拍戏时觉得演技相当不错却一直没有机会的艺人，其中就包括了陶冉冉。西棠从北京离开后，后来在横店的剧组见过她几次，有一次她还在西棠的剧组当群演。这姑娘挺懂事儿，在北京见过一面，交情谈不上，当时西棠被导演和助理围得层层叠叠，陶冉冉并没有上来打扰西棠，倒是西棠主动跟她打了声招呼。也是拍那部戏时，西棠观察了一下她的工作态度，觉得这孩子有点灵气。

西棠这边忙活着招些小兵小将，倪凯伦那边也没闲着，她从公司离职那一天，带走了欧丽祖和李方霆。一个欧丽祖已经叫十三爷气得跳脚了，更没想到的是，李方霆也要跟着她走，这是公司的当红小生，一直在马继茬手下鲜衣怒马地行走江湖，堪称一个巨型的女粉丝收割机。

马继茬气得对着李方霆劈头就是一个巴掌，李方霆没敢躲，侧了侧身体，没让她那一巴掌落在脸上，她压着怒气说："茬姐平常怎么对你的？"

倪凯伦替他付了高额的解约金，办妥了手续走过来，一点也不心疼钱，脸上笑嘻嘻地："哎哟，继茬，孩子大了有自己的路要走，一切全凭自愿，凡事看开点,看开点。"

欧丽祖在车里等了老半天儿,终于等到李方霆跟着倪凯伦走了出来,上了车,欧丽祖拉着男朋友的手,响亮地打了个啵儿。

西棠有大半年一直没戏拍,人倒还是一直在圈子里,她学着剪片子,一个星期去上两次声乐课。那天在音乐公司,林渊虹给了她一个录音盒子:"新收的两首 demo⑫,听一下。"

但没有人找她拍电视剧,更不用谈电影了,所有的投资人和制作人都还在观望,没人敢轻易用她。黄西棠可是让圈内人赔了大钱,据说有半年,横店但凡有饭局一提到她,骂声不绝。

公司刚刚起步,目前主营还是艺人经纪这个版块,倪凯伦最近忙得不可开交。何露菲、欧丽祖的新戏陆续开拍,倪凯伦一时也顾不上她了。西棠在公司负责影视剧的项目参投,天天跟着团队研究哪部戏有前景收益,自己的公司资金不足,没有办法做主投主控的项目,外面太小太差的角色也不能接,因此根本没有剧本可选,有一天跟同事开完会出来,经过二楼的办公室,看到欧丽祖在房间里跟着台词老师念剧本,心里忽然生起了一丝羡慕。

有一天,杨一麟给她经纪人打电话:"我这里有个戏,要去西北出外景,演员临时辞演了,黄西棠要不要来?"

杨一麟这人,西棠只跟他合作过一部戏,戏里甜甜蜜蜜谈恋爱,下了戏几乎毫无交情,甚至连私人电话都没有留,西棠那一刻诧异他为什么会想起她来。

倪凯伦说:"你们导演不介意?"

杨一麟笑笑说:"我让林导跟你说。"

林文名,香港著名武打导演,他接过了电话,跟倪凯伦讲粤语:"凯伦,我是香港人,不太懂内地娱乐圈的事情。"

后来在苏峪口的风沙里,西棠跟杨一麟说:"麟哥,谢谢你。"

杨一麟戴着墨镜、口罩,眼泡微微发肿,依旧是一张纵欲过度的俊俏脸庞,他说:"谢谢你助理。"

原来阿宽跟他还有联系。

---

⑫录音样带。

九月份的镇北堡西部影视城。

骄阳万里，炙烤着大地，棚内温度四十度，镝灯的零件和转接线都烤化了。

西棠有一阵子没拍古装戏了，上一次跟杨一麟搭戏，演的是杨一麟的女朋友，时装戏，轻轻松松谈了二十多集恋爱就拍完了。这一次她演的是杨一麟他妈，一个年轻时爱上一个名门正派的弟子，后不幸被抛弃毁容的妖女，抱着孩子跳下山崖死了。杨一麟跟导演推荐的她，林导听了，觉得她十分合适。这个戏得千里迢迢飞去银川拍，只有两集，天儿热，戏份少，而且大部分时候都是用面纱蒙着脸，每日光做头发、化特型妆就要两三个小时，为了不耽误别的演员的进度，必须得提早起床。这样的角色没有女明星愿意演，好不容易找了一个，临到头签了更好的角色，宁愿赔违约金也不愿意来，副导都差点想找群特演员了，只是角色感情剧烈、张力大，又怕群特演技撑不起来，就在这关头，黄西棠答应了。

西棠跟着剧组在银川转了两个场，拍了五六天，天天吊威亚，光山崖就跳了三回，突然有一天起床，发现右边肩膀僵硬，右手手指隐隐地麻痹，手拿不稳剑，道具师给她的剑柄加了根棍子，她用布条把剑牢牢地绑在手臂上，然后被戏服宽大的袖口挡住了，吊威亚上去，打戏仍然十分逼真。

从银川回来时，西棠受过伤的右手，从肩关节往下连着整个手臂已经动不了。她从宁夏先回的北京，在北京去301医院挂号，号直接排到了一个星期后。

李蜀安对西棠说，别挂号了，家里有一现成的。

钱家老太太是东直门医院的资深老大夫，退休后被返聘在北中医大学系的几个医院坐诊，一个星期坐诊三天，病人排到了两个月后，完全看不过来。

李蜀安带着她回了国盛胡同，一进院子里，庭院里的荷花缸旁，老头、老太太正在打枣子，转头看到李蜀安领着西棠进来了，老太太放下杆子，掏出手绢儿擦手，笑眯眯地说："这是老景家的二姑娘？"

李蜀安答："是。"

西棠规规矩矩地鞠了个躬："您好。"

李蜀安说："老太太跟你奶奶是老姐妹。"

钱家老太太笑着说："老景好福气，二姑娘模样真标致。"

距离上一次在北京又有一阵子了，上次西棠来时为了应付官司，脑中完全一片混乱，住在酒店里，哪里也不敢去，每天只是不断地见律师，控制自己不去看却又忍不住看网上乱糟糟的新闻，只记得公司开发布会的时候她父亲来了，跟着一群媒体记者挤在下面，七十岁的人了，修律师在交代案情的时候，气得簌簌发抖，掏出手帕来不断地擦眼泪。

她没有在国盛胡同久留，老太太给她看了看胳膊，写了个号让她明儿一早去医院看自己的门诊，她告辞出发去了机场。

这一年，谢振邦在中国的工作结束，为了等她从银川回来时见她一面，特地从北京转机，返回新加坡。

在首都国际机场的T3航站楼，谢振邦掀开她戴着的鸭舌帽，飞快地亲了亲她的额头，又替她盖好："我知道你不会忘记我。"

西棠此生永远不会忘记她母亲在医院的最后一夜，她跪在病床前拉着她妈妈的手，谢振邦一直陪在她的身边，注视着监测仪器上的数据，直到最后一刻，她的泪水流了下来，谢振邦立刻伸出手臂拥抱她。

西棠在他的怀里说："永远不会。"

谢振邦微笑着说："这就够了。"

第二天晚上，赵平津回家。

夕阳照在四合院屋顶的灰色瓦片上，保姆阿姨坐在东厢房的抄手游廊下，跟钱家阿姨择菜边聊天儿，不知道正说到什么，钱家阿姨正一声唏嘘："这多少年的事了，景家突然得了这么一大孙女，疼都来不及噢。"

"听说二姐儿是个美人儿。"赵家老保姆笑着说。

钱家阿姨立刻来了兴致："可不是，那天进屋来，我都吓了一跳。我可看过她的戏呢，人比电视上还好看，那小脸蛋儿，雪白雪白的。"

"规矩也好，来找老太太看病的，站那儿稳稳当当的，话也不多。"

"哪儿不舒服？"

"说是胳膊疼。"

赵平津入了宅门,穿过院子往屋子里走,钱家阿姨眼尖:"哟,舟哥儿回了。"

赵平津踏上石条台阶走进中堂厅,跟在他身后的司机将他手里的电脑包和公文包递给了迎上来的勤务员,保姆阿姨随着他走进屋子,接过了他手上的西装外套。赵平津抬手松领带,看着阿姨忙前忙后,给他端茶递拖鞋,他扶着鞋柜,哑着嗓子说了句:"我自己来,您歇着吧。"

一听他说话,保姆阿姨立刻心疼地说:"嗓子还是不好,晚上再喝点雪梨汤。"

赵平津走进客厅,老爷子这段时间身体不好,已经出入医院好几回了,家里离不开人,他这段时间基本天天都回来。

阿姨在他身后说:"傅大夫随老首长回了西郊别墅。"

赵平津点点头,他妈从一楼的书房里走了出来。周女士见到他一个人回来,脸上也没什么异样:"晚点儿让阿姨喊你吃饭,我有事儿出去。"

他跟郁小瑛分居也不是一天两天了。

赵平津答应了一声,往楼上走去了。

晚上赵平津自己在家里吃饭,坐在平常自己的位子上,宽大餐桌空荡荡的,精细的三菜一汤全搁在他面前。过了一会儿,保姆在厨房听到他的咳嗽声,不放心地走出来,看了看几乎没动过的半碗饭,从餐桌上给他拿了柄勺子,把舀好的汤推到他的手边:"我的心肝儿,你好歹吃点吧。"

赵平津顺从地接过了勺子,就是不想阿姨唠叨。他这段时间晚上基本不在家里吃饭,今天是回得早了些,周女士估计吩咐了阿姨要让他按时吃饭。赵平津眼看着保姆阿姨站在桌边是要守着他的架势,他笑了笑:"您坐下一块儿吃点?"

保姆阿姨一辈子规矩齐全,赶忙晃了晃手,转身往外走:"阿姨给你把药炖上,晚上再喝点。"

隔了两天,赵平津下班时,在钱家院子门前见到了西棠。

西棠正从钱家的院子里出来,她今晚要回上海,工作都在那边,倪凯伦也找了医生,让她在上海继续治疗。下午终于去了趟她父亲家,父女俩相处起来仍然十分拘束,家里老头、老太太可不管那么多,她同父异母的哥哥常年不在家,两老鲜少见到晚辈,这会儿见到大孙女回来,高兴得血压都高了。她父亲给她备了礼,让她来钱家道谢。

赵平津在胡同口停了车,关上车门时见到她正走出院门,见到他,不惊不惧的,她说:"刚下班?"

赵平津点点头,黄西棠穿了件烟粉色小衫、黑色裙子,头发在脑后松松扎了个辫子,她的美,已接近出神入化。

"手好点儿了吗?"

"暂时缓解了。"

"怎么不在北京多休息一阵子?"

"不了,回上海继续看。"

"好好看医生,把手治好。"

西棠笑了笑,答应了一声:"好。"

语调宽和,带了几分恰到好处的关心,西棠知道赵平津是安慰她。赵平津也会安慰人了,真是世道变了。

赵平津只觉得心脏正一丝一丝地抽紧,慢慢地发紧到要窒息,忍不住往前踏了一步,又停住了,低声唤了一句:"西棠。"

西棠闻言抬起头看他,他正要说话,这时院子里传来男人的声音唤她名字:"西棠,走了。"

西棠转过身,李蜀安牵着女儿的手从院里走了出来,小姑娘心心放开了父亲的手,蹦蹦跳跳地跨过门槛,亲热地抱住了西棠。

李蜀安转头看到了赵平津:"舟子,刚回啊?"

赵平津点了点头。

这时司机已经将车开进了胡同,李蜀安替她拉开了车门,黄西棠低着头坐进了副驾驶座,司机下了车,替李蜀安扶着车门,李蜀安上了驾驶座,冲他挥挥手:"回见啊。"

赵平津站在四合院的门前,一动不动地看着那辆灰色的轿车驶出了国盛胡同。

隔了一个星期,西棠受邀来北京参加一个公益活动。

一个多年致力于女童性侵预防的公益机构邀请她来北京一个打工子弟学校和小朋友做活动,她是独自来的北京,连助理都没有。黄西棠现在在他们公司是最闲的艺人,根本用不着经纪人,阿宽陪着何露菲在厦门拍戏。抵京的那天晚上,李蜀安问了一下西棠的活动单位,发现那个基金会正好是他的妻子生前工作过的机构,于是顺理成章地交代了工作人员照顾她。活动结束后李蜀安过来接她,她上了他的车,他笑着说:"老太太知道我来接你,让你回家里吃饭,今儿晓江回来。"

钱家那天在家里请来了扬州驻京办的大厨做淮扬菜,西棠和李蜀安回到国盛胡同钱家的院子里时,陆晓江出来招呼客人,他在李蜀安面前是小辈,一贯不敢太放肆,见了面笑着道:"小叔。"

李蜀安说:"晓江儿回了啊,媳妇儿和孩子好吗?"

陆晓江答:"都好,我先回来安顿一下,迟点她带孩子回来住一阵子,让孩子见见爷爷奶奶。"

西棠这才知道陆晓江都有孩子了。

西棠跟在李蜀安后面往屋子里头走,听到陆晓江跟李蜀安交代说钱东霖今天在新区有个会,这会儿才往家里赶。西棠走进屋子里去,看到方朗佲和青青都在里面。

青青正抱着孩子跟钱东霖的女朋友说话,见到西棠进来,拉着西棠坐到了她身边。

上回西棠在北京时在酒店见过青青一面,他们夫妻俩特地去看的她。西棠知道他们夫妇在警方那里给她做过人证,当时青青一见到她就哭了。

西棠说:"不是你的错。"

方朗佲沉默地坐在酒店客房的沙发上,看着媳妇儿跟黄西棠抽抽噎噎地说了半天话,临走时他只温和地说了句:"西棠,你好好休息。"

方朗佲知道,这两人就是这样了,有些事,互相永远都不知道。

傍晚六点多，钱东霖回来了，扫了一眼餐厅问："舟子没来？"

李蜀安说："差人去对门问了，说今儿会迟点下班。"

八点多时，赵平津进来了，看到屋子里有陆晓江，将手上的一个袋子递给钱家保姆，拍了拍钱东霖的肩膀说："家里头有事儿，我就不坐了。"

钱东霖站起来："干吗呀？天大的事儿吃了饭再说。"

赵平津笑了笑没说话，抬腿往外走，没人敢留他。

这时黄西棠忽然从椅背上仰过身看了看钱东霖和他，然后轻轻地说了一句："都来了，坐会儿吧。"

赵平津脚下定住了。

钱东霖趁势将他拉了回来。

就是那一次之后，赵平津终于不再在面上找陆晓江的麻烦，几个发小的交情算勉强恢复了。

也是那一段时间，黄西棠在北京住了一阵子。

黄西棠以极低的价格，接下了林永钏导演的舞台剧《这个世界的最后一夜》，倪凯伦给她签的约，签完了，凯伦翻翻白眼跟她说，她要有这工夫，不如在家多睡睡觉。西棠的片酬，对外报的还是极高的，毕竟之前作品摆在那儿了，但纯粹有价无市。西棠才不管倪凯伦的风凉话，这是她毕业多年后，再一次与林永钏导演合作，更是第一次有机会正式演舞台剧，兼之有好一段时间没演戏，戏瘾都犯了，竟然兴奋又紧张。她每周要在鼓楼大街的文工团排练厅排练三天，她在北京时，住的是公司的酒店。

她的继母十分周到客气，她第二次去，继母就领着她参观了家里给她布置好的一个房间。西棠知道这应该是她父亲的意思，据说她的哥哥因为父亲景博实跟他母亲离婚后娶了家里的保姆，十分有意见，常年在驻地工作，不愿回来。这个当家的女人也不容易，自己跟死去的前夫生的三个孩子留在了太原老家，却在景家小心翼翼地讨好着现在丈夫的儿女。西棠婉拒了继母的热情邀请，但基本每次来京，都去看看爷爷奶奶。

西棠来国盛胡同的次数多了，偶尔也见过一两次赵平津。钱家这段时间喜事不断，陆晓江和钱西扬新生的儿子从美国带回来了，钱东霖正在筹备婚事，两家的孩子都是发小儿，每回宴席都少不了要招呼一声赵平津。赵家礼数自然也是极周全的，隔天李蜀安和钱东霖带着她去赵家吃饭，周女士正好在家，李蜀安跟周女士说："这老景家二丫头，西棠，舟子的妈妈。"

西棠浅浅地鞠了个躬说："阿姨您好。"

周女士站在客厅的大门口看了西棠一眼，就像第一次见家里孩子的任何一个普通朋友，慈和的神色没有一点变化："进来坐吧。"

沈敏从屋子里走出来，见到西棠站在周女士的跟前，差点没吓一跳，转眼又看到，李蜀安正妥妥帖帖地站在她的身旁呢，心下顿时十分不是滋味，只能客气地道："蜀安兄，舟子在里边呢。"

赵家一楼的餐厅，男人们的谈笑声夹杂着酒杯撞击的清脆声。

西棠发现赵平津吃得很少。

一开始以为是在外面应酬的缘故，西棠知道他在饭局上一向吃得少。他一般出去应酬，饭桌上谈的事情都不是小事，稍有不慎，便容易出差错，因此心思都放在别处了，顾不上吃饭。只是后来那几次，他在自己家里，神色明明是放松的，话也不少，看起来挺高兴，但一顿饭下来，吃进去的东西没几口。西棠吃了五六分饱就自觉停下了，手撑在桌上，听着他们谈笑风生，偶尔一个刹那匆匆一瞥，看到男人的坐姿端正潇洒，白皙瘦削的脸庞略带晦暗，酒也是不喝了，手边只有一杯温热的茶。

在钱东霖婚宴的前一天，钱东霖在家里请伴郎和发小吃饭，西棠陪着李蜀安坐在席中招呼客人。赵平津下了班过来，穿一件白色底、浅棕色格子的衬衣，挽起了袖子，深蓝丝质领带，西棠十分冷静地控制着自己的目光，不要看向他的方向。

这时西棠的手臂忽然被摇晃，坐她身边的小姑娘心心说："西棠阿姨，我想喝水。"

倒在玻璃杯子里的水小姑娘不乐意喝，撒娇要她那个粉色的水杯，于是西棠站起身，给她找她要的凯蒂猫水杯，找了一圈后发现阿姨放到了柜子的顶层。西棠踩在一个脚蹬上，伸手要去取柜子上的杯子，李蜀安正从厨房里找出了一个开瓶器走出来,见状赶紧走上前去:"我来,你手不好,当心摔着。"

李蜀安从橱柜上取下杯子,拿下来递给了西棠。

钱东霖在饭桌旁笑着说:"看来二姐儿要嫁进我们家了。"

陆晓江忽然抬起了头,看了一眼西棠,面色悚然,嘴唇有点微微发抖。

那一天,西棠晚上九点多有一个录影,她坐了会儿,七点左右提前离席,李蜀安给她递上车钥匙和包:"我送你过去?"

西棠笑笑说:"我自己过去就可以了。"

这时心心在屋子里边大声地叫爸爸,西棠冲他挥挥手往外走:"姑娘叫你呢,赶紧回去吧。"

陆晓江看到李蜀安走了回来,推开椅子,默不作声地走了出去,黄西棠正在胡同口倒车。

陆晓江走过去站在她的车旁,西棠按下车窗。

"有事儿吗?"

"西棠,你真的打算跟我小叔在一块儿了?"陆晓江面容竟有些着急。

"这是我自己的事儿。"黄西棠神色淡淡的,她上车后先补了妆,从陆晓江这儿看过去,车里坐着的年轻女明星,一截颈子纤长雪白,垂在肩上的头发被随意绾在了耳后,黑发边上一枚钻石耳钉隐隐闪烁,更衬得肌肤胜雪,绿鬓如云,跟多年前他们认识的小女孩儿,早已经不是同一个人了。

陆晓江脸上着急,嘴里却迟疑着:"你跟舟舟……你不知道,他……"

黄西棠望着他吞吞吐吐的神色,脑中一个激灵,突然截断了他的话,竟没发现自己的声音急促而凌厉:"你告诉他了?"

陆晓江神色忽然一愣。

黄西棠看了一眼他的神色,就已经全都明白了,心里一股绝望的愤怒四处冲撞,却无处发泄,她咬了咬牙冷笑一声:"你们为什么不干脆瞒着他一辈子,这样他还能少受点苦。"

陆晓江惭愧地低下了头:"西棠,对不起。"

西棠只觉得心里的一些东西在缓慢地裂开,怒火被慢慢地冲垮了,似乎瞬间又释然了，事到如今再追究谁，都已经没有意义了。

她握在方向盘上的手上定住了，猝然转过头，直直地看着前方，神色显得格外冷漠："晓江，那是我一生之中最好的感情，毁了就是毁了，对不起三个字，太轻了。"

耳边陆晓江还在急急地说着什么。

"陆晓江，"西棠手握在方向盘上打了一圈，一脚踩下了油门，"就这样吧。"

陆晓江回过头，看到了站在门前的男人。

赵平津站在四合院的门前，脸色苍白阴冷，一动不动地望着他，好像望着一个巨大的怪物。

舞台剧《这个世界的最后一夜》在国庆节假期的第一天开启了正式售票演出，从北京第一场公演开始，阿宽回来重新给黄西棠当助理。那一晚从庆功宴上下来，西棠看到车上的一捧橙红色的花枝，细长的枝梗裹在报纸里，露出几朵肉质丰满的花儿，树枝之中几个细小的红色浆果已经形成了。每一场公开的活动或表演，影迷和粉丝送的花不少，艺人很少有带回去的，阿宽却单独挑了这一束，搁在了她的车后座上。

阿宽记得这个花，上一次出现，是在西棠凭借《春迟》夺得了人生中第一座电影奖杯的那一夜。

西棠上了车，淡淡地望了一眼那束花，也没说什么。回到酒店下车时，西棠推开车门往外走，阿宽替她收拾了东西，问了一句："这花呢？"

西棠定了一下，没有回头，好一会儿才说："你处理吧。"

北京公演结束后，西棠跟着剧组去了南方几个城市巡演，偶有休息时间，基本都是回上海，有好一阵子没有来北京，日子过得忙忙碌碌，再有空来北京，是那一季的巡演结束了，爷爷奶奶邀她来京小住。

十一月的北京，气温已经降下来了，西棠要陪家里老头、老太太赶上看最后一拨红叶，下旬枫叶就会迅速地落尽了。秋风萧瑟起来，西棠去了国盛胡同好几次，没再见过赵平津，若无其事地问了李蜀安，才听说赵家老爷子在住院，快一个多月了，估摸着不太好，现在局势不明，赵平津也不常出来玩儿了。

那一晚，李蜀安约了西棠跟他们父女吃个饭，因为西棠新接了工作，过几天要回上海了。饭吃到一半，李蜀安接了个秘书的电话，部里有个会临时要立刻召开，西棠让他走了，自己留下来跟心心吃完了饭，然后开车送小姑娘回了国盛胡同，出来时看到赵平津的车停在胡同口。她走到赵家的大院门前，门口值勤的小武是认得她的，笑笑说："您有事儿？"

西棠说："舟子在家？"

宽阔的四合院空无一人，只有屋檐下的一盏灯在风里飘飘荡荡的，西棠穿过游廊，走到西边的小花厅，灯光亮着，书房里有个人影，西棠走近了，看到是赵平津，一手按着胃，趴在桌面上合着眼休息。

人却是没有睡着，听到声响，立刻醒了。

西棠站在门口，静静地望着他。

赵平津怔怔地看了她半响，感觉仿佛在梦游一般，好一会儿，才哑着嗓子说："过来。"

西棠走过去，站在了他的椅子旁。

赵平津坐起来，伸手环住她的腰，将头默默地靠在她的怀里。

西棠扫了一眼桌面，他的手机和烟盒丢在上面，旁边搁着半杯水和药片，她轻轻地说："你没事吧？"

赵平津摇了摇头。

西棠说："老爷子情况还成？"

赵平津又摇摇头。

西棠没想到他会摇头，这是连家里的医生都必须严格保密的消息，她问单纯是客气和关心，没想要答案。

西棠控制着分寸安慰了一句："你也别太累了。"

赵平津仰起头，看了她一眼，又闭上了眼靠着她："我以前觉得自己挺有本事的，但这几年下来，才发觉自己其实做得好的事情没几样，像你的事儿，我就没一件办得好，如今老爷子躺在医院里头，正是我该伺候他的时候，我却只能回来休息。"

医生今天跟他说，家属要随时做好心理准备了。

现在人是机器维持着，等着赵品冬的飞机落地。

西棠有心宽慰他："好了，我的整个演艺事业都是你搭建起来的。"

赵平津疲惫地笑了一下，但笑容一闪而逝，也没有答她的话。

西棠的胳膊垂在身体的两侧，犹豫了好一会儿，还是抬起手把赵平津抱在了怀里，手肘贴在他的背上，掌心轻轻地贴在他的后颈上，手触碰到他后脑勺、衬衣挺括的领子，后脑勺理得极短的黑发干净锐利，是她最爱抚摸他的地方。

赵平津闭上了眼，叹了口气，将头更深地埋在了她的怀里。

西棠将手贴在他的脖子后，轻轻地抚摸他，一下，又一下，他只一动不动地依偎着她。

西棠看到被灯光照在地上的一个人影轻微一晃，头侧了侧，发现赵平津的母亲站在书房的门口，定定地看着他们俩，也不知道看了有多久。

瞧见黄西棠看到了自己，周女士没有说话，默默地转身走了。

隔了两天，西棠在晚间的电视新闻上看到了一则讣闻。

Chapter 10
我只是不再执着地想要爱情

"不,这样说不公平,优秀的人很多,只是爱情不易得,我当然还是希望自己会幸福,我只是不再执着地想要爱情。"

京城里各种局势错综复杂，任何一点点的风吹草动，各种小道消息是散播得最快的。

由于身在北京，西棠几乎是在第一时间就听到了传闻，那会儿赵家丧事办完没多久，坊间就有传言中原集团的董事会出了事。

一座大山轰然倒塌，整个四九城都轻轻地震了震，外边有人说赵家孙辈遭传讯，被指控滥用职权，据说是在中原的办公室被最高检的人带走的。

有整整两天，西棠打不通电话。

赵平津的，沈敏的，都是关机。

方朗佲在他们家小区的车库接到了她。

两个人进了电梯，方朗佲第一句就说："都是谣言，没事儿，不用担心。"

青青等在门口，见到她进来了，伸出手臂抱了抱她，说了声："别害怕啊，没事的。"

青青看了看西棠，素颜的脸是平静的，只有一双眼睛泄露了丝丝的焦灼，青青让她在沙发上坐下了："阿姨今天请假，让朗佲跟你说。"

她让宝宝给西棠飞了个爱的亲吻，拎着在地上乱爬的儿子回玩具房玩去了。

方朗佲给她倒了杯热茶。

"小敏昨儿夜里特地跟我说了，他这会儿不方便开机，请你别介意。"方朗佲笑笑，轻松地调侃了一句，"西棠，要是真有事儿，不会等到有这种传言流出的。"

一句话令西棠刚放下的心瞬间又提起了。

方朗佲说："他就是住院休息了几天，听到这些事情传出来，就又回集团工作去了。"

西棠手里握着杯子，慢慢地平静了下来。

方朗佲简单地跟她交代了一下事情，很多事也不能说得太深，一是舟子不让她担心，二是现在事情也并没有他说的那么轻松。年中时候孙克虎那件事情，他跟赵平津各方都调动了不少关系，当时老爷子病了，这事儿对老爷子是瞒住了，却没有瞒得过赵平津的父母。周女士眼睛是看得出儿子那段时间的状态的，本想替他瞒着不让他父亲知道，但最终也没有办法，他父亲的秘书接通了北京的电话后关上了门，父子俩通了十多分钟的电话，他父亲可真是动了气了，把他狠狠地训斥了一番，桌子拍得震天响。

"他这几年，过得也算低调，"西棠轻轻地说，"怎么会……"

"他整治中原内部的时候，有部分手段是狠了一些，得罪了人，难免的。"方朗佲点到即止。

西棠问他："他太太呢？"

方朗佲说："他俩早分居了，可两家父母坚决不同意他们离婚。郁卫民说，郁小瑛要是敢离婚就一分钱都不会给她。你知道的嘛，瑛子是独生女，老郁两口子给女儿操办的财产，那可真不少。这话一出口，郁小瑛也不敢回家闹了，但这会儿听说郁家有些松口，具体我也不是很清楚。"

西棠走的时候，方朗佲送她下楼，想起来告诉她："小敏最近被提拔了，也是忙得不行，舟子得出国。"

西棠抬起头望着方朗佲。

"估计想休息一阵子吧。"方朗佲不自然地咳了一声，"你自己问他吧。"

西棠回到公司的酒店时，李蜀安和阿宽等在楼下咖啡厅，李蜀安说："你助理打不通你电话。"

西棠从包里翻出手机："调静音了。"

李蜀安替她拉开了椅子："明天回上海？"

西棠神色一愣，想了想，忽然摇摇头："我暂时先不回去。"

阿宽一听就急了，手一掀，差点打翻了咖啡杯："好不容易签下的节目，倪小姐非宰了我不可！"

李蜀安说："阿宽，你先上楼去。"

十点多在酒店楼下的那间西餐厅，西棠记得那是她跟李蜀安认识那么久以来，两人第一次吵架。认识他以来，她一直觉得这个男人成熟、睿智、包容，她对他有一种家人般的亲切感。西棠喜欢他面对任何困难时，永远都有的那种从容不迫的冷静，可那一刻他的脸上竟然有一种不冷静的怒意，这不是对她有什么不满，而是一种恨铁不成钢的失望，他说："西棠，我不会强迫你做任何事，但你要想一想，你不能永远被过去牵绊，你要朝前走。"

李蜀安将咖啡勺搁在碟子上，站了起来："我请求你，好好想一想。"

他说完推门离去了。

西棠上楼，推开门，阿宽跪在地上，正把箱子里的东西拿出来。

西棠说："收回去吧。"

阿宽说："啊？"

"我明天回上海。"

尽管方朗佲再三跟她保证没事，她也渐渐发现局势不妥。

那一年十一月的东京国际电影节，西棠获邀参加开幕式，倪凯伦安排助理去替她办理工作签证，助理回来汇报了一声，倪凯伦的脸色非常不好，黄西棠已经出不去了。

倪凯伦阴沉着脸："你惹的事是越来越大了，涉水太深，你可别害死全公司。"

西棠低着头，她明白事情的严重性。

倪凯伦打了一圈电话回来："幸好电影节的宣传稿子没发，只好推了，大好机会，国际A类电影节，行了，你就老老实实在公司复印文件吧。"说完摔门出去了。

西棠撇了撇嘴，不敢哭。

十二月的北京首都国际机场。

整个天际阴霾弥漫，飞机停在入港口，乘务长挂了电话，整了整领巾，和身边的乘务员耳语了一句，两人往舱门快步而去。

刚刚接到了电话，预订要客即将登机，车子直接开到了廊桥下，这趟航班没有配电梯，乘务长领着一位乘务在地面候客。

两台黑色的商务车缓缓地开进了机场的车道，在飞机的舷梯旁停稳了，先下车的是秘书和两名随行人员,随后地勤趋身向前拉开了后一辆车的后座车门,一行人拥簇着一位女士下了车。

从后座跨出车门的女士年纪六十开外,气质华贵,穿米色中式套装,提黑色的铂金包,外面披一件军绿色呢外套,陪同着的是一位英俊高瘦的年轻男士,黑色大衣,气势惊人。

乘务长认出了那位站在中间的男人。

京沪线上的头等舱常旅客,经常往返京沪两地,长得好看,人有礼貌,不吃航空餐,整个机组的小姑娘都喜欢他,只是一直以来他都轻车简从,十分低调,有时独自一人,有时仅带一名助理,平时也仅仅使用商务贵宾休息室,乘务长飞这一航段也有几年了,也是第一次见到他使用航司要客通道。乘务长躬身上前,借着扶住车门的瞬间悄悄地看了赵平津一眼,其实有一阵子没在航班上见到他去上海了,离近了看,他脸上有些病容,英俊的脸庞泛着一种晨霜似的苍白,乘务长忍不住悄悄叹口气,不知道这次带了随行人员,提高了出行规格,是因为陪同着的女士身份特殊还是因为身体原因。

赵平津扶着他妈下了车,乘务员上前接过了周女士的行李箱。

这时候电话响了,赵平津迟了一秒,把周女士的手交给了乘务长,低声一句:"谢谢。"

赵平津接了沈敏的电话。

赵平津一边打电话,一边慢慢地走上了舷梯,走了一半感觉有点喘不上来气,肺里吸进去的空气是冰冷的,却慢慢弥漫出一股灼烧的刺痛,下午三点多,正是公司里忙的时候,沈敏还掐着他上飞机之前的点儿给他打了个电话。

沈敏不放心他,却也走不开,他这么一走,把这么一大摊子事撂给了他,赵平津倒不是担心沈敏的能力,而是他这一走,小敏要承担的太多了。

因着他要出国,小敏把结婚日期都推迟了。

赵平津走进机舱,挂了电话,坐在椅子上,身体的疼痛让他有点疲倦,额头渗出一层薄薄的虚汗,身边跟着的医生是家里傅大夫的学生,人很年轻,但已经是消化内科的专家了,这会儿丝毫不敢放松,看着他脸色不好,赶紧上来问:"赵董,您没事儿吧?"

赵平津挥挥手让人走开了。

在上海住周家的老宅子里,姥姥姥爷这段时间在国外,周女士想让他住院,赵平津不愿意,这会儿治疗方案也没定,住院不过是保守治疗,他不肯去医院周女士也没勉强,这会儿也事事顺着他了,其实他母亲越是这样,赵平津心里越是难受,像这一回他闹性子不肯从北京直飞,硬要拖着身体来一趟上海,周女士心里一天都不希望他耽搁,恨不得摁着他往飞机上送呢,但最终也由着他的心意,跟着他先回了上海。

赵平津对自己的身体情况早有预感,他只是心疼他妈,在这个家庭最困难的时候,周女士显示出了一个母亲极为坚强的母性保护欲,她先是陪他在北京看了最好的专家,然后在专家的指导下开始联系医院,她不眠不休地和他的医疗团队一起,找美国权威的医生,等着赵平津病休手续审查批准,从确诊到现在,她没当着孩子的面儿掉过一滴眼泪。

母亲太不容易了,他想着住家里,能多陪她一天是一天。

赵平津在上海休息了两天。

第二天的中午赵平津吩咐家里的阿姨:"我进去睡会儿,下午朗佲过来,小敏的电话给我接进来,其余的挡了吧。"

方朗佲那段时间正好在上海出差,他的公司在上海摄影艺术中心有一个摄影展,他是策展人,那天工作完了,午餐跟几个画廊老板吃饭,下午三点多,司机将他送到了浦东。

早两天他刚到上海时跟赵平津联络过,赵平津住在周家在上海的宅子里,方朗佲既然在上海,就过来看看他,人到时,正碰到赵平津在客厅跟周女士吵架。

方朗佲不是外人,走进来听了两句就明白了,赵平津要自己开车出去,周女士不允许,要求他带司机,母子二人僵持不下。

方朗佲明白周女士的担心,这段时间局势风声鹤唳,赵平津是北京上海两边跑,有时一天只睡两三小时,溃疡复发,活检结果不好,他前段时间受了伤，他们几个根本不敢对外声张，更没想到他的身体情况一直是瞒着家里，等到保健医生发现不妥报告了周女士时，据说小敏可遭了殃，若不是这样，他也不至于打算出国治疗。

方朗佲赶紧说："我开车送舟子出去吧。"

周女士勉强同意了。

司机将家里的车开了出来，方朗佲上了驾驶座，赵平津要坐副驾驶，方朗佲说："行了，您坐后边休息吧，哥们儿给您当回司机。"

赵平津笑了笑，还真就坐后座去了。

方朗佲打转着方向盘问："去哪儿？"

赵平津脸色淡淡地："我约了黄西棠。"

方朗佲按他车上的导航，果然存有西棠的地址。

"机票好了？"

"嗯。"

"你既然留了小敏在北京，身边没个人不行，把龚祺调过来吧。"

"没事儿，我过两天就出去了。"

车子穿过立交桥开上了浦东大道，过了杨浦大桥后，赵平津渐渐地沉默下来，方朗佲也不说话了，周家在上海用的是梅赛德斯，轿车车厢宽敞幽静，车子无声无息地穿过杨浦区内环线，方朗佲将车停在了黄西棠住的小区门口，门卫做访客登记，两个人今天都十分有耐心，安安静静地坐在车里，等着保安拿着对讲机往物业管家的前台呼叫，业主电话是西棠接的，说了两句，保安放行，方朗佲将车开入了车库的临时停车位。

方朗佲拉上手刹，熄了火，说了声："是这儿了？"

赵平津仍然没有说话。

方朗佲心里觉得不对劲，看了一眼车前镜，他没开车里的灯，后座赵平津的脸隐藏在黑暗中，看不清楚神色。

方朗佲解开了安全带，手撑在座椅上转过头，唤了一声："舟子？"

方朗佲一转头就看到他已经发红的眼眶。

方朗佲愣了一下，身体又转了过去，坐在驾驶座上看着前方没说话，在方朗佲看来，他早该崩溃了，方朗佲根本就没想到他能撑到这一刻，居然撑到了见黄西棠的最后一刻，且不说老爷子去了对他的打击有多大，他们这一辈孩子，父母忙工作，从小都是生活在老人身边的，对祖父母辈的感情都非常深，可偏偏不是普通家庭，人一走，千万事情亟待处理，而且出不得半点差错，所有的感情都只能往心里压着，别人家还有一两个人分担一下，平时小敏的确是他的臂膀，但治丧这种大事，沈敏毕竟隔了一层血缘关系，赵品冬多年不在国内，北京的很多人和事都理不清了。他父亲不能离开工作岗位太长时间，大小事宜只有赵平津一个人紧绷着神经处理，估计他连好好哭一场的机会都没有。方朗佲记得他爷爷走时，他哥也是这样，从头到尾板着脸，一个多月后，他大哥在沈阳给他打电话，四十岁的男人了，在电话里哭得跟个孩子似的。方朗佲看着赵平津，就知道他这是身体和精神都撑到极限了。前段时间黄西棠跟李蜀安连着他家那小丫头在国盛胡同，进进出出的，出出进进的，亲热得跟一家三口似的在他跟前晃，依他眼里容不下一粒沙的骄矜性子，硬是没给黄西棠找一点点麻烦，真不知道他心里是怎么想的，方朗佲就一直隐隐担心，情绪长时间压抑着，对身体是一点好处也没有。

方朗佲坐在车前，也没回头看他，只是跟他说话："你丫忍啊，你不是挺能忍，这会儿崩了算什么。"

赵平津仰了仰头，喉咙里满腔的酸楚，喉结连着整个肩膀一直在颤抖，他一路试图强忍着自己的情绪，却发现完全控制不了，刚刚听到她在门卫对讲机里的声音他就受不了了，他哽咽得气息紊乱嗓音破碎，好一会儿方朗佲才听到他的话："你知道我为什么不让司机送，我知道我受不了。"

方朗佲下了车，拉开了后座的车门，坐到了他的身边："干吗呀，搞得跟生离死别似的。"

赵平津侧了侧脸，脸上有泪水流下来。

方朗佲心里跟着难受得不行，抬手握住了他的肩膀："你振作一点。"

男人的声音清冷低微，带着一丝哭腔："朗佲，我是真疼她。"

方朗佲的手用力地按住他的肩膀，试图给他传递一点力量："再坚持一下，西棠多爱你。"

赵平津摇了摇头，早些年，他知道她还爱他，可这会儿，他也不能肯定了。

方朗佲明白，他这一走，不知归期，他身体也不好，既不能求她等他，也没法带她走。

他这一走，就没有什么是他能把握的了。

方朗佲说："她在楼上等你呢，你控制一下。"

西棠站在客厅里，等了好一会儿，门铃才被按响。

西棠开了门，看到站在她家门前的赵平津，穿了一件圆领式白色衬衣，藏蓝色羊绒衫，眼底熬得发红，眼睑下一大片黑灰色，因为皮肤白，更显得憔悴，人也消瘦了很多，他这段时间波折太多了。

赵平津在沙发上坐了下来，跟她说："我明晚上飞机走，先去洛杉矶，我可能有一阵子不回来了。"

西棠给他倒茶，温热的红茶加了牛奶，赵平津打量她的家，对面的一堵墙被刷成了浅灰色，米色的沙发配木色家具，茶几上搁着一沓剧本和稿纸，外出的衣服和帽子堆在一张暗粉色单人沙发上，地板十分干净，一点点恰到好处的凌乱，这么多年了，房子多大多小，简陋宽阔，她的家居布置气息都还是他熟悉的，这房子是他买下的，可几年间，他只来过一回，后面再没有机会。

两个人在客厅坐了会儿，难得这么静静地坐一会儿。

西棠鼓起勇气问："我能不能去美国看你？"

等了很久很久，赵平津都没有回答。

西棠笑了笑，眼里泛起泪光，却很快就敛住了，也没有很大的失望，他是什么样的人，西棠比他自己都清楚。

赵平津一眨不眨地望着她，想把她的模样看得更清楚一点，脑袋却慢慢开始有些发晕，心里想着医生跟他说过的关于存活率的事情，再开口，声音已经很平静："我不能耽误你。"

西棠笑笑："我知道的，你还是介意那件事。"

赵平津搁下茶杯起身:"我走了。"

西棠说:"我送送你。"

西棠替他按了电梯键,两个人站在楼梯间,看着红色的数字从下往上一格一格地跳动,仿佛世纪末日的倒计时,赵平津忽然说:"西棠,我能不能抱抱你?"

西棠只来得及惊讶地抬起头,赵平津已经猝然地伸出双臂,侧过身一拉,把她紧紧地拥进了怀里。

电梯门在他们身侧打开,又关上了。

西棠的脸贴在他的胸口,闻到他身上的气息,木头的香气安静幽凉,他的心跳得太剧烈了。

西棠记得的最后一幅画面是电梯门合上的瞬间,赵平津面对着她站在轿厢里,身姿颀长,神色冷峻,凝望着她的目光深不见底,电梯门合上的瞬间,男人望向她的最后一刻,视线忽然垂了垂,睫毛的阴影掩住了他的目光,里面是她读不懂的千山万壑。

电梯里他英俊的脸庞在灯光中一闪而过,然后消失了。

方朗佲没有在楼下等很久,半个小时,赵平津下来了,他的神色已经恢复了平静,坐进了车子说:"回吧。"

方朗佲启动车子,开出小区,赵平津手靠在车窗边撑住了头,微微垂着眉头,一言不发。

方朗佲目光朝前看着路况,不放心地唤了一句:"舟子?"

赵平津答了一声:"我没事。"

"她如今的身份,你也别太担心了。"

"她要真有事,小敏会过来的。"

"别托孤,我替你看着,你丫休息好了赶紧给我回来。"

赵平津无声地笑笑。

他没有再说话。

方朗佲将车驶入了别墅的庭院。

一把尖锐的刀子在胃管里缓慢地搅动,他缓缓地下车,勉强立起了身子,随即轻轻咳嗽了一声，喉咙里的血腥之气涌出来，知道自己不好，赵平津掏出手帕，掩住唇角，眼前有点花，人晃了一下，伸手扶了扶车门，却没有扶稳，人往后倒。

方朗佲在那一头唤了一声："舟舟！"

屋里的人闻声从客厅跑出来，司机扶住他的身体，他已经昏厥了过去。

西棠拍完电影《秋游》后，上了姜松雪的访谈节目《松雪的朋友》。

在沉寂的将近两年里，黄西棠在两三部电视剧中客串了几个角色，演了一部舞台剧，剪出了一部片子，用笔名给阿渊填了两首词，但都没有进入主流视线，她的经纪人和公司渐渐着急，只有西棠喜欢这段日子。

第二年夏天快结束的时候，终于熬到了一个好剧本，她接演了刘志同导演的《秋游》。

这部电影是艺术片，投资、制作都不大，上映后票房反响平平，好评只流传在一些电影网站中，只是经由这部片子，黄西棠让王畔华导演注意到了她的表演，至于后来王畔华带她达到的艺术成就，都是很后面的事情了。

那一年西棠从香港回来时，只记得那是北京的初冬，《松雪的朋友》节目组向她的经纪公司发来了采访邀约。访谈节目主持人姜松雪，资深媒体人，身世传奇，她是北京人，祖上是满族，母亲是北京早年最出名的芭蕾舞蹈家，继父是著名的外交官，她本人是社交名媛，京圈里出了名的公主，自小身边明星环绕。姜松雪早些年拍过一些剧，但没有留下多少令人有印象的角色，据说她对剧组的生活待遇要求极高，导致很多导演都不敢找她拍条件艰苦的戏，后来转型做访谈节目，第一期就邀请来了宫俐，节目一炮而红。这个访谈节目做了近十年，姜松雪已年近四十，貌美依旧，感情生活也一直是个谜，她在圈子里的人缘极深厚，许多大牌都愿意来上她的节目，甚至演艺界的人士，有很多劲爆的消息，都是在她的节目上说出来的。每次艺人上她的节目，播出后都能刷出一个极高的话题热度。

西棠见过私下的她，跟镜头前完全是两副面孔，但这也丝毫不妨碍她成为演艺圈各路明星争相结交的对象。

倪凯伦亲自陪着黄西棠去电视台过了一遍节目流程，看采访提纲的时候，姜松雪来电视台开会，推开了嘉宾休息室的门："西棠，我跟制片人说要你来的哦。"

西棠一见到她就立刻站了起来，听到了赶紧笑说："谢谢松雪姐。"

姜松雪指了指桌上的节目流程表："一题也不许删啊。"

倪凯伦依旧坐在沙发上，笑嘻嘻地答："哎哟，姜小姐，您手下留情啊。"

西棠拿着那份采访提纲回了酒店。

第二天的傍晚，西棠进录制现场的时候，心里已经做好了准备，她要面对的敏感问题，其中就包括她经历过的那场变故，也是因为人物和话题的敏感性，那场访谈的收视率一出来，显示排到了当年的第二位，排名第一的是郑攸同携新婚太太、影后伍美瓷上的那一期。

姜松雪在节目里倒没有过多跟她聊去年年初的那场变故，而是虚晃一枪，问她感情的事。

姜松雪应该是圈子里为数不多曾见过西棠谈恋爱的人，那一次，她问，西棠答了。

节目录完后已经快十二点了，西棠走出了电视台，站在北京深夜的街道上，深深地吸了一口冷冽的空气，鼻腔里泛起一股灼烧的灰尘味。司机的车子迟到了，西棠拉紧了身上的风衣，牛仔裤是七分的，她穿着高跟鞋，裸着脚踝，点了一根烟，看着这座灯火流动的黄金之城。

她上个月在奥森公园附近买了一套房子，她最终还是回到了北京。

前两个星期，西棠在电影北京发布会的活动后台化妆，倪凯伦进来说了一句："听说赵平津回来了。"

西棠在画眉毛，闻言手停了一秒，没说什么。

她转身将眉笔递给了化妆师。

高积毅将车停在了胡同口。

走进国盛胡同赵家的院子时，保姆阿姨迎在门口招呼他："高哥儿，您进来喝口茶。"

高积毅踢踢脚换了鞋,东张西望地找人:"舟子在干吗呢?"

保姆阿姨客气地笑:"他换身衣服。"

高积毅絮絮叨叨地:"这哪跟哪儿啊?至于吗?哥们儿是外人吗?我来了,他还得扮上啊?"

他一边说话一边要往楼上走,保姆阿姨也不敢拦,幸好这会儿赵平津的声音在楼梯上传了下来:"老高,上来吧。"

高积毅走上二楼,赵平津坐在起居室的沙发上泡茶。高积毅走过去时留神看了看他的气色,衬衣是笔挺整洁的,人虽然苍白,但看起来也精神了一些。赵平津去了美国十个月,中间高积毅见过一次,当时他情况很不好,人都瘦得脱了形,这会儿看,人倒是齐全些了。

高积毅坐下来说:"你小子磨磨叽叽的在干吗呢?"

赵平津靠在沙发上,疲疲沓沓地说:"床上躺了一天了,换身衣服。"

高积毅关心地说:"你一回来,朗佫跟我想过来,打了电话了,说你还在协和,这会儿在家了,身体感觉怎么样?"

赵平津漫不经心地答:"还行,没什么事。"

"班还上着哪?"

"嗯,早上去会儿,有时我下午回来休息,基本上如果真有急事,助理会过来。"

赵平津给他递茶:"你家小小子儿还好吧?"

高积毅儿子上个月在小区的滑梯旁摔了一跤,把手给摔断了,媳妇儿埋怨婆婆和保姆没看好,婆婆心里万般委屈,孩子疼得夜里直哭,家里一窝子糟心事儿。

高积毅挥挥手:"嗨,别提,骨头长得还行,要不我妈就要在媳妇儿面前抹脖子谢罪,家里娘们儿就是事儿多。"

赵平津笑了笑。

高积毅问他:"你回来了什么打算?"

赵平津还是那副懒懒散散的神色,没个正形:"什么打算,好好工作,报效祖国人民呗。"

高积毅看他一眼:"上回校庆我回去了,有一师弟跟我说,哪一级的我是记不清,估计本科跟你们同届的吧,说瞧见瑛子跟一海归在国贸喝咖啡啊。"

赵平津脸上依旧是薄薄的一点笑意:"那不挺好的。"

高积毅私下里也问过方朗佫,当时赵平津出去时,方朗佫是在上海陪着他的,事业这一块他们倒不怎么在乎,他去美国前扶沈敏上了位,中原里头动心思的也不少,但他岳父郁卫民在董事局里岿然不动,其他人也不轻举妄动。沈敏这些年尽得赵平津真传,领旨监国,大错肯定是出不了的。

只是后来郁小瑛在北京城里头渐渐又起风头了,高积毅回头一细问,原来两人在赵平津出国的第一个月就签署了离婚协议,这么一场对两家都前途大好的联姻,从此在这个圈子里的人脉关系网中可就直接消失了。

高积毅急了眼了:"别介啊,你别一副看破红尘的样儿成不?我说舟子,你是不是真不想活了?"

赵平津手撑在沙发上,没好气地答:"哥们儿活得好好的,谁说我不想活了?"

只是他这一贯地爱发脾气,也少了几分精气神儿,声音提不起来,显得中气不足。

高积毅听见了就来气:"你干吗回啊?手术刚做完多久啊,京里一堆破事,你要回了,能好好休养吗?养好了再回来。"

赵平津冲着他笑了一下:"一入冬,不吸两口霾,还真不习惯。"

高积毅出来时,在院子里逮住了下午来上班的赵家保健医生傅大夫。

傅大夫也愁得头发都花白了:"用的药都是最好的,但病情始终不见起色。他现在的身体吸收得特别不好,一天有大半时间得卧床休息,即使这样,人还是没力气。"

"他按时吃东西了吗?"

"吃了,哪能不吃,一堆保姆、医生守着,只是吃的还没吐的多。"

高积毅出了国盛胡同,抄起手机就给方朗佫打电话:"老二,你约一下黄西棠出来。"

西棠第二天下午在后海的一间咖啡馆见到了方朗佫,同行的是高积毅。西棠心里有点惊讶，她是接了方朗佲的电话来的，一般来说，私下的场合，她跟高积毅基本不见面。

方朗佲也不迂回，寒暄几句后就跟她说明了来意。

西棠听了，摇了摇头，直接拒绝："朗佲哥，这不合适。"

几个人坐下来说了会儿话，眼见方朗佲没别的事情了，西棠起身要走。

方朗佲眼看挽留不了，只好跟着她走出来。西棠按了按车钥匙，方朗佲走过来挡住了她的车门，着急地说了一句："你真以为他不要你？他为了早点回来，拼了命地治病，西棠，你不能这样。"

赵平津认识她近十年来，方朗佲对于他俩感情的事儿，一贯保持缄默，他偶尔也当当赵平津的倾听者，但要是说到任何真正会干涉到两人感情的事，他是从不会参与的。其实也不仅仅对赵平津，对哪一个发小儿，他都不会给他们感情的问题出谋划策。他明白感情终究是两个人的事情，但这一次，也不是老高多事，而是连他都忍不住了。

西棠听了，沉默了一下，依旧轻轻地摇了摇头。

方朗佲无奈撒手，西棠上了车，启动车子，掉转车头，开出了咖啡馆旁的停车位，这时后方一辆黑色的别克轿车忽然冲了出来，斜插进来后迅速刹车，把西棠的车死死地堵在了夹道边上，高积毅从车窗里伸出头来："对不住，您跟我走一趟。"

西棠按下车窗，面无表情地望了他一眼。

高积毅对着她喊了一声："西棠，别这么绝情，他这辈子，算是搁你身上了。"

西棠紧紧地握住了方向盘，抿了抿嘴唇，心里有些烦躁，这一刻忽然想起李蜀安的脸，那一次她也是这么烦躁，李蜀安严肃地跟她说："西棠，你想清楚了，你不能什么都想要。"

当时西棠望着他，心底忽然变得一片澄明。

"我想清楚了。"她把手放在了他的手背上。

李蜀安伸手刮了刮她的鼻子："咱们去接心心放学，然后去买菜，我给你俩做糖醋排骨？"

两个人都笑了。

西棠果断地伸手挂挡倒车,小心翼翼地看着后视镜,她的车屁股后面还停着辆车,所以只倒出了短短一段距离。西棠换挡,猛地一脚油门,车子瞬间加速,砰的一声撞在高积毅的车上,撞开了一道缝隙,她又接着倒车。

高积毅怒吼:"黄西棠!你疯了!"

过了两秒,又是一声剧烈的撞击声,旁边露天咖啡座的人纷纷转头注目。

方朗佫站在一旁急得大叫:"老高,赶紧挪一下,让她出去!"

高积毅推开车门跳了下来,看着黄西棠那辆白色的小轿车摇摇摆摆地呼啸而去,他绕到车边看了看前灯边上被剐蹭掉的一大块漆,又看了看方朗佫无奈的脸,气得破口大骂:"这疯女人的心,硬得跟颐和园那铜牛角似的。"

方朗佫忽然说:"我听说,她跟蜀安一块儿了。"

高积毅愣住了,停了两秒,忽然阴着脸狠狠地踹了一脚轮胎。

黄西棠上《松雪的朋友》那一期节目隔了两个礼拜在电视台播出了。

访谈节目播出后,又传来了一个好消息,她拍的那部谍战戏《沪上谍影》,被雪藏了一年多后终于定档播出,于是有不怕死的制片人开始往她公司递剧本。入冬后,她又开始了横店生活,偶尔有假期,基本就飞北京。

那一天她休息,正好是周末,她带着心心去儿童玩具店买气球,回去的半道上开始下起大雨。今年入冬早,才十月底,寒潮就来了,幸好回到大院时雨渐渐小了。西棠在胡同口停了车,给心心穿上了羽绒服,把她抱下了车。小姑娘紧紧地拉着她的几个彩色气球,西棠打开伞,那几个气球飘到了伞外面,在雨丝里一路飘飘荡荡。西棠牵着小姑娘的手,小姑娘拉着气球,两人笑嘻嘻地往家里走,走进胡同时,西棠看到国盛胡同对面赵家的门开了。

从里头走出来的是赵平津。

他穿戴整齐,白色细格子衬衣,褐色领带,灰蓝西装外套,一副赴宴的装扮,司机提着黑色的长柄雨伞候在檐下。

两个人一瞬间都有点发愣。

小姑娘一向有礼貌,瞧见西棠停了下来,立刻脆生生地喊了一声:"赵叔叔!"

赵平津听到,笑了一下说:"心心,都上小学了,老师还给你奖气球呀?"

小姑娘把头摇得跟拨浪鼓似的,骄傲地答:"这是西棠阿姨给我买的!"

赵平津看了她一眼,因为要给孩子打伞,雨滴正不断地落在她的半边肩膀上,他垂了垂眸说:"下雨呢,赶紧回家吧。"

心心冲他挥手:"赵叔叔再见!"

方朗佲夜里回来时,青青正在客厅看电视,看见方朗佲走了进来,上来接过他的外套,他亲了亲她说:"儿子呢?"

青青说:"睡了。"

方朗佲在沙发上坐下来,对面墙上的电视上正在播姜松雪的访谈节目。

青青一边看着电视荧幕上的西棠,一边跟丈夫说话:"今儿舟子去了吗?"

方朗佲点点头:"坐了会儿,提前走的,这会儿大家都习惯了,他少亲自出来应酬,来了就是捧个场。他要是兴致好就多坐会儿,若是提前走也没什么,多半要回去休息。"

青青说:"他身体好点没?"

方朗佲说:"还行吧,看不出什么,还是老样子。"

青青忽然不说话了,专心地看节目。

电视上的黄西棠穿了一件红色露肩上衣、淡蓝色牛仔裤,镜头下的皮肤白得通透发亮,脸上笑容很平和,神态很柔:"我都有好几年没有谈过恋爱了呀。"

姜松雪笑着问:"上一次谈恋爱,是什么时候?"

西棠认真地想:"两年?三年?我都记不清楚了。"

姜松雪只是微笑。

当明星,如果仅仅这样录节目是完全不行的,除非你十分高冷绝艳,不然上这样的节目,不给点有话题性的回答,媒体和记者没法写稿交差,节目出来的效果也不会好，下次更不会有好节目接续找你。大家都受了那么多年专业训练了，主持人和艺人都心知肚明这一点，西棠望着镜头继续说话："我现在生活挺平静的，拍戏工作，吃饭消遣，出国旅行，甚至和前男友见面，还能装模作样握个手，彼此的生活都变化太大了，有些事，过去了就是过去了。"

姜松雪看着嘉宾，脸上是专注聆听的神态："嗯。"

西棠带着微微的笑意："我记得有一年的新年，跨年晚会的工作完了，夜里一点多回到酒店，工作了一天，大家都很累，灯都熄了，却都睡不着。酒店房间十分安静，我的助理坐在床边的地毯上，用手机很小声地放音乐，那个时刻忽然听到一首情歌，在某一个特别的时刻，有一个瞬间，都这么多年过去了，还是会想起某个人。"

因为在录节目，姜松雪只能含着笑，她这时心里简直乐开了花，她完全知道西棠在说谁，便引导着委婉地暗示："既然还会思念，那心里有没有想过说——要不再试试看吧？"

西棠说："不敢想。"

姜松雪别有深意地问："念着从前，是因为没有遇见更好的？"

西棠立刻摇头笑了，神色依然很柔软，是那种内心笃定的柔软："不，这样说不公平，优秀的人很多，只是爱情不易得，我当然还是希望自己会幸福，我只是不再执着地想要爱情。"

姜松雪望着她，神色有点意外："西棠，这么说，是不是有点悲观？"

西棠想了好一会儿才说话，声音细细柔柔的："我也不知道这是不是悲观，我还是相信当然会有人拥有爱情并且幸福地生活着，但这不一定会发生在每个人的身上，这跟你从事什么职业，长得漂不漂亮，拥有多少财富，人生是否努力，好像都没有关系，这是一种运气，爱情不是努力就会拥有的。"

西棠调皮地笑笑，也很豁达："也许我还是会遇到呢，爱情是一场际遇，不是一场功德。"

那一刻，姜松雪忽然转过头，眼中泪光闪烁。

正播到精彩处，这时电视上的节目忽然停了，内容从这一段被剪开，开始插播广告。

方朗佲愣愣地坐了会儿，看看媳妇儿，长叹一声。

青青赌气地说："看看你们男人做的好事。"

方朗佲伸手搂住了媳妇儿，他知道她心疼舟子，现如今京城里整个圈子都隐秘地心知了，因为偶尔有重要的场合，李蜀安会带着西棠出来宴客。黄西棠是名人，见过人的都不会忘，李蜀安跟前妻的女儿跟她也十分亲密，李蜀安的态度表示得很明白，两人就是奔着结婚去的。赵平津跟黄西棠那一段，算是彻彻底底地过去了，以前青青还敢找赵平津吵架为西棠打抱不平，可现在，谁也不敢在赵平津面前提黄西棠了。

那一天的录影暂停了五分钟。

姜松雪泪光闪烁，台下的观众开始鼓掌，但所有的编导和摄影师都愣住了。

西棠眼看台下，她的助理、化妆师没有一个人敢动，她伸出手臂，隔着一个沙发座椅，拍了拍姜松雪的肩膀。

节目的最后，姜松雪问她可不可以唱歌。

西棠哈哈一笑："我是学表演的，歌唱得一般。"

姜松雪有意捧她的场，笑着说："最近不是还上声乐课吗，来吧。"

西棠明白姜松雪这是抬举她给她机会，她想了一下，忽然说："我们表演本科班上个月走了一个同学。"

姜松雪收敛了笑意说："是傅明坤。"

西棠还在轻轻地笑着，她控制着自己的情绪，轻轻地说："这是我们在学校时唱过的歌，我把这首歌送给他。"

她唱了《爱的箴言》。

她选这首歌，是因为那一年的十月份，母校六十周年校庆，好多同学都回来了，他们那一届的表演本科班组织了一次聚会。

在聚会上，代表男生发言的是郑攸同，代表女生发言的是黄西棠。

那一夜，西棠难得地喝了一些酒，有人在弹琴，有人在唱歌，灯光下望过去，仿佛大家容颜未改，一张一张年轻的脸庞依然熠熠发亮。

傅明坤走了，停在永远的三十一岁。

钟巧儿走了，永远停在了她的二十二岁。

但他们的生活，还是要继续过下去。

赵平津记得那首歌。

那时黄西棠的毕业典礼，他是坐在家属席上的。

那会儿他还在京创上班，早上特地推了工作，赶到了他们学校，车子一入校门，就只看到穿着黑色长袍学士服的毕业生满校园乱窜，找到黄西棠的时候，他们班正在拍集体照，黄西棠趁着照相师傅没按快门，冲着他眨了眨眼。

电影学院的毕业典礼是在学校的标准放映厅里举行的，赵平津跷着腿坐在台下，身边环绕着一堆辅导员、班主任和毕业生家长，轮到西棠班时，他们班长领着全班同学唱了一首歌，献给母校和恩师，唱的就是那首歌。

一群面容姣好、朝气蓬勃的年轻孩子立在台上，黄西棠如一棵清新茁壮的小树，那时候她已经在拍《橘子少年》，前途大好，充满梦想，即使是站在一群漂亮的女孩子中间，她的容貌依然出色，小小的脸孔发着光。

那时她还是他的小小人儿。

"我将青春付给了你，将岁月留给我自己。"

十年后她再唱起这首歌，太多的事情都改变了。

赵平津躺在家里，西厢书房的窗户被他推开了半扇，午后的阳光透了进来，今年开春后北京的天气挺好。

周女士昨儿回上海去了，自打他坚持要回北京来，她基本一半时间在国内，有时看看他，有时看看他祖母，一半时间在国外，跟她娘家的族亲在一起。

他父亲仍然在南京，打算做到退休。

听说他父亲找到了当年那个文工团女兵，对方已经结婚生子，但家庭生活比较困难，他父亲去了一趟，似乎替她安排了一份学校的后勤工作，后来也没有再去过那个城市。

他母亲对这些事也不管了。

他依然在中原董事局做着，工作强度比不上以前，但做起来也没太大问题。沈敏做了总经理，重要的事情，会提前请示他。

赵平津听到身后门口的屏风外传来窸窸窣窣的脚步声，保姆阿姨进来给他盖毯子，一边摸了摸他发凉的手，一边嗔怪："开着窗吹风，早晚春寒，你就不当心着凉。"

她都七十几岁的人了，身子骨虽然还健朗，但也伺候不动人了，赵平津劝她退休，要给她养老，可她老人家说，要在家里没用了，她就回东北老家去。

老保姆替他仔细将毯子掖好了，一边有意无意地提起："对门今天挺热闹，景家二姐儿跟蜀安今儿订婚了。"

这事儿赵平津自然是知道的，可这么听起来，仍然是一时说不出话。保姆摸到他的手暖和一些了，又慢慢地走出去了。

前几天晚上他工作回家，看到李蜀安正要出门，身后跟着秘书，两人手上都拎着几个餐盒，他招呼了一声："蜀安，出去？"

李蜀安答应了一声："西棠在录影呢，估计得晚，我给她送点宵夜。"

赵平津看了一眼他手里拎着的餐盒包装袋："路口那家手擀面？"

李蜀安笑了："嗯，东霖也说那家还成。"

赵平津点点头，没再说话，往胡同里面走去了。

李蜀安上了车，启动车子。

"蜀安，"赵平津忽然绕了回来，叫住了他，"那家是挺好的，只是面是拿新鲜鸡蛋和的，她对蛋清过敏。"

李蜀安明显一愣，但很快反应了过来，笑着冲他摆摆手："秘书买的，没事儿，这些给工作人员，我再单独给她买一份。"

赵平津立在他车旁，笑了一下，往家里走去。

身后李蜀安探出了驾驶座，对着他说了声："哎，舟子，谢谢啊。"

赵平津听到了，抬起胳膊冲着身后挥了挥手，他没有回头。

他还是操心，不管她嫁给谁，他都怕她受欺负，有时忽然又想起来，其实她跟在他身边，受的委屈才是最多的，一刹那间想明白了，心里却难受得不行。

他最近总是想起那一年他去横店看她的时候。

她上夜戏，他在片场等她下戏，那时她还是一个寂寂无闻的小群演，主演明星走出来，哗啦啦带走了一大堆的记者和粉丝，周围忽然变得空旷，两个人走在深夜的田埂上。

很遥远的对岸，有剧组在田野里放烟花。

隔得太远了，无声无息的，只看到烟花在夜空中升起，又熄灭了。

黄西棠停下了脚步，抬头看了一会儿，那一刻在她身边看烟花的，是一个她深爱的男人。

可惜那时他不明白。

他们走在中国东南方一个小镇的深夜里，彼此都没有说话。

如今北京的初春午后天气回暖，书房的窗外栽有一株西府海棠，嫩叶小枝的顶端，粉白色的花朵拥簇着一团一团地开了。

赵平津在春光里静静地躺了一会儿，觉得有点累，微微阖上了眼。

番外一
像春天对待樱桃树般对待你

后来赵平津来得多了,有一天晚上,黄西棠问他:"你还没散完心?"
赵平津跟她说过,约会漂亮女孩子都是散心。
"我不散心了。"
"那你还老来?"
"黄同学,我在追求你。"

"你是北京人?"女孩的声音漫不经心,低着头踩着地上的红砖格子。

"我是在北京出生。"他点点头,伸出手轻轻拽了一下她胳膊,躲开了迎面而来的一个骑自行车的男生。

"你呢?"赵平津问她。

"浙江。"

"浙江哪里?"

"台州。"

"你是做什么的?"

"我上班的公司做软件科技的。"

黄西棠在女生宿舍楼下停住了脚步,掏出门禁卡:"我上楼了。"

赵平津手插在裤子的口袋里,点点头,神色闲适,唇角一抹薄薄的笑意。

黄西棠往楼梯上跑了两步,回头冲他挥挥手,夜色里她一张小小脸孔晶莹发光,她笑着"噔噔噔"地跑进了楼道。

赵平津在原地站了一会儿,往公寓楼北侧的停车处走去。

他来他们学校一个多星期,终于让她稍微卸下了一点防备,在送她回宿舍的路上,她愿意和他聊一会儿天。

两个人什么也不干,一般是他下了班,从中关村开车过来电影学院,幸好也不远,走知春路转个弯儿就到了,然后正好能赶上她排练课下课,或者在教学楼做作业,他等她一会儿,送她回到宿舍,然后自己开车走了。

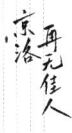

他竟然觉得很有意思。

在教学楼下等一个女孩儿一个小时,只为了每天下了班能看见她一会儿。

他从前根本没想过,这样的事儿会发生在他身上。

赵平津第一次在长安俱乐部见着黄西棠,还是一个多月前的事儿了，第二天，他在学校找到了她，约她吃饭，结果被她干脆地拒绝了。后来隔了好长一段时间没见，赵平津把黄西棠基本给忘了。

那时他年轻，心性不定，身边漂亮的女孩儿多的是，各种玩法也多，他犯不着自找苦吃，跟一个滑溜得跟泥鳅似的小丫头片子较劲。

再见到她是五月份了。

那是夏天的傍晚，一个大暴雨天，赵平津跟几个哥们儿带女孩儿去工体看演唱会，走到体育场的门口，看到有两个女孩儿撑着伞，穿着雨衣，站在场馆外的台阶上，大声地问来往的人："雨衣、荧光棒，雨衣需要吗？"

赵平津身边的女孩子感兴趣地围上去看，荧光棒十块一根，雨衣坐地起价，卖到了五十块。

女孩们开始挑选，同行的男士们纷纷掏出皮夹付钱，赵平津撑着伞，身边依偎着的女孩子噘着嘴道："哥哥……"

赵平津完全没留神身边的人，他的眼睛盯着钟巧儿身边的女孩儿，小小的人儿，穿着一件荧光黄色的雨衣，那雨衣将她整个人都遮住了，只露出了一张皎洁得跟山茶一样的脸孔。

钟巧儿回头轻轻推了推黄西棠。

黄西棠回过头，跟他的眼睛对上了。

赵平津一认出她来就乐了："哟，这不是电影学院的同学吗，怎么改行卖起小商品了？"

西棠一时半会儿没想起他是谁来，只看到一个英俊的男人，高个儿，瘦，皮肤白，鼻子挺，撑着的大伞下依偎着一好看的姑娘。

京城里鲜衣怒马的公子哥儿的样子。

赵平津说："还有多少？我全给你买了得了。"

钟巧儿听到了，高兴地应："好啊！我们都要被淋死啦！"

黄西棠赶紧拉着钟巧儿走了。

这时候，赵平津身旁哥们儿推了推他的肩膀，一群人往体育场内场通道走去了。

草坪上铺了一层保护膜，上面摆放着的一排排塑料椅子被淋得湿漉漉的，入内场的观众挤在通道里躲了会儿雨。雨渐渐停了，观众才陆续进场，舞台上的乐手开始调音。

一群人找到位子坐了下来。

赵平津坐在椅子上，愣神了两秒，忽然站起来，伸手拍了拍旁边的钱东霖："我出去了。"

钱东霖没听明白："去哪儿？"

赵平津指指出口，直接往外走。

"哎，舟子！你不看了？"钱东霖站起来，只顾得上叫了一声，"好不容易搞来的票！"

赵平津背对着他挥挥手，潇洒地走了。

这时外面的人少了许多，稀稀拉拉几个黄牛在游荡，赵平津沿着体育场入口的外沿溜达了一圈，终于找着那个穿着黄色雨衣的小小身影。

她正弯着腰一层一层地沿着台阶往下走，然后把掉在地上的荧光棒、矿泉水瓶、纸片等一样一样地捡起来。

体育场的入口处有一道宽阔而狭长的台阶，大雨把灰尘都冲刷干净了，进场的观众和商贩丢了不少垃圾，没一会儿，黄西棠手上就拿满了，她一溜烟小跑着往场馆入口处去了。

赵平津顺着她的身影，看到了不远处的草地上有一个步履蹒跚的拾荒老人。

这时身后的体育场内音乐和尖叫声响起来，歌手登台了。

赵平津站在通道里，看着那个黄色的小小人儿来来回回、一趟一趟地捡矿泉水瓶，又一趟一趟地塞进老人身上背的编织袋。她在台阶上蹦蹦跳跳的，跟着音乐扭摆着身体，体育馆里节奏热烈的歌声飘出来，她站在台阶上对着空旷的广场跟着号叫："噢噢噢噢！"

钟巧儿蹲在台阶上陪着她，身边搁着一包卖剩下的东西，一边喝水一边休息，看到了笑得要趴下，把手指放在唇上吹出一声清脆的哨声，然后尖叫了一声："偶像，我爱你！"

黄西棠却忽然精神抖擞地回过头来，看着钟巧儿："巧儿，你那口哨怎么吹的，能不能教教我？"

第二天，赵平津下了班去电影学院找她。

西棠正好下楼来，手上拎着一个大大的黑色帆布背包，见到他，扬扬手，没啥表情地"嗨"了一声。

赵平津跟着她往外走："你去哪儿？"

西棠蹲在小超市的玻璃橱窗前："我去自习室做作业。"

西棠刷饭卡买了一个三明治。

赵平津说："我给你写作业，你能不能给我买个三明治？"

西棠给他买了一个，附赠了一瓶牛奶："谢谢你昨天送我们回来。"

两个人在图书馆的门口吃完了三明治，西棠喝水，赵平津喝牛奶。

西棠把包装纸扔进了一旁的垃圾箱，擦了擦手："你吃完了就回去吧，自习室好枯燥的。"

她还是把他当那种沉迷于声色犬马的公子哥儿。

赵平津举着牛奶盒子，对她笑了笑："试试看。"

两个人并排坐在最后一排的座位上，赵平津看着黄西棠从包里掏出本子、笔袋，还有一本汉英字典。她把本子摊开，赵平津看了一下，是一篇英文的人物小传，她已经打了一篇稿子，但每一段都还剩下几个空着的单词。

赵平津迅速地浏览了一遍，西棠刚翻开字典，赵平津已经伸手拿过她的笔记本，提笔把所有空着的单词全写了出来。

他一边看一边写，还顺手在句子下面画横线："我加了下划线的地方，修改一下。"

西棠看了看，小声地说了句："谢谢啊。"

西棠重新翻开一页，这次是空白的，赵平津纳闷地道："你怎么一个人做两份作业？"

那天晚上，赵平津替她把钟巧儿那份作业做完了。西棠改完了自己的，赵平津说："要不要再看看？"

西棠赶紧说:"不用了不用了,写得太好,不符合基本水平。"

有一天夜里,赵平津陪着黄西棠走出了教学楼,他手插在裤子口袋里,离她一点距离,保持着非常好的风度,他跟西棠说:"你那个同学,最近好像在跟我一发小谈恋爱。"

"巧儿?"西棠见怪不怪地说,"巧儿男朋友换得很勤快的。"

"后来怎么没见你再去长安俱乐部了?"

"那一次是钟巧儿临时找我的。"

"你平时忙什么?"

"上课,打工,试镜找工作。"

"找什么工作?"

"拍戏。"

后来赵平津来得多了,有一天晚上,黄西棠问他:"你还没散完心?"

赵平津跟她说过,约会漂亮女孩子都是散心。

"我不散心了。"

"那你还老来?"

"黄同学,我在追求你。"

六月份有一天,赵平津去她的学校找她,却没找着人。

幸好西棠接了他的电话:"我们放暑假了。"

赵平津开车去她打工的地方,那是小西天附近的一个精品咖啡店,他进去点一杯饮料,一边工作一边等她下班。等到西棠换下了制服,背着书包走到他的桌边,他抬腕看了看表,这个点儿公交车已经停运了。

"你怎么回学校?"

"骑自行车。"

"从文慧桥骑到西土城?"

西棠笑嘻嘻说:"我骑车水平倍儿棒,就当练功塑身了。"

赵平津拉住她的手,走到了咖啡馆门前的停车位,将手上的笔记本电脑包搁在了车后座上:"上来。"

第二天晚上，赵平津给她打电话。

"今晚还打工吗？"

"怎么了？"

"我今晚有点事儿，你今晚能不能打车回去？我给你报销，我明晚再去接你。"

西棠没回他的话，只笑了笑："你今晚干吗呢？"

赵平津用胳膊夹住了电话，接过了护士递给他的棉签："我在公司加班呢。"

这时一个孩子被放在分诊台上，护士手上的输液针一扎下去，孩子瞬间哇的一声大哭起来，旁边的年轻母亲心一慌要去抱孩子，护士急得大叫："哎，家属按住了按住了！"

赵平津顿时傻眼了。

西棠在那头听见了，过了好几秒才反应过来："赵同志，坦白从宽。"

赵平津只好答了。

西棠愣了一下说："你真的不吃外面的东西？"

西棠在中关村医院的急诊室找到了他，输液室里他自己一个人在打点滴。

西棠说："你家里人呢？"

赵平津说："我弟弟送我过来的，我一会儿完事了，自己回去就行。"

西棠在他身边空着的位子上坐了下来。

赵平津看了看她，脸上带着妆，唇色粉红，很是可爱："你从哪儿过来的？"

"北影厂。"西棠掏出湿纸巾来，把妆擦了擦。

"去那儿干吗？"

"找活儿。"

"你今晚不去咖啡店了？"

西棠耸耸肩说："我昨天就被炒了。"

赵平津略有诧异，他昨晚竟然什么都没看出来："为什么？"

"一个客人点的单子，我写错了，然后被投诉了。"黄西棠吐吐舌头，扮

227

了个鬼脸。

"那你昨晚怎么不说？"

"有什么好说的，笨手笨脚怪丢人的。"

赵平津这时才发现，这是个心思敏感的女孩子。

西棠闲得无聊，在急诊大厅里转了一圈，回来时给他买了瓶矿泉水，然后拿起他的病历本看了一下，她忽然说："你肠胃真不好，我昨晚不该让你跟着我吃宵夜。"

两个人从医院出来时已经是夜里十一点多了。

赵平津在路边打了辆车："我回去开车出来送你回学校。"

西棠跟着他回了公司。

那是一个商住两用的小区，不算很新了，小区周边生活气息浓厚，楼下一排的商户分布着英语培训机构、快递公司、拉面店、小吃馆。赵平津带着她上了楼，打开门，宽大的客厅中间摆着一张长条形的桌子，两边各搁着一排电脑，南边的一个角落里有一个双人座沙发，还有打印机、文件柜，一个标准办公室的模样，除了落地窗的角落里有一排码得整整齐齐的啤酒罐子。

一个戴着眼镜的斯文男人坐在电脑后。

听到开门的声响，沈敏抬起头来，忽然愣住了，跟在赵平津身后的女孩儿，年轻的肌肤闪闪发光，笑容很漂亮，露出白贝一样的牙齿，他这会儿看清楚了，的的确确的美人儿。

美归美，他可没敢忘记她把他打得鼻青脸肿。

赵平津笑笑，介绍说："这是沈敏，你之前见过的。"

西棠一脸迷惑，完全没印象："啥时候？"

沈敏气得脸上红橙黄绿青蓝紫一片。

赵平津在一边笑得肚子疼。

过了半晌，沈敏终于缓过神来，从身前的文件夹中抽出了一摞文件："联商的那个系统，李明下午跑了一遍，发现这里好像有点问题。"

赵平津看了一眼，坐到了电脑前，说："小敏，你送一下西棠回学校。"

沈敏犹豫了两秒，说："我不在这儿，一会儿您写好了，谁给您做测试？"

赵平津说："我自己来吧。"

沈敏不太同意："您晚上睡会儿吧。"

赵平津手在键盘上飞快地敲击，听到后不轻不重地拍了一下空格键，回头看了一眼沈敏，西棠赶紧说话："不妨碍你们的话，我在这儿待会儿吧，早上我自己回去。"

赵平津起身，把她带到了里边的一个房间，替她打开了书桌上的台灯："你困了就睡会儿。"

西棠打量了一下，这是一个小房间，角落里搁着一张床，灰蓝色的格子床单和被套十分干净，一张书桌，一个柜子。

对面的窗户旁有一张椅子，椅背上随意地搭着一件蓝色的衬衣。

客厅里整夜都有隐隐约约敲键盘的声音，还有赵平津和沈敏低低的交谈声。

第二天早上西棠醒来，看到客厅里的灯熄灭了，阳台落地窗的窗帘拉得严严实实，客厅是昏暗的，电脑主机上的蓝色灯光还在隐隐地闪烁，另一个房间的房门半掩着，赵平津在沙发上睡着了。

西棠提着书包，轻手轻脚地出了门。

好不容易逮着钟巧儿回了趟宿舍，西棠跟巧儿讨教经验。

钟巧儿一听她提起赵平津："官宦子弟吧，具体做什么的不知道，老高好像跟他挺熟的，我见过几次。"

钟巧儿点了根烟："你喜不喜欢他？"

西棠点点头。

"也是，就那张俊俏脸，哪个姑娘不爱。"巧儿喷出一个烟圈，眯着眼在迷迷蒙蒙的烟里对着她笑笑。

西棠忽然涨红了脸："不是——"

钟巧儿笑了："你就是太单纯了。"

钟巧儿没当回事儿："谈呗，西棠，你撒个娇，这大四的学费就不用自己辛苦挣了。"

西棠咬了咬唇:"我不是为了这个要跟他谈朋友。"

"你还想怎么着,谈恋爱嫁给他,结婚生子?"

西棠说不上话来。

"他们那样的人,不会娶咱们的。"

这时宿舍门被推开了,汪玲珑走了进来,看着她们两个皱皱眉头:"哎,巧儿,不要在宿舍里吸烟好吗?"

钟巧儿挑挑眉,把烟熄灭了。

这时巧儿的电话响了,她看了一眼,按掉了声音,从椅子上站了起来,搂住了西棠的脖子,低声地说:"谈恋爱没事儿,可别太认真,还有,要懂事点儿,不要打听他们的身份背景。"

西棠最近跟了一个剧组,演一个古装戏里充当人肉背景的丫头,没台词,但拍摄的集数还行,她给妈妈打电话了,等拍完这个戏再回去。

如果没有夜戏,她晚上八点多能收工,回到学校来,宿舍里空荡荡的。自从上次她从他那儿回来,他有一个星期没出现了。

那天夜里,西棠从地铁下来,接到了赵平津的电话。

"你在哪儿呢?"电话里传来呼啸风声。

"地铁站里呢。"四周太嘈杂了,西棠听到他声音缥缥缈缈的,她将手上的包往肩上一挂,拔腿就往楼梯上跑,一口气跑到了地面上,撑着膝盖喘了好几口粗气,"你在哪儿啊?"

"我最近不在北京。"赵平津在那端忽然有点高兴。

赵平津那会儿开始创业不久,人忙,有些基层的项目,一做就是一两个月,公司都得定期派人去盯着。

西棠沿着人行道慢慢地往学校走,一边走一边和他聊天。

赵平津问:"有没有想我?"

隔着手机,西棠都能想得出他诞皮赖脸的样儿:"你怎么这么自恋?"

赵平津叹口气说:"我挺想你的。"

"我这破烂地儿，走二里地才有信号，哎，星星不错。"

西棠说："你可劲儿贫吧你。"

有一天晚上，赵平津问她："你不喜欢我，为什么要替我缝扣子？"

那天他在公司搬几个装文件的大箱子，把衬衣胸前的一粒扣子蹭掉了，他把那粒纽扣捡了起来，随手搁在了房间里。

西棠面不改色地撒谎："我天天跟服化道打交道，这是职业病。"

赵平津在那头笑，他笑起来，低沉的嗓音格外好听，西棠只听到蛊惑人心的一个声音："黄西棠，你就不能稍微诚实一点面对自己的内心？"

西棠终于说："一点点。"

"姑娘，哥回来了，在你宿舍楼下。"

西棠挂了电话，穿着拖鞋噼里啪啦地往楼下跑，赵平津站在公寓楼楼道口的门前，看着她蹦蹦跳跳地跑到他的跟前，脸上露出微微的笑意，伸手撩了撩她的头发。

西棠仰着脸看他，脑袋里晕乎乎的，他穿了件灰色T恤、一件薄薄的卡其色外套，黑了一点点，他可真好看。

他将手里拎着的几个盒子递给西棠："给你的，我刚从机场过来，跟我回去换身衣服，带你出去吃饭。"

西棠穿着短裤，说话间俏皮地踮了踮脚，两条腿又直又白，出于礼貌，赵平津都没敢低头看，只听到她说："我上楼穿个鞋，你稍等啊。"

赵平津点点头，回头指了指："一会儿到北侧停车场找我，我还占着自行车道儿呢。"

西棠伸了伸脖子往下面看，可不，他的车正停在台阶下的小道上。

她转身跑上楼去了。

赵平津开车带她回了公司，他从车上拎下了一个二十六寸行李箱，她替他拿着他工作的笔记本电脑。赵平津开了门，一股夹着浓烟的呛人味道飘出来，赵平津顿时皱了皱眉："什么味儿？"

他迅速扫了一眼，客厅里一切正常，几个人正围在厨房门口，那股呛人的味道是从厨房飘出来的。

李明回头看到了他:"哎,舟子,你回来了。"

赵平津看了一眼:"老郭又把厨房烧着了?"

郭天钧在厨房里,没留神外头,他"哐当"一声把一个烧焦了的锅扔进水槽里,"哗"的一声扭开水龙头。

李明又探头进去看了一眼:"哟,老郭,让你叫个外卖你都能忘记,你还有脸儿了!"

郭天钧一把扯下了一张厨房纸:"就你记性好,你记得,你怎么不自己叫啊?"

西棠后来才发现,这几个人工作起来,都是废寝忘食的。

两个年轻男人垂头丧气地走出厨房,西棠跟在赵平津的身后,看了老半天,这时忽然说了句:"你们刚刚在煮什么?"

……

十分钟后,餐桌上每个人的面前都多了一碗热腾腾的汤面,李明赞不绝口:"西棠,以后常来啊。"

西棠好脾气地笑。

赵平津握着筷子不乐意了:"你别指着她做饭啊,今儿这纯属意外,我就说找个阿姨来吧。"

李明看了他一眼:"别说我们,就数你最没谱,你天天晚上熬夜,你家家政白天不做饭,三更半夜来给你做饭?"

吃完面已经是下午两点多了,整个屋子都安静了,郭天钧睡下了,李明在客厅戴着耳机打游戏,一群人习惯了昼伏夜出,西棠跟着赵平津进了房间里,两个人坐在地板上聊天。

赵平津靠在床边摊直了腿,伸手揽住西棠的肩膀,西棠的头枕在他的手臂上,身体窝在他的怀里。赵平津一低头,就看得到她毛茸茸的头顶有一个小小的发窝。

"放假了,你最近在干吗呢?"

"我在剧组里打杂。"

"以后打算演戏？"

"嗯，我就是特别喜欢演戏。"

赵平津神色淡淡地："演戏挺好。"

西棠心里明白得很，看了他一眼，笑笑："觉得特不靠谱是吧？"

赵平津也不惊讶，他明白她的聪敏："也没有，只是这行业，运气成分大。"

西棠说："我没想能当多大腕儿，我其实就是喜欢在剧组里工作，虽然看起来很乱，但其实每个人都有很明确的分工，前一秒可能吵吵闹闹，下一秒一打板，整个片场瞬间安静下来，然后演员开始进入状态，那一个瞬间，感觉特别奇妙。"

赵平津认真地听了，好一会儿才说话："改天我找人看看最近有没有什么戏合适你。"

西棠微笑了一下，也没说话，她肯定不是赵平津交往的第一个艺术院校的女孩儿了，她们需要什么他们都懂，巧儿就是这样走出来的。巧儿都拍了好几部电视剧了，最好的一次演过女三，认识的制片、导演多了，最近不少人找她，她记着西棠，每次戏里缺个什么角色，都想着拉西棠一把。

西棠问："你们公司几个人？"

"就你见过的，我跟老郭是本科同学，李明低我们一届，还有老郭的女朋友上半年辞了职过来帮忙，这两天小敏在外面替我看办公室。"

"干啥？"

"搬到写字楼吧。"

"沈敏是你亲弟弟？"

赵平津看着她怀疑的眼神："瞎想什么呢，他是我爷爷收养的孩子，他爸妈在他很小时就走了。"

那天午后，他们聊了好一会儿。午后两个人都困倦起来，赵平津把她抱在了怀里，然后两个人就接吻了。

那一天，该发生的都发生了。

西棠的初吻和第一次是同时发生的，赵平津把她抱到床上，亲她的耳垂和脖子，他的手指解开她身上裙子的纽扣时，她除了有一点点紧张，觉得一切都是水到渠成，就像春天的冰河要消融，溪水会潺潺流动，野樱在溪头绽放，一切都注定要发生，她喜欢他，她愿意给他。

"你在想什么呢？"

"我只是有点害怕。"

"别怕，我会对你好的。西棠，你跟了我吧。"

一个月后，西棠就在北京拥有了第一处房子，车库里停着一辆车，白色的跑车。

一切来得太快了。

她不是第一次听说这样的故事，可是当故事发生在自己身上时，还是暗自心惊。

大四开始后，西棠大部分的时间都在拍戏，她搬出学校在外面住，赵平津和她有时休息也会回嘉园的新家，但她陪他最多的地儿，还是京创在中关村的那个房子。房子是赵平津出国前买下的，沈敏毕业后在北京继续读研，赵平津就把房子留给了沈敏住。后来赵平津回国创业，找到了以前在清华一块儿踢球的郭天钧。郭天钧清华本科毕业后进了北京一所国企的财务部门，赵平津找到他时，他已经工作了三年，工资从六千块涨到了六千五百块。郭天钧知道他的职业前景，国企岗位稳固，升职机会小，他出身普通，老家在东北小城，父母都是普通工人，女朋友跟了他五年，仍然只能住出租屋。他们两个人这样工作，也许十年后能攒钱在通州买一套两居室，然后每天花两个小时搭地铁上下班。

郭天钧夜不成眠地考虑了三个晚上，毅然决定辞职出来创业；李明不用说，是赵平津的发小儿。京创早期的创始人就四个，最大的投资人是赵平津，李明管整体运营，赵平津做技术，沈敏做行政，还负责配合赵平津写程序，郭天钧管财务，后来接的项目多了，忙不过来，郭天钧的女朋友程融也辞职加入，负责人力和文秘工作，京创最初很多的项目和计划，都是在那个房子的客厅里想出来的。

那天午后，两个人从房间里出来已经是傍晚了，赵平津送西棠回学校的时候，赵平津把自己的钥匙给了她："明天拍完戏回来。"

西棠知道，赵平津这是拿她当自己人的意思了。

第二天，西棠下了戏回到京创时六点多，郭天钧进来推醒他："舟子，起来了。"

以前大家都常常睡公司，三室一厅的房子，客厅拿来办公，一个书房拿来存资料，沈敏的房间成了大通铺，赵平津的那个房间比较小，有时他累了，会在里面睡一会儿。

西棠就是从跟他们一块儿在京创工作后，发现赵平津肠胃不好，有时熬夜多了，夜里会胃疼也是这个原因，她想了很久，舍不得他无论多累，每天夜里都坚持要送她回学校，最终还是决定搬出来一起住。

西棠除了会煮面，其实也不太会做饭，因为她妈妈一直把她照顾得很好。大四那一年，为了照顾赵平津，她开始学怎么煲粥和熬汤，半夜煮出一大锅番茄鸡蛋方便面，几个男人们围在客厅的小茶几上，一片热气腾腾中谈笑不断。

大四第二个学期开学后，西棠进组开始拍《橘子少年》。电影开拍后，为了尽快入戏，西棠常常住在剧组跟合作演员磨戏，有时一个星期才回一次，每一次回到京创，赵平津坐在电脑前工作，看到她开门进来，就停住了手上的动作，眼巴巴地望着西棠，等着她走到他身边，爱怜地把他抱在怀里，伸手揉揉他的黑色短发。

李明坐在赵平津的对面："哎哟宝贝儿，你再不回来，有人要活不下去了。"

赵平津将脸贴在西棠怀里，说："滚。"

程融跟西棠说："你俩感情可真好，我就没见舟舟对谁脾气那么好过。"

有天早上，赵平津跟李明出去签一个重要合同，西棠刚好休息，过来京创这边泡了咖啡，跟程融聊会儿天。

西棠笑笑说："我们在一起没多久，你跟钧哥才好呢，这么多年了，感情稳定。"

程融捏着勺子："还不知道以后怎么样呢。"

每个人都有自己的心事，西棠也有她的困境，她跟赵平津，其实也并非那么完美无缺。

他们闹得最厉害的一次是去年冬天，那会儿刚谈恋爱没有多久，两个人正是欢喜得恨不能长在对方身上的时候，赵平津连在餐厅里吃饭都要在桌子底下握着她的手，菜上到一半的时候西棠看到他接电话，喊了一声："爷爷。"

赵平津看了她一眼，起身去一旁接电话，他常常避开她接电话，她知道，他随时随地都会尽量接的电话不是女孩子，是他家人，常常是长辈关心他。

他往外走的时候，西棠听到他说："跟朋友在一块儿吃饭呢。"

两分钟之后赵平津回来了，西棠低着头，默默不语。

赵平津没察觉她心情的变化，伸手挑了挑她的下巴："干吗呢？不吃饭。"

西棠抬头望了他一眼："谁是你朋友？"

赵平津回过神来，嘴角笑意仍然是淡淡的："我在你身旁，你还不是跟你妈说你跟同学一块儿？"

"我还没毕业呢。"

"黄西棠，这跟你毕没毕业关系不大吧？"

"赵平津，"西棠忽然倔强地望着他，拿出手机开始拨电话，"我现在就给我妈打电话。"

赵平津愣了一下，抬手按住她的手："别闹，能不能好好吃饭了？"

西棠生气地说："你在心虚什么？"

赵平津面色冷了下来："黄西棠，别恃宠而骄。"

西棠冷笑一声，扔下餐巾就往外跑了。

赵平津结了账追出去，冬天夜里的三里屯，街道两旁火树银花，霓虹灯闪烁，树下有穿着羽绒大衣、拎着酒瓶的年轻男女嬉笑经过，赵平津站在餐厅门口往两旁道路望去，已经看不到她的人影。

赵平津打她电话，没有接，他沿着餐厅周围的几条街走了一圈，也没找着人，开车回了嘉园的家，她没有回去。她已经不住学校宿舍了，她在北京无处可去。

他往西棠手机发了信息：我在家里楼下等你，等到你回来为止。

西棠站在灯火通明的太古里商场，看到了手机上的信息，她想起巧儿的忠告，她知道是她不懂事儿了，他一直让她陪在身边，他带她见朋友，见发小儿，消遣玩乐一样不少，她却根本不曾触及过他人生真正的亲密关系，他的家庭，他的父母，他拥有着远比她能想象的更深的背景。

她沿着工体北走了两个多小时，打了一辆车回家，凌晨两点多，赵平津还等在楼下。

见到她，他什么也没说，把她拥进了外套里，从兜里抽出手捂住她的耳朵："冻坏了吧？"

那是他们那段开始时轻松甜蜜，随着两个人越陷越深而危机四伏的感情关系中，第一次那么剧烈地闹别扭，只是迅速又和好了，西棠从此绝口不再提他身上的敏感话题，她那时候就是太爱他了，爱到只为了能和他在一起，什么都可以不计较。

他们在一起的第二年，赵平津过生日，西棠想送给他一样礼物。

他是冬天过生日。

她从春天就开始准备了。

西棠在毕业前找了摄影系的一个师弟，师弟带着摄影机跟着她陆陆续续拍了差不多一个星期。西棠自己做的后期，剪成了一个差不多五分钟的短片。

赵平津这么多年过生日，日程安排都差不多一样，如果人在北京，一般就是在生日前的那个周末，约发小儿和朋友聚一聚。他在北京多年，应酬和人情不少，生日也不能太随意。那时西棠跟他谈了一年多的恋爱了，他的那些发小儿和她都挺熟。那时赵平津宠她，人人高看她三分。赵平津包下了一间会所，西棠负责场地布置方案，整个场地用蓝色为主色调装饰，整体效果漂亮又大气，那天夜里自然是宾主尽欢，吃完了晚饭后，大家在里面都玩嗨了。

快十二点了，西棠出去确认蛋糕后，回来时对着欧阳青青眨眨眼，青青心领神会，走过去把牌桌上的赵平津拽了下来，让他站到了房间的中央。

沈敏熄灭了灯光，人群在黑暗中尖叫起来。

这时墙上一个巨大的屏幕亮了，音乐响了起来。

场中慢慢安静了下来。

李明站在屏幕旁的电脑前，拿着麦克风笑嘻嘻地说："舟子，十二点前，最后一份生日礼物，看好了啊。"

大屏幕上开始播放影片，春天的北京，绿树粉花如海，故宫的红墙旁绵绵柳絮飞扬，雾中的国贸海市蜃楼般的千顷广厦，屏幕上飞快地切换着一张一张不同的笑脸。

电影学院的练功房，舞蹈系的女孩子一个劈叉，清冷的酷酷的脸；清华的草坪上，一个戴着眼镜的年轻男孩略有些腼腆；清晨的元大都公园里，一个练太极剑的阿姨满脸慈祥；午后的胡同里，一个举着糖葫芦奔跑的快乐孩子。

"赵先生，生日快乐。"

"师兄，生日快乐。"

"小赵同志，生日快乐啊。"

屏幕上的脸慢慢地变成了赵平津熟悉的人，高积毅、方朗侉、陆晓江、沈敏……在这个影片的最后，是黄西棠在片场，拍摄的间隙化妆师来补妆，她侧过脸对着摄影机，调皮地笑着眨了眨眼："生日快乐。"

镜头往上移，定格在灿烂阳光里漫天的绿树上，然后慢慢地推远，变成了模糊的远景，再然后屏幕慢慢地变黑了，场内的彩带飘落下来，朋友们开始吹口哨，夹杂着尖叫和掌声，点着烛光的蛋糕被推进来了，还有不绝于耳的艳羡的赞叹声。

"舟舟，打哪儿找到这么可爱的女朋友？"

"舟子，太羡慕了。"

赵平津满心感动，捧着西棠的脸用力地亲。

周围太吵了，赵平津说什么，西棠完全听不见，只好踮起脚大声地在他耳边吼："这待遇仅此一次啊，以后没了，每年拿出来放一遍就成。"

那天晚上回到家是夜里三点多，西棠为了给他准备生日宴会，累得一回到家就直接趴下了。

赵平津喝了点酒，反而没有睡意，他打开了黄西棠带回来的电脑，看到文件夹还打开着，上面存着有差不多三个 G 的素材。赵平津看了一下，她剪了好几个版本，他逐一打开来看了，有几个是粗剪版，到最后一个时，他发现这个视频比在生日会上播出的那一版多出了二十五秒。

他又看了一遍，最后黄西棠的镜头结束，屏幕黑了，他没有关掉，然后镜头又亮了起来。

赵平津重新看到了北京春天的空景长镜头。

西棠手写了一段诗，然后把它合成到了影片上，背景里那几行字一段一段地浮现出来。

> 我甚至相信你拥有整个宇宙。
> 我要从山上带给你快乐的花朵，带给你钟形花、
> 黑榛实，以及一篮篮野生的吻。
> 我要
> 像春天对待樱桃树般地对待你。⑬

赵平津在沙发上愣愣地坐了几秒，走进房间，趴在床上，深深地亲吻她。

---

⑬ [智利] 巴勃罗·聂鲁达，《二十首情诗和一首绝望的歌》。

番外二
He is a friend of mine

赵平津悄悄地走到后院的露台上，看着隔岸河里树影上的月光，她是他一生的美梦，如今终于变成了他枕边的月色。

他在这月色里仰了仰头，忍住了眼角的泪。

三十二岁那年的十一月底，西棠从台湾回来。

接机的记者和粉丝将大厅挤满了，西棠身上穿了一件焦糖色大衣，穿着球鞋、戴着墨镜走了出来，人群顿时骚动尖叫起来。花束不断地从人群里传过来，西棠接了两捧，余下的助理抱着，记者围着说想看奖杯。

西棠看到记者只是轻轻地挥手打招呼，闻言微笑着说放在行李箱里了。

经纪人护着她往前走，连摄影记者都跟着粉丝一起喊："影后好美，恭喜。"

一路走到了停车场，助理拉开车门，西棠看到后座上放着一大捧鲜艳的石榴花。

今早从南方的温室里摘下来的，放在航空公司的冷藏箱里送到上海的一捧花。

车子回到了西棠在杨浦区的家，阿宽把那一束花捧起来，带进了屋子。

晚上小地主在自己家的餐厅给西棠庆功，路凯传媒的管理层基本都到了，还有西棠身边的全部工作人员，加上几个相熟的艺人朋友，整个宴会大厅今晚只招待他们公司的客人，所有人都无拘无束，格外热闹和温馨。

今晚是小地主亲自下的厨，即使现在餐饮管理的事情多了，小地主还是爱做菜。老板难得亲自下厨，今天餐厅里的行政主厨都没舍得下班，特地留下来尝了几口。饭桌上热热闹闹的，倪凯伦比西棠还开心，聊着聊着回忆起了往事："我第一次去台湾，是一九九九年，跟着师泽明导演去的，位子在三十五排，谁也不认识，半途看到张曼玉，激动了一个晚上。"

西棠笑着说："凯伦，喝多了啊，暴露年龄了。"

那一天晚上，西棠回到家，在妈妈的房间里坐了一会儿，这个房间已经被收拾过了，现在空着，放一些西棠平时闲置的礼服、奖

241

杯之类的东西。西棠留了一件妈妈的毛衣在柜子里，她坐在衣帽间的沙发上，把那件毛衣拿出来，轻轻地贴在了脸上。

西棠坐了会儿，凌晨快一点，阿宽过来催她睡觉了。

第二天她得回横店拍戏。

回到横店的那天下了雪。

冬天是拍古装戏的最佳时节，天然的雪景戏更是难得，导演直接把全剧组拉到了外景，穿着棉袄的小宫女坐在矮凳上候场，鼻子嘴巴直呵出雾气。外景的场地只搭了几顶帐篷屋子，屋里屋外一样冷，阿宽给她贴了一身的暖宝宝。

六点多收了工，天色已经黑了。

回到镇上吃了晚饭，司机送她和阿宽回去休息，她仍在原来的房子住，只是把那一层三间房子都租了下来，附带一个厨房。

西棠挽着阿宽的手走上楼梯，在楼梯的拐角处两人一抬头，一个黑的人影坐在她的屋子前。西棠一紧张，捏住了阿宽的手，阿宽顿时吓得尖叫起来。

黄哥立刻从楼下冲了上来，挡在两个女孩子的身前，他往上看了一眼，忽然站定了。

"赵先生。"他恭敬地唤了一声。

赵平津站了起来，身形高瘦的男人，穿一袭黑色大衣，对面居民楼明明灭灭的光线照在墙上。黑暗中，他露出了英俊苍白的一侧脸庞。

西棠走过去，按亮了走廊上的灯。

阿宽拍了拍胸口，将钥匙、包和手上的东西一股脑儿塞给了她，然后和黄哥两人转身下楼了。

西棠从包里掏钥匙，转头看了他一眼："干吗坐我家门前？地上多脏。"

赵平津没好气地说："你以为我想坐地上？谁让你这么晚才回来。"

西棠说："你干吗不在车里等？这么冷的天儿。"

赵平津接过她手上拎着的大包："我好不容易来一趟，黄西棠你就不能给我回好脸儿？"

西棠拉开门，赵平津跟着她走进去。西棠站在狭窄的玄关，仰起头看着他的脸。

赵平津的眼里有幽深炽热的火光："为什么没有和蜀安结婚？"

"因为对他不公平。"

"为什么对他不公平？"

黄西棠抬起头要说话，赵平津却伸手一把将她推到了玄关的墙上，低下头吻住了她的唇。西棠扭着上身挣扎了一下，赵平津伸手就捏住了她的脖子，他的动作粗暴而激烈，手掌很凉，她冷得一个激灵，张开嘴巴咬了下去。

两个人交缠着的舌头间蔓延出血腥的气味。赵平津紧紧地压着她的身体不肯放开，她伸脚踢他的腿，他一把揽住她的腰，将她提了起来。

两个人吻得难解难分，赵平津抱着她滚进了客厅的沙发里，她摸索着去找空调遥控器："你在外面等了多久？身上太冷了。"

赵平津专心地啃着她的肩膀："一会儿就暖了。"

他身体里涌起一股燥热，咽了咽口水，把她整个抱了起来，一转身压在了沙发上。

西棠尖叫一声："赵平津，你浑蛋！"

赵平津伸手恶狠狠地一掌拍向她的屁股，他可真没手下留情，她只听到"啪"的清脆一声，半边腿瞬间都麻了。赵平津咬着牙："你多威风啊，在国盛胡同里天天气我，爷早就想收拾你了！"

黑暗中的屋子慢慢变得暖和起来，茶几旁的地毯上扔了两件白色的衬衣，凌乱地叠在了一起。

北京除夕的夜里。

他父亲难得今年回家过年，电视上放着热热闹闹的春节联欢晚会，一锅热腾腾的饺子出锅，赵平津在家里吃了半碗，十点多时，他起身穿大衣。

周女士和保姆一起正伺候着老太太吃饭，抬头看了看儿子："你大年夜的往外跑，上哪儿去？"

赵平津看了看他妈："我上哪儿，您不是比我还清楚？"

周女士搁下筷子："你就不能明儿再过去？"

赵平津穿好了衣服，走过来亲了亲他奶奶："不能，她自己一个人在北京。"

周女士站起来："她不是有家吗，景家不接她回去过年？"

赵平津拿起车钥匙："那就是一亲戚，什么家，她只有我。"

周女士不乐意了："我们家也就一个孩子，你就让几个老人在家过年？"

赵平津冲他妈笑笑："您不有我爸吗？"

赵平津的父亲这时从屋子里走了出来，站在客厅里背着手对儿子说："去吧，明年把人领回家来过年。"

周女士回头瞪了丈夫一眼。

赵铸国同志只乐呵呵地看着周女士。

"你等会儿，阿姨，"周女士回厨房喊人，"你把饺子打包两盒让舟儿带着出去。"

赵平津走到四合院门前启动车子，他生病出国休养这一两年，他母亲突然就老了，家里的事也不像过去管得那么紧了。之前周女士有一年多时间基本在洛杉矶陪着他，等到他回北京来了，他妈大部分时间仍然在国外。他年过花甲的父亲有心修复夫妻关系，赵平津明白他妈，她心里始终是爱他父亲的。

赵平津把车开出了国盛胡同，车子转进建外大街的时候，天上下起了细细的雪。

他跟西棠在一起，住的是柏悦府的房子，周女士从不过问。平时西棠回北京，也从不往国盛胡同这边走动。

只是平日里赵家保姆阿姨做的点心，司机隔三岔五地往柏悦府送，好几回赵平津回家来，家里新鲜水果还有各种补品保姆都打包好了，让赵平津带过去，前几天就包了一包冬笋，还带皮的笋冒着嫩芽尖儿。冬笋性寒，赵平津吃不了这个，笑着说："哟，给谁的呀这是？"

保姆阿姨跟在他身后叮嘱："这不给你吃，留给你姑娘的，你妈妈特地留的。"

他们重新在一起的那会儿，赵平津身体不好，西棠推了差不多有三个月的工作来北京照顾他。等到他身体养得差不多了,两个人在北京过了一个年,西棠要回去拍戏了。

五月。

北京今年入夏迟,五月了还挺凉爽,老太太这会儿午睡醒了,看护把她扶到了轮椅上,周女士走进来:"妈。"

老太太口齿忽然清楚起来:"铸军媳妇儿,你在家啊。"

周女士坐在一旁:"妈,我是铸国媳妇儿。"

老太太说:"是老二媳妇儿啊。"

老太太拉住了她的手:"老二媳妇儿,你有娃娃了。"

周女士笑了:"舟儿今儿没在家。"

老太太似乎没听见,絮絮叨叨地说话:"我昨儿夜里就做梦啊,我早上在渡江码头口挑水,我就瞧见一白白胖胖的娃儿在小船儿里,周围全是大雾,一个人也没有,我就赶紧抱起来。我就知道,这就是我儿媳妇在北京生的娃娃了。"

每回说起这段往事,周女士都挺高兴的:"妈,多亏您这梦,舟子就是那会儿怀上的。"

老太太语气坚定:"我就是昨儿夜里梦见了,老二媳妇儿,你别担心,那就是你娃娃来了。"

周女士心想,老太太可真是糊涂了。

周女士走到房间门口,脑中灵光乍闪,心头一颤,赶紧打电话给赵平津:"你媳妇儿呢?"

赵平津在那头装傻:"哟,您儿子婚都离多久了,孤家寡人的,哪来的媳妇儿?"

周女士口气紧急:"别跟我装,我说黄西棠。"

赵平津警惕起来,语气变了:"您找她有事儿?"

"我问你她在哪儿!"

"在工作,怎么了?"

"我告诉你,你奶又做那梦了,就我怀你那梦,梦到你在小舟上顺着江水漂下来。你赶紧问问,她是不是怀孕了?"

赵平津顿时愣住了。

他大伯母怀上他大姐赵品冬时,他大伯母一点没发现,他奶奶就梦见了。他父母结婚时,那会儿周女士在北京工作,他父亲在基层工作,一放探亲假,周女士就去看他父亲,可夫妻俩结婚四五年了,周女士一直怀不上,突然有一天接到老太太电话,周女士立刻去了医院,果真是有了。老太太梦来的儿孙,一梦一个准。

赵平津说:"我给她打个电话。"

赵平津傍晚时回了国盛胡同。

保姆阿姨守在大厅的门前,瞧见他回来了,赶紧向屋里报告:"夫人,舟哥儿回来了。"

周女士走出来。

赵平津跟他妈说:"她下午排到晚上的戏,没有空去医院,已经让助理买了验孕棒,明天早上起来验一下。"

周女士抖了一下:"要验,那就是……多久没来了?"

"有两个月。"

周女士高兴得直哆嗦:"那就是了。"

"妈,她那事儿一向不准,别瞎高兴。"

赵平津不乐观,也不敢盲目乐观,她的身体很难怀孕。

他们重新在一起半年了,从来不避孕,但一直没怀上孩子,所以她不愿意和他结婚。

第二天一早,赵平津起来了。

周女士和保姆阿姨更早,守在一楼的楼梯口。

赵平津一边往下走一边扣衬衣的袖口,吓得脸色有点发白:"我现在去上海。"

保姆阿姨一下就哭了:"天大的喜事儿。"

周女士比昨天镇定多了:"我让姥姥那边安排个人去,起居饮食先照顾着，你俩去医院，你让司机开车当心点儿。"

西棠怀孕了，住在上海。

她在杨浦区住的公寓记者是知道的，为了避开媒体，她搬到了赵平津桃江路的那幢房子里。

赵平津在上海的房子不常住人，平日里只留了一个园丁、一个阿姨，他外婆那边特地安排了周家的一个伺候了多年的阿姨来照顾西棠的饮食。

这位阿姨是周女士的远房表姐，是周家老太太的心腹，做的饭很讲究，荤素搭配，营养精细，还讲究少食多餐，要求西棠一天得吃五顿饭，可西棠孕早期胃口不好，每次到了饭点，被阿姨催促着坐在餐桌旁，她都吃不下。

那个星期赵平津工作忙，正好回了北京，西棠自己一个人在上海，每次吃不下，都要被阿姨念叨，西棠只好拼命把饭往嘴里塞。

那一天上午，西棠忽然就哭了。

赵平津那天回家了，听见哭声后赶紧从书房里出来，起身把东西端了出去："她不想吃，你不要逼她。"

阿姨在周家做了多年，赵平津小时候会在上海度暑假，也算是她看着长大的，加上这回她可是老太太正儿八经请来的，这一点身份地位的气势可丢不了："伊为啥哭？我又么欺负伊啰。哪有这么娇气，有孩子了，发发脾气嘛，正常的呀，但是伐好作天作地，伊伐吃不要紧，肚皮里的小宝宝要吃的呀……"

赵平津开始还忍着，最后终于发火了："侬再啰里吧唆一句，侬就回我外婆家去！"

他走回客厅来，西棠愣愣地。

赵平津摸摸她的头。

西棠终于回过神来，破涕而笑："我认识你十年，第一次知道你会说上海话。"

赵平津立刻改口说普通话："干吗？"

西棠脸颊上挂着泪，却忽然乐得不行："你说上海话特别搞笑，你再说一下给我听听。"

赵平津马上拒绝:"不要。"

西棠跳到椅子上揪他头发:"你说不说?!"

赵平津赶紧扶住她:"你给我好好坐着!"

西棠一边笑一边闹他:"你再说一下,给我听一下嘛,两句就好。"

赵平津将她抱下来:"好了,赶紧下来。"

西棠还在笑。

赵平津板起脸来了:"好赖话不听了是吧,黄西棠!"

西棠赶紧抿住嘴巴,双手合十拜托他:"你说两句给我听,我保证好好吃饭。"

中午西棠准时准点地坐在餐桌旁,眼巴巴地、充满期待地等着赵平津过来,后来那一个中午,一楼的饭厅充满了黄西棠"哈哈哈哈哈哈哈哈"的笑声,赵平津干脆豁出去了:"好好吃饭!饭勿好好吃就晓得笑!侬再笑,今朝夜里厢请侬切生活!侬脑子坏脱啦,哪能有侬这种阿缺西?"

西棠笑得差点没从椅子上滚下来。

阿姨在外面直摇头:"舟儿这女朋友,怀孕成个傻瓜了。"

舞台剧《这个世界的最后一夜》在那一年的秋天启动了第二轮的巡演,开新闻发布会的那一天,剧组的官方社交账号自然要发例行的宣传,但那一天晚上八点多,发完了宣发新闻稿后一个多小时,官方社交账号还发了一个短视频。

舞台剧就不是受众很多的艺术形式,官方账号粉丝寥寥几万人,平日里的热度一般,那条消息在网络上却迅速地引起了各大娱乐账号的关注和转发,没到一个小时,转发和评论就过了十万,大家感兴趣的原因就是那一段视频中,出现了消失在媒体视线中两个多月的黄西棠。

西棠怀孕的前两个月看不太出来,她那会儿还在拍戏。她是意外怀孕的,签的戏约、工作的时间没法改变,虽然她有一些疲劳,但还是坚持拍完了。到第三个月,西棠还在上海出席了一个时尚品牌活动,但这是她最后一次出现在公开场合，原来定下的电影和综艺节目也取消了。

当时有人就说她怀孕了。

一线女明星未婚先孕，新闻说大不大，说小不小，粉丝和记者都十分好奇，但经纪公司和艺人一直都没有回应。

大家都没想到她会以这样的形式公布。

那是一段西棠在舞台剧排练房的视频，林永钊导演在导演休息室里跟她聊天："西棠，怀宝宝了啊？"

镜头一开始是背对着西棠拍摄的，只看到她穿着稍显宽松的裙子，手臂、小腿依旧十分纤细。林永钊是西棠第一部电影的导演，后来因为一些原因离开了电影圈，转行做舞台剧，同样取得了巨大成功。当年黄西棠因为伤人事件陷入了事业的低谷，是他第一个找西棠演的舞台剧。这么多年来，西棠一直十分尊敬他，两人情同父女。西棠挺开心地答道："是啊。"

林永钊说："朋友们都很好奇孩子的爸爸是谁呀。"

周围的小演员在一边捂着嘴偷笑。

镜头这时拍到了黄西棠的侧脸，只看到她笑嘻嘻地说："他是我的一个朋友。"

西棠跟赵平津一起外出时，被拍过几次，最出圈的一次就是在小地主在上海的餐厅，邻桌的客人偷拍到了跟黄西棠单独用餐的男士，姿态倒没有十分亲密，但两人非常熟悉放松，看得出是相处多年的朋友，其中有一张侧脸的特写，拉近景的手机照片模糊得一塌糊涂，却仍看得出是一个相当英俊清朗的男人。

那张照片发给了圈内一个知名的狗仔团队，饭还没吃完，记者就到了，幸好餐厅的服务员机灵，立刻通知了老板，西棠独自出来应付媒体，却只笑笑说："他是我的一个朋友。"

第二天，那条新闻就消失了。

林永钊指指她的肚子："那这个，你那个朋友知道吗？"

西棠佯装擦汗，猛地点头："知道知道，这是我们共同决定的。"

林永钊语气温厚："我的小莉亚要生宝宝去了，来，你带带B角。"

西棠饰演的是莉亚的A角，之前有一个二线演员一直跟着剧组排练，这会儿这个年轻演员进来对着西棠鞠躬："老师。"

女儿雨点儿出生是在三月份。

赵平津从首都国际机场出发，去陪伴即将生产的西棠。晚上八点多从贵宾候机厅登机时，他看了一眼机场巨大的玻璃窗外。那一天的傍晚，干燥的北京下了一场小雨，宽阔的机场极目望去，都是一片湿漉漉的地面，飞机在跑道上开始缓慢滑行，地上两旁的一排灯光闪烁。赵平津坐在座椅上，看到了舷窗外一滴一滴落下的圆圆的雨点，那时他就知道，他会迎来一个非常可爱的女儿。

黄西棠给她取名叫赵知时，好雨知时节，而且谐音听起来应该挺爱学习的，可惜这个丫头片子完美地错过了文化课成绩十分优异的母亲和读清华国家重点工科的父亲的基因，从小到大都是个学渣。

雨点儿从幼儿园大班升小学的时候，西棠抱着小儿子坐在地板上，望着女儿的测试卷子，抬头看了一眼赵平津："怎么办？"

雨点儿正骑在赵平津的肩膀上，赵平津抓紧了她的两条小胖腿，正架着她在屋子里飞奔。小丫头高兴得咯咯直笑，赵平津没当回事儿："咱们孩子不用太优秀。"

儿子桥桥抓住那张卷子往嘴里塞。

西棠把试卷拉了出来，望着儿子："桥桥，一加三等于几？"

一岁半的儿子桥桥刚开始学说话，无奈地吐了一个口水泡泡，一头撞进西棠的怀里。

西棠哎哟一声："小牛，把妈妈撞坏了撞坏了。"

赵平津立刻伸手把儿子提了出来，一把搂住了媳妇儿："你妈是我的宝贝儿，你想干啥？"

西棠说："别吓唬他。"

赵桥桥小朋友可一点儿也不怕，他坐在地板上安静地吸手指，乌黑眼珠滴溜溜地转着，望着他的父亲。

赵桥桥是四年后在北京出生的，出生时没他姐那么好的待遇。雨点儿出生时是顺产，放在西棠的身边一起被推出来的，赵平津亲完媳妇儿转头亲女儿，眼眶红了，心里却高兴得不行。赵桥桥被护士抱出来时，周女士和西棠的继母围过去看，两人互相"姥姥抱""奶奶抱"地谦让了一个回合，最后周女士伸手接过了孙子，而赵平津抱都没抱他，因为当时西棠还在手术室里面缝肚皮。

麻醉过去后，西棠疼得一直流眼泪，赵平津只能握着她的手。她也不敢哭出声，长辈说月子里流泪，眼会落下病根。

喝饱了奶的宝宝躺在一旁睡着了，嘴角还挂着一丝甜甜的笑。

赵平津看了就来气，伸手戳他的脸蛋儿："臭小子你还敢笑，你让我媳妇儿遭多大罪你知道吗？"

赵桥桥小朋友嗷的一声哭起来。

周女士闻声进来了。

"哎，你别招他。

"你这当爸爸的怎么回事儿？"

桥儿出生之后，因为曾有新生儿呼吸问题，赵平津陪着西棠和孩子在京郊的房子里住了三个多月。

他工作完了就从城里回家来。

房间里夜灯亮着，西棠正起来喂奶。

赵平津走到隔壁亲了亲熟睡的女儿的脸蛋，然后走进了卧房，西棠看到他进来，顶着一张充满困意的脸对着他噘噘嘴。赵平津过去坐到她身边，把她抱在了怀里，她的上衣被拉了起来，洁白的胸脯正紧贴着一个痴恋母亲的幼儿，他不正经地伸手要摸，吸着奶的小儿子突然伸出脚丫子，一脚踢中了自己的父亲。赵平津气得顿时要上手收拾人，西棠一把拍掉他的手，抬头瞪了他一眼。

赵平津立刻停止动作，赶紧拉起她的手，安抚地亲了亲手背。

等到西棠安顿好了孩子，赵平津下楼去厨房冲洗奶瓶，看到半夜的花园里流淌着影影绰绰的光，那是升起的月亮正照在树木上。他回到房间里时，西棠已经睡着了。

赵平津悄悄地走到后院的露台上,看着隔岸河里树影上的月光,她是他一生的美梦,如今终于变成了他枕边的月色。

他在这月色里仰了仰头,忍住了眼角的泪。

番外三
爱与孤独并不矛盾

很多年间她一直认为,自己是这个北方城市永远的异乡人。却不知道为什么,忽然觉得今晚看到的月色,和故乡一样。

1

"姐,还往下走吗?"阿宽眼睛望着前面的道路,侧了侧头朝着后面问了一句。

西棠在车上睡了一觉,刚刚醒来有点迷糊,于是问旁边的李颖:"李老师,到了吗?"

李颖正看着手机里的地图:"经过批发市场,快到了。"

西棠坐了起来,拨了拨头发,拿掉了脖子上的颈枕,她昨晚刚从开罗回来,一周前总局组织了一个中国电影考察团去埃及,公司参与投资的一部片子被选上了,发行人和制片人得出面陪同,西棠平时基本不管理公司日常事务,这种商业性质的考察,一般是倪凯伦去得多,西棠也就是听说了有这么一事儿,没放在心上。

但没想到临出发前,赵平津接到了胡少磊打来的电话。

去年年初,老厂长提前一年退休,接任集团的是胡少磊的父亲,这一次出发考察,带队的就是出身中影的何军,参与人员大都是中影嫡系,西棠的片子,有好几部都在欧洲展映过,胡少磊亲自来请,希望西棠能去一趟。

赵平津和西棠商量,这事儿两人都明白,这小胡代表的是老胡的意思。

她事业上的事情,赵平津一向尽量听她自己的意见,眼见西棠有些犹豫,赵平津说不行就推了。

但西棠还是去了。

昨儿夜里回的北京,赵平津亲自去机场接的人,两个人搬回北京住之后,她进出机场的时候多,他基本很少亲自接送,难得来了回,西棠这几天陪同的都是衣食父母的大爷,一路微笑得脸都酸了,从关口出来看到人,赵平津把她抱进怀里,西棠的脸贴在他的胸口上就不再肯挪窝,被赵平津抱着一路回了家。

今天她休息,中午醒来后,阿宽来接了她,两个人先去了趟儿童救助基金会,然后就转道向东,向四环外开去。

西棠抬头看了看车外，入秋之后北京大风的天气渐渐多了起来，呼啸着的狂风把天空上堆积着的霾黄色的云吹散了，露出了碧蓝如洗的晴空，车窗外的景色却有些杂乱，斑驳的电线将远处的天际切割成了碎片，地上是被大货车碾坏了的水泥路，车子在坑坑洼洼的路上颠簸，这里是永顺镇八里桥的一处棚户区，离北京市区二十公里，开车走京通快速路，不到一个小时。十月开始，政府对这里开展了棚改，一些商户开始疏散，钢筋裸露，篷布掉落，碎石瓦砾堆在地上。

车子又开了半晌儿，停在了一个小胡同口，里面是杂七杂八地搭起来的违建房子，屋顶是木头、瓦片，小窗户一根杆子朝外伸，晾着裤衩和被单，街面上丢弃着破烂的家具，污水和垃圾，北风一吹，煤灰呛人。

车开不进去了。

阿宽下了车，拉开了后座的车门："你这样下来真的没问题吗？"

阿宽是西棠跟倪凯伦一手带出来的，在娱乐圈也工作了好些年了，这几年公司艺人的大小事情，她比倪凯伦还上手一些，她做西棠的执行经纪人，比她谨慎得多。

西棠戴着眼镜、帽子跳下了车，从车子的尾厢扯出了件平时在片场穿的长款黑色羽绒服，那衣服有些旧了，她拍了拍穿在身上，双手抄进袖中，缩了缩肩膀，瞬间就完全改变了平时出众亮眼的体态外貌，整个人看起来竟然没有多大违和地融入了周围的环境。

她摇摇头："没事，咱们进去吧。"

田小欣在学校里写的联系地址是在这条巷子的 225 号。

三个人一前一后，穿过狭窄的巷子，都没有说话。

方才找路耽搁了会儿工夫，天色渐渐黑了，有居民在房子门前搭了个卫星锅盖，屋子传出孩子的吵闹声和电视的声响。

小欣是她资助的第一个孩子。

西棠第一次真正接触到这样的女童，是当时她身上背负着的那件事情曝光后，她来公益学校做活动，当时就想资助一个孩子读书，跟机构的老师们提起来，老师们给她推荐了小欣。

女孩儿，十一岁，外地务工人员子女，在永顺镇的打工子弟小学读五年级，父亲长期家暴，母亲在生下第二个女孩时，还在坐月子就被毒打，不堪忍受的女人在一个夜晚悄悄收拾了一个包袱逃离了这个原本就不堪一击的家庭，剩下她跟妹妹和父亲一起生活。

西棠在教室第一次见到她，孩子身上穿着有些旧的校服，衣服有些短了，但洗得很干净，个子很高，扎着马尾，跟公益学校的几个孩子在教室后的黑板上出板报，三四个学生踩在凳子上，拿着彩色的粉笔往黑板上涂颜色。

西棠记得当时她的脸上有笑容。

谁能想象这个脸上带着笑容的女孩子背后的遭遇。

母亲离家出走之后，小欣曾长期遭受亲生父亲的骚扰，她常常不敢回家，在镇子和学校里四处游荡，天黑了就趴在家里屋后的窗户边上，等父亲喝醉睡着了才敢偷偷进去，直到一个老师替她联系了救助机构，西棠资助了她几年，资助人都是匿名的，但西棠每年都能收到她的成绩单和信。

阿宽那天跟她说，初二的小欣已经一个星期不来上课了，她是住校生，平时几乎只有趁父亲不在家的白天偷偷回去看看妹妹，学校的老师都知道她家里情况，由于她是接受资助的学生，老师通知了救助机构的老师。

西棠从公益学校的老师那里拿到了她家的地址。

阿宽开车，在出校门时，李颖从后面追了上来，李颖是这个机构对外联络的负责人，从事公益事业已经超过二十年，西棠就是联系她拿到的地址。

李颖刚刚在办公室里告诉她，志愿者已经去过孩子家了，据孩子父亲反映她已经外出打工，鉴于孩子家庭情况比较复杂，并不建议西棠再去。

阿宽停了车。

"我跟你们一起去吧。"李颖在车窗外招招手。

西棠赶紧给她推开了车门。

李颖笑笑说："你们没有这方面工作经验，这样贸然去不安全。"

这会儿她们站在一户房子的门前，低矮的房门，里面有昏暗的灯光。

阿宽上前敲了敲门。

一个高大粗壮的中年男人来应门，面色泛红，眼神浑浊："你们找谁？"

李颖走到前面，熟练地自我介绍："我们是学校老师，是田小欣家吗，孩子一个星期没来上课了。"

"她不上学了。"

男人要关门。

李颖一把按住了门框："孩子成绩不错，退学挺可惜的，是不是家里有什么困难？"

"读不下去了，你们走吧。"男人开始怀疑起来。

"您是家长吗？"李颖踮起脚朝着屋里望去，故意地提高了声音，"田小欣，在家吗？我是学校的李老师——"

"李老师！"屋子里果然传来了孩子的呼叫，伴随着激烈的拍门声。

李颖客气地说："您是孩子家长吗，能不能让我们和孩子聊聊，孩子上学是免费的，食宿费都有资助。"

男人一脚踢开了李颖扶着的那扇门，不耐烦地朝外挥手赶人："娃儿天天在学校，什么活也不帮家里干，养娃娃有什么用！现在你们说什么都没用了，赶紧走吧。"

屋子里哗啦作响，门闩被猛烈地摇开了，小欣从屋子里跑了出来，西棠见到她时吓了一跳，小欣长得高大，头发散乱，脸庞浮肿，乍一眼看过去几乎以为是成年女人，只是孩子一开口嗓音仍然稚嫩："李老师，你跟我爸爸说，我想回学校，我想读书！"

男人瞬间暴怒起来，上前胳膊一挥就把小欣掀翻在地，然后架着她往屋里拖，她开始大声地哭叫，男人一巴掌扇在她的头上，她一边哭闹一边挣扎，但动作有些迟钝。

有邻居探头出来看了，对门的灯光映照在小路上，黑暗中门口有几个男人围了上来。

"嗨，都那样了上啥学！"

"这都几天了，昨天刚好了，又开始号丧起来。"

"走走走！"

男人开始动手了。

阿宽拽着西棠往外走，西棠一边走一边低声地问李颖："我们能不能报警？"

李颖摇了摇头："先回去吧，我们得保证您的安全。"

2

三个人上了车，阿宽迅速地启动了车子。

回去的路上，天已经完全黑了，高速路外鬼影幢幢，车内一路都很安静。

西棠读过田小欣写给她的信。

小姑娘的字写得很工整，跟她汇报一些学校的学习和生活上的趣事，说长大后想打排球，她挺高的个儿，很喜欢打排球，最喜欢看中国女排的比赛，阿宽有时候会跟李颖联系一下，李老师说她的文化成绩不算突出，但身体条件很不错，读体校是个很好的出路。

"李老师，"车子经过了大黄庄桥，渐渐地驶进了市区，西棠望着黑夜里逐渐闪烁起来的高楼灯光，她知道她们已经穿过了另外一个北京，又回到她熟悉的文明世界，只是她仍然不想放弃，"咱们能不能把她接出来，我负责提供她的学费和生活费，让她读到能自食其力？"

"她没有成年，父亲是监护人，我们做不了这个决定。"李颖并不同意。

西棠胸膛剧烈起伏，她很愤怒，无能为力的愤怒。

"有些女孩会从家里逃走，给我发短信，但也不敢再回来，我只能帮助联系外地的爱心机构，但大部分，后来都再也联系不上了，我们进行过一些追踪调查，这些社会底层的女孩子，即使脱离了原生家庭，后来的生活也多数过得比较艰难。"

西棠眼底有点发红："李老师，你知道吗，我女儿今年三岁，全家人娇惯得不行，孩子本来应该是多么珍贵啊，但这些孩子这样被父母生下来，没有一点选择的权利就要被迫接受这样的世界，真的太不公平了。"

"我们做了这么多年，一开始，我也跟你一样，"李颖说，"觉得特别无能为力，但也会有一部分孩子能通过救助和努力，过上正常的生活。"

李颖的声音很柔和，但是很坚定："不要灰心，我们的工作还是要坚持做。"

西棠沉默着，轻轻地点了点头。

夜晚八点多。

小区里树影憧憧，墨黑的夜色里只有路灯晕黄的微光，绿化带旁的宽阔草坪上，平日里遛狗的大人、奔跑的小孩儿都不见了，十月下旬的天儿，北京可真正开始冷起来了，赵平津驾车穿过秋日里枝丫稀疏的林荫道，驶进自家的车库，从负一层的车库上去，看到西棠的车钥匙搁在一楼客厅的玄关上，赵平津一边脱大衣，一边朝着屋子里喊了一声："媳妇儿！

"哎！"西棠在客厅里应了一声，往玄关跑下来。

眼看着一个穿着粉色毛衣扎着乱糟糟头发的纤细人影笑嘻嘻地向他扑过来，赵平津将手里的大衣往玄关柜子上随手一扔，伸手稳稳地将她抱进了怀里。

每日下班时身上压着的沉沉疲惫顿时轻了许多。

赵平津低下头亲了亲她："真香，五香酱，趁我没回来偷吃肘花了吧。"

西棠伸手打了下他的手臂："狗鼻子。"

赵平津挡了一下："哎哎，别骂人，我姑娘呢？"

"你跟你姑娘过去吧。"西棠一脚把他拖鞋踢飞了。

"我错了，错了，大错特错。"赵平津赶紧伸手，把人一把捞回了怀里。

西棠动手给他解开领带，今天赵平津穿得比平时上班要正式一些，白色衬衣，提花暗斜条纹丝质领带，马夹配同色毛呢料的深灰西装。十月份北京的各个单位都忙，加上中原总部最近在做一个政府的外事援助项目，赵平津隔几天就要去商务部开会，工作日西棠带着孩子陪他住城里，今天周五，早上西棠带着保姆和孩子回了海淀北的房子，晚上赵平津下了班推了应酬，回来过周末。

雨点儿坐在沙发前的地毯上，穿着红色的小袜子，小脸蛋仰起来，活脱脱一个小迷人精，她甜甜地唤了一声："爸爸！"

赵平津洗了手出来，松开了衬衣的袖口一把将她抱了起来，亲个没完。

一家三口吃了晚饭，赵平津进了二楼的书房，西棠陪着女儿读了一会儿绘本，小姑娘热情地提出要买一只鳄鱼在家里养，被母亲无情拒绝后终于结束了亲子阅读时光，西棠允许她玩一会儿自己的玩具，然后就要洗澡睡觉了。

雨点儿高高兴兴地奔着玩具房去了。

女儿专心地在玩具房搭积木，西棠的电话在外面响了，她看了一下是倪凯伦的，拿着电话走到了外面客厅，让保姆过来陪着她。

家里带雨点儿的阿姨是赵家老保姆训练出来的，雨点儿出生之后好长一段时间，西棠完全不会照顾孩子，家里专门照顾孩子的保姆试了好几个，一直没找着合适的，国盛胡同那边不放心，老保姆亲自过来伺候了一阵子，她是早该退休的年龄了，照顾孩子日夜颠倒的，这岁数的人哪儿受得了，赵平津就一直担心她年纪大了身体吃不消，幸好后来找到了现在的阿姨，照顾孩子、做辅食都特别专业，老保姆看了一阵子也觉得不错，放心下来交给了她。

她带雨点儿两年多了，跟西棠一家关系都挺亲的。

西棠接了倪凯伦的电话，两人聊完公事，又闲聊了会儿，这时西棠忽然听到玩具房里传来孩子的哭声。

西棠挂了电话走进去，看到一堆积木散在地上，雨点儿坐在地上蹬腿，含着眼泪嗷嗷地哭。

阿姨从地板上站起来跟西棠说："对不起，我不小心把她积木撞到了一点点，然后积木倒了。"

西棠说："没事儿。"

西棠走进去坐到了女儿旁边。

阿姨赶紧继续哄孩子："宝宝，对不起，阿姨不是故意的，阿姨帮你再搭起来好不好呀？"

"不要！"雨点儿大叫。

"雨点儿，"西棠坐在她的面前，擦了擦她的眼泪鼻涕，"妈妈知道公主的城堡倒了你很难过，可是没关系，是不是可以再建起来呢，一会儿妈妈和阿姨，咱们一起搭起来好不好？"

雨点儿噘着小嘴巴，气嘟嘟地没有说话。

西棠把她的头拧向一边："阿姨都跟你道歉了，做个有礼貌的孩子应该说什么？"

雨点儿忽然抓起一块积木，猛地砸向保姆。

"赵知时！"西棠板起脸来了。

赵平津闻声出来了。

雨点儿瞬间止住了哭闹，泪汪汪的乌黑眼睛望着西棠，一般妈妈的语气变了，她就要完蛋了。

"阿姨跟你道歉了对不对？

"打人不对，跟阿姨道歉。"

雨点儿眼睛瞪得溜圆，就是不肯说话。

西棠冷着脸说："我数到三二一，如果你不道歉，就去站着。"

雨点儿偷偷地看爸爸。

赵平津没说话。

西棠数完了三二一，一把将她跟小鸡崽儿似的拎了起来。

雨点儿嗷地一嗓子，顿时放声大哭起来。

西棠把她拎到了客厅的角落，那里有一张小毯子，她啪地将一个计时闹钟按了下去，坐在离雨点儿几步之遥的一张凳子上，开始做自己的事情："你哭一会儿，哭完了冷静了妈妈再跟你说话。"

"爸爸。"雨点儿哭着朝赵平津伸手。

赵平津要走过去。

西棠看了他一眼，赵平津站住了。

主卧的灯亮着，房间里没有人。

赵平津走进去，推开衣帽间的门，西棠坐在里面的一张凳子上，回过头看他，赵平津说："睡了。"

孩子的情绪来得快去得也快，西棠给她洗了一个澡，她在浴缸里又欢乐地唱起她的动画片儿歌来。

"连阿姨都打，"西棠闷闷不乐地叠袜子，"人儿挺小，脾气可挺大。"

"她还小,不是对阿姨有恶意,你得让她情绪有一个疏导过程,不能要求她跟大人一样理智。"

"你的意思是我没有耐心?"

"我没有这么说。"

西棠忽然有点生气:"就是因为周围的所有人都让着她,她才会这样放任自己的性子,她比别的孩子幸福多了,阿姨的孩子留在爷爷奶奶家,只有过年的时候见过几天妈妈,人在这儿一年到头地伺候她!"

"挑食,任性,打人,真不知道像谁。"

西棠气呼呼地把袜子一卷,合上了抽屉。

赵平津抓了抓头发,郁闷地说:"得,这遗传的罪名我是听明白了。"

西棠走出衣帽间,把枕头铺好了:"早点睡。"

赵平津掀开被子:"上来陪我会儿。"

西棠拿了本书爬上了床,赵平津让她靠在他的肩上,伸手抚摸她的脊背,一下一下地把西棠的气儿顺下来,他贴在她的耳垂边低声地说了一句:"别着急,慢慢教。"

西棠侧过脸亲了亲他:"嗯,睡吧。"

剧组生活日夜颠倒,她早习惯了晚睡,赵平津上班时间比较规律,西棠无论在哪里,每天晚上都准时叮嘱他休息,现在除了特别紧急的项目需要加班,他也比较少熬夜了,早些年病得不成样儿,西棠对他的身体一直十分在意。

西棠熄了主卧的灯,下了楼想喝杯热的牛奶,拿了杯子站在厨房的门口,看了一会儿后院的树林,今晚没有月亮,花园里黑漆漆的。

3

雨点儿性格有些执拗,不是一个很温顺乖巧的孩子,西棠一直觉得她有很大的责任。

一开始怀孕时她还在剧组工作,她一时甚至都顾不上思考这个问题,这个孩子是意外来的,她还没有适应一个母亲的身份,怀孕中期很长一段时间,她都在学习怎么接受这个生命，一直到临产前去了美国，那时赵平津还在国内，西棠住在洛杉矶，彻底空闲下来，才开始上产妇分娩和婴儿护理课程。

从美国回来后，她自己在上海的房子，怀孕之后就没有住过，里面什么都没有准备，两个人带着孩子回到了北京。

她产后的状态并不算太好，西棠就记得那段时间她强迫自己不断地吃，然后给孩子喂奶，西棠甚至都不敢照镜子，怕看到自己臃肿变形的身体，夜里月嫂把她摇醒，女儿喝饱了奶，赵平津哄她，给她拍奶，抱着她到小床上。倪凯伦有时候问她孩子的事儿，她没一样儿懂，连倪凯伦都看不下去了，说黄西棠你怕不是一头奶牛吧，除了分泌乳汁，什么用处也没有。

西棠摸了摸自己肚子上的束腹带，哇的一声就哭了。

奶牛这两个字把她刺激到了，女明星当了多年，一副好身段儿都是靠强大的毅力管理出来的，如今一朝毁于一旦，她都没有勇气面对这个现实。

西棠一直很感激，赵平津比她适应得更快，女儿洗澡、喂奶，只要他在家，都亲力亲为。

有时候西棠醒来，看到他身边睡着一个粉粉嫩嫩的小婴儿，心里有些惶恐。

赵平津一直不逼她。

她产后半年，就复出拍戏了。

孩子也陪，雨点儿小婴儿时期特别可爱，大眼睛翘鼻子，白白嫩嫩的可招人喜欢了，可不知不觉孩子开始会说话了，会走路了，进入了第一个叛逆期，有一天赵平津开车，女儿一定要贴在他的肩头上，不然就哭，西棠怎么样也没法让她坐到安全座椅上。

她忽然意识到，女儿跟她并不亲。

雨点儿外貌像西棠，十分漂亮，性格像她爸爸，赵平津真的太宠她了，孩子从小就显出了十分骄纵的性格。

西棠特别不满意赵平津女儿奴的行径，两个人为这个事儿吵过好多次架，所以西棠每次管教孩子，赵平津都躲起来。

西棠搁下杯子，无奈地揉了揉酸胀的脖子，紧跟着后面有一双手扶住了她的肩膀，用力地捏她僵硬的颈肩，男人的手掌微凉，却很平稳有力，赵平津还是不放心，下楼来了。

"我对她，是不是特别严厉？"

"有一点儿。"

"我妈就是这么管我的，我就没有听话。"

西棠忽然仰起脸，唇角发抖，声音哽咽起来。

赵平津赶紧伸手抱起她，坐到了旁边扶手椅上，让西棠坐在他的腿上，搂着轻轻地亲她的头发，他一听这声音，就知道西棠是要哭了。

"我觉得我越来越像我妈了。

"我真的好希望她还在，还能带一带外孙女。"

"好了。"赵平津伸手托住她的脸，怀里人儿的眼泪滴在他胸口的衣襟上。

她很少说起她母亲，一说就哭。

倪凯伦坐在堆满了胭脂水粉一片乱糟糟的梳妆台旁。

公司一个最近的人气小生今天在恒隆广场的店铺有一个护肤品代言活动，品牌方很重视，老总都来了，倪凯伦也跟着来监场，督促着艺人早早就化好了妆，先带着艺人去跟品牌方老总应酬，再将他送进活动现场，艺人这会儿在前台拍照，倪凯伦正打算在休息室坐会儿，一会儿艺人接受采访的时候她得出去盯着，刚端起助理买的咖啡，电话响了。

倪凯伦看了一眼，接了起来："喂。"

小助理在旁看了一眼，没头没尾的称呼，倪凯伦很少这么接电话。

"她在苏州的片场，不在我这儿。

"后天回北京，她助理不是把每周的行程表都发给你秘书了吗？"

倪凯伦喝了口咖啡，啪的一声把纸杯搁在了桌面上："您大忙人一个，别兜圈子，有事直说。"

赵平津坐在办公室的沙发上，伸手去拿茶杯，却只摸到半杯凉水："黄西棠最近是不是出了什么事儿？"

倪凯伦愣了一下，挥挥手让小助理出去了，又想了一会儿黄西棠最近的工作："没什么事儿，太太平平的。"

"我感觉她最近情绪不太好。"

"你俩没吵架？"

"合着我俩没事儿天天吵架玩儿？"赵平津说，"挺好，所以我才问你。"

"好吧，那天我看到她跟生活制片在片场外抽烟。"倪凯伦忽然想了起来，"这事儿有点古怪，我记得有孩子后她不怎么抽烟了，但这也说明不了什么，剧组里压力大，全是一帮老烟枪。"

赵平津愣了一下。

从他俩重新在一块儿后，西棠就不抽烟了，加上后来孕期哺乳，赵平津以为她完全戒掉了，他甚至都不知道她什么时候又开始抽的。

赵平津轻皱起眉头，终究是觉得不放心："她没有和你说过什么？"

倪凯伦一边翻采访提纲，一边说话："你什么家庭出身，你们家里的事儿，她能往外说吗，她口风很紧，跟我也就孩子的事儿聊得多一些。"

赵平津明白倪凯伦虽然不待见他，但说的是实话，她是公众人物，只要一走出家门，时时刻刻都可能会有人偷拍，以前跟在她车后的都是娱乐圈的狗仔，她倒不怎么在乎，下了戏该怎么过日子照样怎么过，可跟他结婚后，身上背了一个赵家儿媳妇的身份，明里暗里更是多了无数双眼睛在盯着她，言行举止更是出不得一点儿错。

赵平津记得他们结婚后搬回北京住那阵儿，也是秋天，西棠有一次去国外工作，造型师给她染了个麻灰色的头发，长发吹散了随意落在肩头，西棠挺喜欢的，收工时还特地拍了张照片给赵平津，国内那会儿是清晨，赵平津醒了，晕乎着给她回了句，挺好。

低沉模糊的鼻音。

把他吵醒了，西棠又舍不得了，两个人在还一片漆黑的北京清晨隔着时差说了会儿话，西棠便让他休息了，叮嘱他躺会儿再起来。

结束工作后回国的那天早晨，在临上飞机前，西棠在酒店里把头发染回了黑色，头发反复漂染，发尾都有些枯了，西棠翻出剪刀，咔咔剪短了一截。

她回来的时候赵平津正好在家,在院子的檐下等她,西棠下了车,他看了看她,把人搂在怀里习惯性低头要亲。

西棠轻轻地推了推他,低声细语地说了一句,染发剂不健康,别蹭嘴里了。

赵平津也没说什么,两个人回家里去了。

他那段时间,中秋、国庆,有一些宴会要参加,国宴家宴都有,他们正式结婚之后,有一些场合,西棠是要陪他出席的。

她兴许就是压力太了。

挂了电话后,赵平津召来秘书,查了查她的返京航班,下班后赵平津进车库,坐到了自己的车上,抽出了下班前贺秘书递给他的西棠的日程表,想了想,打了一个电话:"最近北京有什么吃饭的地儿,菜品不错,清静些的?"

"唷,这四九城里你想躲起来,那你就不要娶一个女明星啊。"

"我乐意。少废话,赶紧给哥们儿支个招儿。"

"咋了?"

"没什么,带她吃个饭。"

"东四边上有一个小院儿,一院儿的树和陶罐,老板是梅府退下来的,跟着去吃的都是老餮了,一天只开几席,回头我让秘书把地址发给小敏啊。"

"成。"

"航科五院最近的那个技术方案,上回武岩想请你看一下运行数据,托哥们儿约你吃个饭来着,小敏给你安排了没有?"

赵平津翻着手上的航班日期和时间表看了一眼,神色忽然愣了一下,他将电话换了边手,抬腕看了一眼表上的日期。

"你的事儿我记着呢,有事,先挂了。"

高积毅在那端叫了一声:"哎,舟子!"

电话已经挂断了。

深秋午后的暖阳透过玻璃窗洒进来。

阿宽坐在一楼的窗户边，晒会儿太阳，喝茶玩手机。

"先生您好。"大门被推开，前台的接待声音响起来。

阿宽眼角的余光瞄到一个有点眼熟的高瘦身影推门进来，恍了一下神，迅速抬头一望，瞧见了一副骄矜跋扈的俊秀面容。

男人视线一扫而过，一股森森寒流扑面袭来。

阿宽立刻站了起来，手里捏着的小饼干都掉了："赵……先生？"

赵平津一瞧见她，就知道找对地儿了，心里的火噌就冒起来了。

阿宽转身拔腿要往楼上跑。

"站着。"赵平津阴着脸说了一句。

阿宽站定了。

赵平津面无表情地说："还有多久结束？"

阿宽看了一眼墙上的时钟，抖抖索索地答了："还有半个小时。"

赵平津没说话，推门出去了。

他站在门外，从外套口袋里掏烟盒，却没掏着，顺着街道走出去，在街口的小摊上买了一包烟，站在路边，点着了。

他抬头望了望，这儿是安华西里的一幢建筑商用楼，虽是商用，但他站着的东侧的一楼连着的是一片居民区，很安静，这是北京一家知名的心理咨询机构。

一支烟吸了一半，忍不住咳嗽起来，他动手掐灭了。

又站了会儿，黄西棠出来了，想来已经得了信儿了，脸上平平静静的，一见到他，跑上来抱住了他的胳膊，仰起脸看他，看到赵平津一张冷若寒霜的脸庞，赶紧抿了抿嘴角，冲着他露出一个讨好的笑。

她一撒娇赵平津就没辙了。

"这是翻了天儿了。"赵平津气得狠狠地戳了一下她脑门。

"你车停哪儿了？"西棠好脾气地笑着问。

赵平津指了指外边。

"宽儿，你回吧。"

阿宽把她的包递给她，迅速地挥了挥手，一溜烟儿地跑了。

西棠在笑，神态语气和平常没什么两样，赵平津细细琢磨了一下，似乎觉得她眼底有一些说不清道不明的灰暗的东西。

西棠和赵平津往停车的地儿走去，西棠看了看时间："雨点儿要放学了。"

赵平津拉开了车门，西棠上了副驾驶座，两个人回到了家。

一家三口吃完了晚饭，赵平津陪着孩子看完了动画片，跟保姆交代了一声，上楼来关上了房间的门。

"这事儿黄仕武知不知道？"赵平津站在卧室的门口，声音还算平静。

西棠就知道他心里憋火，晚饭都没心思吃，就等着找她算账呢。

果然，头一件事，先问责相关责任人。

"不知道。"黄哥是个好人，西棠不会连累他。

赵平津走过来，坐在她的身前："现在情况怎么样？"

"挺好的。"西棠低头捏着梳子。

"挺好你需要去看医生？"男人的脾气压不住了。

"你别这么大惊小怪行不行？"西棠放软了声音，试图安抚一下他的暴躁，"我只是和治疗师聊了会儿天，这是很普通的事情。"

"我明白是很普通的事情，我问的是你为什么要瞒着我？是觉得我不能理解，还是觉得我没必要知道？"

"我看心理师对我们的共同生活没有什么影响。"

"发生了什么事儿？"

"没什么事儿，我只是在认知和情绪上需要一些帮助。"

"你情绪怎么了？"

"我就是感觉不开心，这跟你无关，跟我们的家庭生活无关。"

"因为什么事儿？"

"我不知道。"

"你是要自己说，还是要我去调你的治疗记录？"

"那是我隐私！"西棠急了。

"你倒是看看我调不调得到。"赵平津平平淡淡地答了一句。

"你能不能尊重人！"他那种惯常的玩弄权势的轻描淡写瞬间就把西棠激

怒了，忍不住吼了一声，"你有什么权力看我的东西？"

"我要是没发现，你打算瞒我多久？"赵平津嗓音慢慢地沉了下去，他这可真动气了，"你觉得这对我们的生活没有影响？你自己好好想想，真的没有影响？你别以为就你去做过心理咨询？情绪波动强烈，你瞒着我，没有人帮你承受，哪怕就是在我们家里，你也要自己忍着自己克服，所以雨点儿就要忍受压抑着不良情绪的妈妈？"

"赵平津，你觉得我管不好孩子，是因为我心理有毛病？"西棠恼怒地站了起来。

"我提起咱俩的事儿，你能不能别每次先自我怀疑？"赵平津想上前拉住她。

西棠抬手狠狠地一把推开了他，把手里的梳子往柜子上用力一摔："我现在就经历着最不良的情绪，你是不是要把我灭口好保护你的宝贝闺女？"

"这就是你心理干预的结果？"赵平津望着她，唇角浮起了一抹讥诮的笑，"怎么着，你的心理治疗师没教你更有用一点的技巧？"

西棠眼泪喷涌出来，胸膛剧烈起伏，她一把推开门，赵平津上前抓住了她的手，但不知道为什么每一次黄西棠在情绪失控时力气都特别大，西棠一把甩开了他的手，发了疯地往下跑。

赵平津追下楼去，只看到黄西棠的车灯在车库的门口一闪，她开车走了。

这么多年两个人吵架模式还是一样，每次赵平津说话都能把她气得七窍生烟，西棠恨不得点把火把屋子烧了，一身的愤怒无处发泄，只能撒腿往外跑。

赵平津开车追了出去，很快在门口的黑龙潭路追上了她的车，西棠从后视镜看到了，立即踩油门加速往前开。

赵平津这车好，几秒加速瞬间就逼近了她的车尾，他看了一眼左边的后视镜，迅速地打了灯想超车逼停她，却没想到下一刻黄西棠那辆白色小车的路线忽然偏了一下，车子擦过马路牙子，发出砰的一声巨响，车子向外弹了出来。

赵平津的心跟着猛地一抖，立刻回转方向盘，减速避让开了。

下一秒西棠又抓紧了方向盘，打正了路线，迅速地往前开走了。

赵平津不敢再追她，慢慢地让了几辆车，看着那辆白色的车尾灯在视线里渐渐远了，没来由地一阵心慌，他气得狠狠地砸了一下方向盘，他就是嘴欠，每次都这么招惹她。

她开着车往颐和园方向去，车速渐渐平稳下来，却没有停的迹象。

赵平津不远不近地跟着她的车，有一度还跟丢了，幸好西棠在北京开车不认路，赵平津一路循着万泉河开过去，两公里多后又找到了她那辆车，开了半个多小时后眼前晕眩重影，有些看不清路，赵平津不得不减慢了车速，抬手按了按隐隐痉挛的上腹部，深吸了一口气。

按了好一会儿缓过了一阵疼，眼前的街道终于慢慢又清晰起来。

终于想起来从大衣口袋里找手机。

因为各自的工作，两个人常有分开的时候，赵平津给她立下的规矩，无论什么时候吵架，不能不接电话，西棠一向是很遵守的。

电话响到第二遍的时候，西棠接了电话。

"气儿消了没，停车。"

"你再跟着我试试？"

"黄西棠，你要是想死我陪你，"赵平津声音出奇地平静，"女儿怎么办？"

赵平津减缓车速沿着马路边一路开过去，终于看到了西棠的车，一个细细的影子站在路旁，微风吹乱了她的头发，遮住了她面无表情的半边脸，夜色里隐隐能看得到雪白的肌肤。

赵平津拿走了她手上的车钥匙："去车里等我。"

赵平津停好了她的车，回来拉开车门，看到人坐在他的副驾驶座上，脸上呆呆的。

"系安全带。"赵平津启动了车子，看了一眼仪表盘的指示灯，指关节敲了敲方向盘。

西棠转了转头,一时没听清楚他的话。

赵平津俯过身,替她系好了安全带,然后问了句:"刚才撞没撞着自己?"

赵平津捧起她的脸看了一下。

西棠噘着嘴巴不说话。

他挂挡把车子往前开,寒夜中显得格外巨大空旷的北方城市,居民小区的灯光在飘飘摇摇的墨黑天幕之外,远处立交桥下的车流汇成长长闪烁的纽带,高耸的摩天大楼下闪烁着彩色的霓虹招牌。

西棠只感觉到车窗外一盏一盏晕黄路灯的影子迅疾地一闪而过。

这速度,要收罚单了,偏偏赵平津把车开得极稳。

西棠没有出声,默默地盯着他握住方向盘的手,骨节分明的手指,皮肤白皙得几乎透明,手背上隐隐起伏的暗蓝色血管,他若是收起了唇角那抹薄薄的笑意,微微拧着眉头,专注的脸上就会浮现出一种冷兵器般的凝重冷峻。

从她学生时代开始,赵平津就是这样,喜欢开车带着她游北京的车河。

西棠靠在椅背上,蜷缩起身体,侧过头安静地望着窗外,紧绷着的精神终于渐渐放松下来。

赵平津减慢了车速,转道开进了一条安静的小路,西棠望了望窗外,认不出是哪里,但估摸着这地界儿,应该是北三环附近了。

"我工作忙,你们圈子里的事儿,我不太清楚,"赵平津声音有点儿低,"你自己的事儿要是不想说,我不逼你。"

"我只是不想拿这些事儿烦你。"

"这话我可不爱听啊,黄西棠同志。"

西棠终于转过头,望着他的侧脸。

"我上个星期去找了那个失学的女孩儿,找到她的时候,发现她的情况非常不好。"

"咱们资助的那个永顺镇的女孩儿?"

"是。"

"她的事儿问清楚了吗?"

"没有，说不上话，家里人给看起来了。"

"要不要我给你联系一下妇联或民政？"

"所以什么事儿到最后，就是我都得回家来找你，"西棠忍不住低低地笑起来，那笑容苦涩而嘲讽，"哪一天咱俩掰了，不知道我该找谁。"

"少胡说八道。"赵平津蹙起眉头了。

西棠知道他不高兴了，没敢再出声。

"西棠，做公益是个长期的事情，"赵平津理性地跟她分析起来："你得明白，你救不了所有人。"

不知道为什么西棠却瞬间激动了起来："我明白，我怎么不明白，我要是不明白我搁这儿干吗呢我，我是看这小姑娘可怜，她这可算什么事儿，社会上比她可怜的天天都有，这就是她的命！这事儿就只能这么过去，我能不明白吗，我救得了谁，我连我自己我都救不了！"

赵平津听到了，觉得哪里不对劲，一时说不上话。

他皱着眉头慢慢地想了会儿，心底忽然咯噔一下，脸色渐渐严肃起来。

西棠只听到他在黑暗中忽然沉声问了一句："以前的那些事儿，你到底记得多少？"

西棠的手臂猛地抖了一下，猝然地闭上了嘴巴。

赵平津伸出手，捏住她的下巴，把她的脸转过来，直视她的眼睛："告诉我，你记得多少？"

西棠脸色有点发白："全部。"

"陆晓江告诉你的？"

"没有，我自己清楚。"

"你清楚什么？"

赵平津眉头深深地拧了起来，两个人从没有真正地、正式地谈过这件事。

西棠的声音开始发抖："我不想再说了。"

赵平津却一丝一毫也不允许她逃避："你当时在长安俱乐部跟我说，你什么都没有做错，为什么你现在仍然那么介意？"

"因为我当时错了。"

"哪里错了？"

"我哪里错了你当时不就一清二楚吗？"西棠终于崩溃求饶，"我不想再说了，你放过我。"

"你当时喝醉了，有多醉？记得事儿吗？"

"凯伦说……"

她住院的时候，半个肩膀都打着绷带，茶饭不思，天天望着窗外。

"你能不能出息点？失个恋要死要活的，失魂落魄的给谁看？"倪凯伦有一天从她的主治医师那儿回来，医生说她要是再这么继续消极治疗，这胳膊能不能好全乎都难说，倪凯伦气得实在忍不住开始骂，"黄西棠我告诉你，什么你也甭惦记了，赶紧好了出来拍戏！"

"你给我听清楚了，本来这事儿我不想告诉你，"倪凯伦啪的一声合上了门，怒气冲冲地站在她的病床前，嘴上没有一刻停顿，她怕自己犹豫哪怕一秒，就再也不忍心说出来，"我在酒店的房间找到你时，赵平津已经堵在房间门口了，那里头很乱，你跟那姓陆的形状我就不形容了，我只告诉你一件事儿，床边有用过的套，里面是脏的，赵平津看没看见我不清楚，我是看见了的。"

西棠那一霎只觉一道雷电劈下来，耳边轰隆隆的雷鸣滚过，眼前全是黑的。

偏偏倪凯伦的声音却仿佛扎进她的耳膜似的："给你收拾的时候，我给踢到了床底下。"

西棠捂着耳朵尖叫起来："你为什么骗我？"

"我明白这种事情对一个女孩子的伤害，我不想你一辈子都活在这件事的阴影里面。我原想着你们分就分了，可我没想到你去找赵平津闹，你胆子也太大了。"

倪凯伦说着说着忽然就扑了上去，大力地按住了她打点滴的那只手，黄西棠挣扎得像一尾被扔上旱地濒死的鱼，有那么一个瞬间倪凯伦差点以为她摁住的是一名精神病患者。

她右边的胳膊打着绷带，倪凯伦不敢碰，手肘压住了她的胸口，两个人搏斗了十分钟，西棠力气不够，被死死地按在了床上。

倪凯伦等她的安定药效过了，人清醒过来后跟她说："我跟外头说你胳膊摔了，伤筋动骨一百天，合同可还是一直在谈，你要是愿意签，戏约能排到了一年后。"

从那之后，她最后一丁点儿希望，也彻底消失了。

人却飞快地开始好起来，出院的前几天就开始看剧本。

有一天倪凯伦提着饭盒扭开门，听到她在卫生间里哭。

撕心裂肺地哭。

倪凯伦直接把门关了。

在长安俱乐部那间包房里，围着的是一群看她笑话的京城贵胄子弟，赵平津居高临下，含着烟，看着她的眼神，好像看一堆垃圾："黄西棠，你还要不要脸？"

"我嫌你脏。"

牌桌上半生不熟的男人的谈笑声传出来。

这些男人，有些西棠见过，有些没见过，大多数是京城里高官子弟圈子里的人，具体的身份背景不详，西棠一直牢牢记着钟巧儿的话，从不打听他们的家世，平日里她跟在赵平津的身后，这些人会笑嘻嘻跟她打声招呼，这会儿，那些笑声不改，一切都跟以前一模一样。

除了赵平津跟她翻了脸。

"西棠，别自讨没趣，既然舟舟不要你了，你不如跟哥试试？"

"不带这样儿啊，你丫还学会了捷足先登啊，这样，西棠，舟舟一个月给你多少钱？你考虑一下我？哥活儿不比你舟哥差。"

男人们哄的一声笑起来。

"舟子，你不介意吧？"

他没有回答。

一群男人更加肆无忌惮起来，调弄的、狎昵的语气在纸醉金迷的包房中飘荡。

赵平津就那样无动于衷地坐在那一团阴影里，无动于衷地任由她被一群王八蛋衣冠禽兽欺侮。

西棠定定地站在包房的中央，看着昏暗的牌桌上的绰绰人影，她全身的血发凉，嗖嗖地往下落，脸孔却急剧地涨红起来，眼前渐渐弥漫起一片猩红，全身的烈火和怒意将她几乎焚烧殆尽，那一瞬间，她是真的恨不得和赵平津同归于尽。

西棠不太记得自己是如何反抗的，她模模糊糊地记得她抖了抖衣袖，抚了抚头发，用尽了全身的力气控制自己的姿态，露出了一个暧昧不明的笑容，然后，她说出了她这辈子说过的最伤人的一句话。

那是往一个男人脸面上活生生地扇耳光的一句话。

她是跟了他的人，她最知道如何折辱骄傲了一世的赵平津，可她才不在乎呢，她什么也不在乎了，那一刻，她真的太痛了，她不能自己一个人痛。

"赵平津，"西棠眼睛直瞪瞪地望着挡风玻璃的前方，目光仿佛投射进了一个无穷无尽的虚空，她整个人缩在座椅上，声音低得微不可闻，"我后来住院时其实仔细回忆过，我大腿上有擦伤……可是我当时真的就是没法相信，我不愿意相信，这样咱俩就彻底完了，因为我太清楚你是什么样儿的人，你过不去的，永远过不去。"

4

赵平津的双手紧紧地捏住了方向盘，忍着胃里的钝痛缓缓地调整着呼吸，脸色一点一点地冷峻下去，终于变成了风霜冰雪一样的隆冬暮色。

他咬牙切齿地说："你想听一下陆晓江的原话吗？"

西棠有些迷茫地看了看他。

赵平津掉转车头，一脚油门，往国盛胡同开去："前段儿听朗侑说他最近在国内。"

他脸上的神色压抑得瘆人，西棠暗觉不好，真怕他干出什么出格的事儿来，着急地扯住了他的胳膊："别闹，你想把家里人都闹起来吗？"

赵平津猛地一脚踩下了刹车。

车子骤然在路边停了下来，幽暗的车厢内，只听得到他极力压抑着的呼吸。

"他没敢真碰你，他有那个心来着，没那个胆儿，灯都没敢开，腿边擦了很久，后来慌了。"

赵平津一手扶着方向盘，伸手要去抱她，身旁的人靠在座椅上，小小的雪白脸孔，看起来乖乖巧巧的，骨子里却一股烈性脾气，就是这么个人儿，他一辈子就得了这么个人儿，样貌性子无一不合他的心意，偏偏这么多年过去，孩子都生了，她还是这样儿，为了陪在他身边，连自己的情绪都得这么小心翼翼地隐藏着。

他呼吸不稳，眼底一片血红："这事儿是我不对，晓江不对，我母亲不对，无论发生了什么，你一点错都没有，你明白吗？"

西棠一动不动地坐着，像瘪了气的洋娃娃。

"我爱你，"赵平津伸手扳过她的肩膀，拇指轻轻地摩挲她的脸颊，"无论你变成什么样儿，都爱。"

赵平津把车停下来了。

西棠抬眼望去，路灯映照下一堵红色的宫墙，高大的槐树枝丫稀疏，黄琉璃瓦屋檐，重重叠叠的殿宇上空，黑夜里仿佛萦绕着一团烟雾。

赵平津下了车，替她拉开了车门："下来。"

西棠眼巴巴地冲他伸出手，赵平津把她抱了下来。

西棠抬头望了望天，这是一个寒冷无风的夜晚，夜里气温降到了零摄氏度以下，由于没有大风，倒没有特别冷。

这是他们在北京的第一个家附近，沿途景致一再变换，但这条大街还是老样儿，过去热闹嘈杂的香火铺子关了门，恢复成白墙灰瓦的人行道，夜晚安静，偶尔有骑车的路人匆匆而过。

西棠的手放进了他外套的口袋里，两个人沿着街道慢慢地溜达了会儿，到了一个僻静的胡同口，赵平津忽然拉了拉她的手："棠棠人儿，看这儿。"

他站在树下的一排自行车旁，自行车座垫上落了一片黄色的银杏叶，赵平津拿起那片叶子,递给了西棠。

黄色的叶子上面覆盖着一层细碎的白色冰晶。

西棠蓦地睁大了眼睛,惊讶地说:"呀,结霜了。"

西棠低头仔细看了一下,可不是,自行车的把手、车垫上都覆盖了一层白色的冰霜。

赵平津笑了一下:"看来天儿能好上几日,草丛里应该也有。"

西棠拉着他往前走,走到了辅路旁的草地上,蹲下去一看,果然,草丛里凝结起了一大片的霜花,枯黄的草叶子尖儿上挂着晶莹剔透的小冰凌,手指轻轻一碰,就碎了。

西棠仔细地看了好一会儿,大自然真是奇妙难言,她已经很多年没有在北京看到过霜降的夜晚。

等到她终于看累了,回头找人,看到赵平津站在路边一间朱门宅子前,靠着门前的一尊蹲虎石墩,目光淡淡的,却一直看着她。

西棠抬头看着他,他的身后,是一整个北京的秋天夜晚。

一个寒冷无风、深蓝晴朗的深秋夜晚,月亮在云层后,散发出一个昏黄的光圈。

西棠拍了拍膝盖上蹭的灰,站起来走到了他跟前。

赵平津把她裹在大衣里面,西棠的脑袋贴在他的胸口,呜咽一声:"谢谢你。"

赵平津不满意地道:"换一句。"

西棠在他怀里细声细气地又说了一句。

赵平津终于高兴了,亲了亲她发顶的旋涡儿:"赶紧回家,我胃疼。"

西棠心底一跳,直觉地伸手去摸他的手腕,果然很凉,赶紧拉着人,往停车的地方走去。

赵平津的车停在巷子口的路边,西棠的手在他大衣兜里翻东西。

赵平津低头看她一眼:"找什么呢?"

"车钥匙给我。"西棠仰头望他,外套口袋里没找着,侧身去摸他裤兜,"我开吧。"

"别乱摸。"赵平津伸手按住了她乱动的手,把车钥匙掏了出来。

"我给赵董开回车。"西棠微微笑了笑,接过了钥匙。

"行啊,小黄同志,你又要带着我哐哐撞大树?"

前段时间两个人下了班回国盛胡同接女儿,那天赵平津开了一天的会累了,回家时西棠主动请缨开车,一路上小心谨慎,过红绿灯时线都没敢压半厘米,一路顺利开到了家,雨点儿嚷着想要嘘嘘,阿姨出来迎接,西棠就赶紧让阿姨把雨点儿抱下了车。眼见着孩子进了屋,西棠终于松了一口气,在自家院子里倒车,一时没注意倒狠了,砰的一声巨响,车尾直接撞树干上了,车前座两个人在座椅上狠狠一震,赵平津眼疾手快地给她拉住了手刹。

西棠一听他提起这事儿,抬头瞪他一眼,举起车钥匙在他面前狠狠地按了按:"撞一撞怎么了,现在领导怎么回事儿?不坚强点怎么建设祖国?"

赵平津赶紧闭嘴坐上了车。

西棠打开车门,从后座上拿出条薄薄的羊绒毯子,这是女儿有时在车上睡着,给她备着的小被子,西棠把毯子搭在他的腹部,看赵平津的手搁在毯子下按着胃部,不知是忍了多久,这会儿放松了身体,鬓角边疼出了薄薄的一层汗,这才显出了脸上的苍白来。

西棠坐在驾驶座上,抽出纸巾给他擦干净了额上的冷汗:"没事吧?"

赵平津头靠在椅背上,轻轻地摇了摇头。

西棠手背在他的脸颊上轻轻蹭了蹭,安慰地说:"忍一会儿,到家就好了。"

西棠转头要启动车子,抬头看了看路面情况,伸手去摸座椅旁的调节按钮,赵平津的车她开得不多,摸了会儿没摸准是哪个按钮,赵平津解开了安全带侧过身来,给她调好了座椅。

"要不还是我来开吧。"

"不用。"

"慢点。"

"嗯。"

西棠调了调暖气:"那你睡会儿。"

西棠挂挡把车开了出去,她开得很平稳,穿过安定门西大街,沿着北二环往东开去,开了快半个小时,沿途的车辆渐渐少了,城市的建筑变得疏朗起来,西棠转头看了一眼,赵平津合上了眼,眉头微蹙着,应该是缓过了一阵疼,浅浅地睡着了。

车厢里很安静,月亮穿过了云层。

夜已经深了,开阔的路面一片宁静,道路两旁还悬着庆祝国庆的旗帜,红旗浸染了风霜,定定地垂落下来,凝固成了一个庄严肃穆的形状。

月光很柔和地洒下来,树叶的影子在路面上摇晃,西棠想起童年时期在仙居,老家的院子里,石榴树下有一口水缸,乡下的夜晚,月光很明亮,月亮倒映在水缸里,六七岁的她趴在缸沿,伸手轻轻一搅动,月亮在水里变弯了,摇摇晃晃地荡漾起来。

很多年间她一直认为,自己是这个北方城市永远的异乡人。

却不知道为什么,忽然觉得今晚看到的月色,和故乡一样。

番外四

莫干山的夏天

"舟舟哥。"
"生气是小狗。"
赵平津一把将她拽进了怀里:"你骂谁呢?"

早晨的阳光穿过山林间的薄雾，淡淡地洒落在山谷里。

远处的林海翠竹婆娑，微风拂过，整个山中竹叶沙沙作响。

方朗佲裹了一条浴巾，从游泳池上来，沿着石头台阶走上去，迎面正碰上高积毅睡眼惺忪地走出来："起这么早？"

方朗佲擦着头发上的水滴："十一点了都。"

高积毅笑笑："这地儿还挺减压，一会儿出来吃早饭啊。"

方朗佲应了一声，进屋子推门进了房间，他媳妇儿在房间里，落地窗被拉开了，青青正趴在阳台上举着相机拍照，昨晚到的时候天黑了，看不清楚景色，今早上一望，窗外一整片巨大的山林，浓绿如玉，仔细一听，窗台下还有泉水叮咚作响。

"咱儿子呢？"方朗佲打开衣柜。

"一大早起来，惦记着找哥哥玩儿，直奔老高那屋子去了。"

方朗佲笑了笑，亲了亲青青，进去淋浴了。

这几年孩子大了一些，高积毅年前因为生活作风问题出了些事，处分过后算是过去了，但职位也就到这尽头了，高积毅时间多了，也是个爱张罗爱热闹的主儿，哥几个有空没空都常带着媳妇儿孩子一块儿聚聚，这几个孩子打小玩一块儿，感情渐渐也深了，只是男人的这个年纪正是事业忙碌期，尤其是赵平津，跟黄西棠结婚后第二年，他在中原集团全面恢复了工作，连着好几年领导了几个国家重点建设项目，平时孩子们约着见面，高积毅见黄西棠都比见他多。在北京见面都是零零碎碎的，像这样正儿八经能几家人一起出来度假的时候，更是难得，今年北京刚入夏，天气就闷热得不行，天天憋着愣是一场雨也不下，哥几个一商量，索性定了一个周末飞到了杭州。

这家位于半山的精品别墅酒店，有四间房间、两个客厅，全都被他们定了下来，此时整个别墅区没有别的客人，孩子们撒欢儿在里边跑。

高积毅在庭院的阳伞下喝茶，看到方朗佲出来了："舟子呢？"

方朗伦看了看，没见人出来，转身朝着他住的那房子走去。

雨点儿在客厅里，保姆正给她穿小裙子呢，方朗伦一踏进门口立刻退了出来。

雨点儿从阿姨怀里探出头来，高高兴兴地喊："方叔叔！"

方朗伦门口站了一会儿，等到赵家的保姆招呼了他一声，他才重新走进了屋子。

赵平津在卧室的洗手间里。

方朗伦敲了敲门，隔着门问了一声："舟子，吃早饭吗？"

没过一会儿外面雨点儿又喊："高伯伯！"

高积毅踢着腿进来了。

方朗伦正站在洗手间的门口说话，高积毅问："起了吗？让他吃早饭去。"

方朗伦说："他说胃疼，不吃了。"

"孩子呢？"

"一会儿送出来。"

方朗伦和高积毅往外走，走到了客厅门口，方朗伦不放心，转头又走了回去，这回敲了敲门，直接进去了。

贴着小方砖的白色洗手间，赵平津黑色短发凌乱，顶着一张没有血色的脸，手撑在洗手台的边缘站着。

方朗伦看着他的脸色："真没事儿？"

赵平津摇摇头："我缓会儿，孩子在外头呢。"

"早饭我让人给你送房间里来。"方朗伦不再打扰他，走出来把跟进来的高积毅往外推，"走吧，让他缓缓。"

高积毅一边往外走一边抱怨："你说现在的女明星怎么回事儿？不顾家不管孩子的，还好意思领青年演员榜样奖？见天儿的丢人！"

方朗伦听到了，笑着应："哟，这宣传口的老领导教训起文艺工作者来，可真有气势。"

"滚滚滚，"高积毅一把推开他，"就你跟青青向着她吧，你不看看她现在嚣张成什么样儿了。"

"怨我跟青青嘛，"方朗佲指指客厅的门边，"你看看你儿子。"

高积毅的两个儿子，一个十一岁，一个四岁，眼巴巴地趴在客厅的门口，不断地问赵家的保姆："雨点儿可以走了吗？"

高积毅大步走过去，伸手去拧大儿子的耳朵："走走走，大清早守在一个小丫头片子门口！就这点儿出息？丢不丢人！"

大儿子不满地抗议："爸爸！"

小儿子有样学样："爸爸！"

高积毅媳妇儿闻声儿出来了："老高，干吗呢。"

高积毅松开了儿子，悻悻地走开了。

雨点儿出来了，粉扑扑的小脸蛋，扎了两个小辫子，背了一个粉红色的小书包，两个大一点的男孩子争着一左一右地拉着她的手，高积毅的小儿子挤不进去，眼巴巴地跟在她屁股后头喊姐姐。

大人小孩儿吃罢了早饭，浩浩荡荡要出发去爬山，高积毅环视了一圈问方朗佲："桥桥呢，不带出去玩儿？"

赵家的保姆正给雨点儿戴小帽子，闻言答道："桥桥不肯离开爸爸。"

高积毅进屋里去，一楼的客厅，桥桥坐在地毯上安静地玩他的小卡车，赵平津躺在沙发上休息。

赵平津瞧见他进来了，撑着身体坐了起来，高积毅忙说："你躺着，躺着别动。"

桥桥立刻抬头望着他爸爸，不爱说话，又黑又亮的小瞳仁，竟然看得到担心。

赵平津说："爸爸没事儿。"

桥桥又低头继续玩玩具。

高积毅给看愣神了，好一会儿才羡慕地道："这孩子好啊，至纯至孝。"

赵平津坐了起来，长腿搁在茶几上，他精神不好，淡淡地应了句："性子像西棠，好什么好。"

高积毅咂摸着他这话儿，也是，雨点儿没心没肺的，这才像北京姑娘，这么一想想桥桥可真招人疼，高积毅坐了下来，把桥桥抱腿上，亲了好几口。

两人说了会儿话，等到服务员给父子俩把早饭送进来了，高积毅才走了出去。

中午赵平津带着孩子在餐厅吃了午饭，午饭后赵平津带着桥桥在庭院里玩无人机，航飞到了四百多米高，在竹林的上空盘旋，赵平津给桥桥遥控，臭小子一通乱摁，差点没把机子飞跑了，玩了一个多小时，父子俩玩累了，赵平津抱着他回房间睡午觉去了。

一直睡到下午四点钟，恍恍惚惚中，忽然感觉到身边的小儿子从被子里兴奋地爬了出去，然后是桥桥撒着娇的软糯声音："妈妈！"

熟悉而温软的手指触碰他的脸。

西棠踢掉鞋子屈着腿坐到了床上，把桥桥抱进了怀里。

赵平津睁开眼要起来，西棠扶了他一下："好点了吗？"

赵平津头靠在床沿，睡得有点蒙，点点头。

西棠伸手过来摸他的额头："量过体温没，有没有发烧？"

赵平津顾不上回答，顺势抓住她的手亲了亲。

"你怎么来了？"

"高积毅一直打我电话，我感觉我再不来，他要去街道口居委会大妈那儿投诉我不守妇道了。"

赵平津笑笑，望着媳妇儿，心里特别暖，伸过手要抱她。

眼看着他爸爸要凑过来，桥桥忽然哼唧一声，伸出一只小手立刻把他推开了，随即紧紧地搂住了妈妈的脖子，小脸依偎着贴在西棠的肩上，整个人把妈妈霸占得严严实实的。

赵平津脸都黑了。

西棠亲了亲小儿子的脑袋，柔声细语地说："桥桥，爸爸现在身体不舒服，你让妈妈抱抱爸爸好不好？"

桥桥想了一下，没有说话，乖巧地从西棠的身上爬了下来。

西棠把赵平津抱在怀里，揉他的短发："好了，跟个孩子置气。"

赵平津靠在她身上，抿着嘴不说话。

西棠还是不放心:"刚刚招完标,你得在家休息,老高硬要拽着你出来。"

赵平津闷声说:"就这两天的假大家能凑一块儿。"

"昨晚有没有休息好?"

"还行。"

"你怎么过来的?"

"黄哥开的车,这山路,幸好是他开车,要我跟宽姐开,那可完了。"

桥桥坐在床上,抱着他的小被子,安安静静地,看着他的爸爸妈妈低声细语地聊天。

晚餐在别墅一楼的餐厅,一家四口齐了,赵平津换了身衣服,穿了件今年早秋款的立领白色衬衣,一扫昨天夜里的倦色,英俊白皙的脸孔上恢复了惯常的薄薄笑意。

"哎哟,大明星来了啊。"高积毅怪叫一声,装腔作势踢坐在主座上的方朗佲的椅子,"给著名女演员让座。"

方朗佲才不理他,坐在椅子上动也不动。

黄西棠白了他一眼。

雨点儿从外面奔进来抱她大腿,高高兴兴地大叫:"妈妈!"

脏兮兮的手往西棠的衣服上抹。

西棠蹲下来看她的小宝贝,玩得都出汗了,细细绒毛粘在脸颊上,青青追在后面喊:"宝贝儿,先洗手。"

一看西棠的裙子:"哎哟,抹你妈妈这一身的泥。"

西棠笑着问青青:"去哪儿玩了?"

"哥哥带着她在小溪边捡小石头呢。"青青凑近西棠耳边悄声说,"一兜子的鹅卵石,说要带回北京的家。"

两个妈妈无奈地偷乐。

西棠和青青说:"今天你辛苦了。"

青青一路上都带着雨点儿,乐得笑哈哈地:"不辛苦,这不我未来儿媳妇吗,应该的。"

高积毅一听到不乐意了:"怎么回事,这就论上亲家了?这不还没定吗,我们家年儿呢，不行还有小的，姐弟恋，我不反对。"

雨点儿被西棠抱上了儿童餐椅，玩了一天可真饿了，拼命挥舞着勺子铲饭往嘴里送。

小迷人精，啥也听不懂。

第二天早上西棠五点就起来了："我得回去了。"

赵平津坐在床边一边替她整理背包，一边低声问："怎么挪开的档期？"

西棠边穿衣服边说："临时答应摄影师多加了一个外景。"

凌晨五点多，赵平津拎着她的外套送她出门，司机已经在别墅酒店的门外候着，她回上海工作去了。

三十多层的高楼天台。

下午的阳光穿透云层，照射在周围环绕着的写字楼幕墙上，互相辉映着闪成了一片金光。

高耸入云的顶楼天台，平时荒凉禁闭，此时稀稀落落地站了人，一整个摄影团队和艺人团队在忙碌着，楼顶的最边缘，一个单薄的人儿站在栏杆旁，阳光下的影子仿若在楼宇的风中飘荡，西棠手里攥着一束气球，俯身趴在斑驳的围墙上，身前就是万丈深渊的城市森林。

阳光很好，可城市的天际依旧一片灰色，灰蒙蒙的。

女明星纤细的身体紧绷，随着摄影师的要求配合地摆出各种造型，有些造型要保持身体线条的美感，其实需要身体有极度的掌控力，艺人的脸上却丝毫看不出用力的痕迹，一直敬业地保持着符合品牌形象的冷淡神色，黄西棠是天生适合在镜头下生存的艺人，薄如蝉翼的雪纺长裙透迤坠地，又被风吹起，切割拼花的几何面料，黑白色的气球，脸上妆很浓，镜头里的质地却是轻盈的，唇色如一枚秋天里最饱满的红浆果。

楼顶大风呼啸，这里仿佛是黑暗世界的边缘，她就是这世界最尽处浮现的仙境精灵。

摄影助理调光的间隙，阿宽趴在地上，紧紧地抱住了她的小腿。

这家国内最好的时尚杂志的摄影团队在陆家嘴找了一幢商业大厦，申请了拍摄许可，为这一季的秋刊拍摄封面，摄影师抬头看看光，看看云，瞧着这太阳，极有可能还有夕阳和晚霞。

因为艺人的私人行程，他们整个团队耽搁了一天，换来这个场景，实在太值得了。

这时小助理拿着西棠的手机上来说话，西棠正蹲在地上，化妆师擦她额头上的汗，西棠低声答了一句："让他在楼下等。"

小助理上来蹲在地上扶住西棠，阿宽起身接她的电话去了。

西棠就着吸管喝了半杯水，工作人员全是短衫短裤，她身上穿的可是秋装，在这太阳底下烤了一个多小时，西棠本来不是很容易流汗的人，这会儿都感觉后背有些湿了。

摄影助理上来喊老师，连连道歉："您再忍一会儿，拍到夕阳我们就收工。"

化妆师补完妆，摄影师喊开工，西棠重新站了起来。

一群人开始忙碌起来，这时楼道边上一个正蹲在地上整理器材的助理忽然喊了一声："你谁呀？"

众人闻声望去，一个戴着太阳眼镜的陌生男人站在楼梯口。

黄西棠身上穿的衣服是米兰空运过来的，要上品牌的秋冬高定秀场，目前在全球还是未公开发布的状态，这一次拍摄，公司请了保安清场的。

阿宽赶紧大声地答："对不起对不起，这是我们家艺人的先生。"

下一秒钟，天台上的化妆师、造型师、摄影助理都停顿了一秒，纷纷转头望了过去。

黄西棠的婚事一直低调而神秘，她当时在剧场后台公布自己未婚先孕，后来等到女儿出生了才结的婚，她是几乎不公开谈论家庭生活的女艺人，也从来不用自己的私人生活捆绑任何商业利益，结婚后只一直踏踏实实地演戏，这也为她的形象保存了相当大的神秘感，她的婚礼没对外公开，孩子的父亲在坊间也有各种深水传闻，但从来没有一家媒体有过任何报道，她的经纪公司官方只说是大型国企公司高管，什么模样从来没有被拍到过，如今望去，一个高瘦英俊的男人，穿黑色T恤、浅色休闲长裤，孤傲冷峻的一张脸。

西棠赶紧跟阿宽说："让他别过来。"

阿宽松开了她要走过去说话，这时西棠手里的气球随风一飘，把她一拽，差点飞出去。

摄影师在镜头里看到了，急得大叫："哎哎！助理助理！把艺人抱稳了！"

赵平津一刹那只觉得心脏都停跳了。

西棠眼看着他不管不顾地要走到她这边来，冲着赵平津急了："哎，你别走过来，这里可恐怖了。"

赵平津这么多年连家里阳台都很少去，只觉得耳膜发胀，眼睛刺痛，眼前一圈一圈的都是光晕，眼睛里只看得到她的脸。

摄影师忽然按下快门，镜头里那一个瞬间的女明星，不仅仅有着专业的神色，她的眼眸中，有担忧，有喜悦，有看到了一个人后瞬间光彩照人的鲜活。

太阳西斜了，夕阳映红了天际间的楼宇。

西棠下了班穿着球鞋下来了，裙子有些长，她用一只手攥着裙摆，助理替她拉开了车门。

赵平津坐在她的商务车里。

西棠看了看身旁的人，还在经历后遗症，脸色煞白，心慌手抖。

她拧开矿泉水瓶，让他喝水。

西棠拿纸巾出来擦自己满脸的油："姑娘和桥桥呢？"

赵平津喝了口水，平复着心脏发闷发慌的感觉："我爸陪着周老师在上海呢，送他们那儿去了。"

"青青他们呢？"

"回北京了。"

赵平津在她车里坐了会儿，身体渐渐恢复了正常，沉着脸开始训人："那栏杆那么低，你手里还攥一堆破气球，这拍片儿的怎么想的，签的什么烂工作？"

西棠转过眼望了望他:"都说叫你别走出来。"

赵平津没好气地答:"我不走出去,你是不是还敢往外挪一点?"

西棠不以为然:"两个人抱着腿呢,你是不是不相信我们宽姐的体重?"

西棠怕倒是不怕,只是一个下午晒得够呛:"我不是让你别上来,楼下等,你上来我助理还得照顾你。"

"黄西棠,我来看你,你还嫌我给你添麻烦是不是?"

赵平津压着声音怒吼一声,转过脸,不再说话了。

西棠愣了一下,偷偷瞄了他一眼,真生气了。

西棠伸手拉他的手:"我没有这个意思。"

人冷着脸,一动不动。

西棠晃了晃他的手臂:"哎,舟子。"

不理人。

"舟舟。"

还是不理。

"舟舟哥。"

"生气是小狗。"

赵平津一把将她拽进了怀里:"你骂谁呢?"

西棠哎哟一声:"哎哎哎,我头发。"

她长发吹得蓬松,海藻一般地在肩背散落,被赵平津猛地一拽,几缕发丝卷进了他上衣的扣子里,赵平津费了好一会儿劲儿才把她头发解开了,西棠终于在他怀里服帖了,脸贴在他的臂弯里,闭上了眼休息。

车子开了好一阵子,西棠听到赵平津忽然说了一句:"我不去,怎么知道下次谁又是你的生死之交?"

西棠愣了一下:"你怎么知道的?"

西棠想了好一会儿,才想起来上一次她和郑攸同上一个国内的谈话节目,主持人拿他们多年的同窗情谊打趣,郑攸同规矩着没敢多说什么,倒是西棠讲了一个小故事,笑着应了一句,说他俩是生死之交。

那是几年前的事儿了,那时候她生完雨点儿,半年后看了几个不错的电影剧本，想要复出拍戏，结果接的那个剧本，男主演是郑攸同。

郑攸同那时刚刚演完一部口碑极高的古装剧，两个人虽然是同班同学，却是第一次合作。

在那个剧组里郑攸同救过她一命。

那一场是几个主演的群戏，摄影棚里密密麻麻地站满了人，打板后场记跳出镜头时，绊倒了一条灯腿，那灯腿缠着的一根电线连着摄影机上方的一盏镝灯，被这么一撕拉，灯线断了，那盏镝灯差点砸着西棠。

就是那千分之一秒的瞬间，郑攸同把她拉开了。

然后那盏滚烫的镝灯摔落，砸在西棠刚刚站的位置，四片遮幅叶子板被砸得粉碎。

所有人都惊呆了。

要是砸在了女演员的脸上，侥幸不死也得毁容。

愣愣地站了好一会儿众人才回过神来，灯头儿站起来赶紧收拾，现场的执行导演暴怒地对着那个场记飙了长长一串港普脏话。

这事儿西棠没跟赵平津说过。

雨点儿出生之后他们结了婚，跟早些年在横店工作时相比，她已经急剧地减少了工作量，一年就拍一两部戏，周期大都是一个多月，超过两个月的都很少，赵平津也不是不知道片场辛苦，但这是她热爱的事业，他很少干涉。

他这几年的工作很忙碌，那些特别危险和糟心的事儿，西棠也不想告诉他。

西棠不想让他担心："这事儿都过去很久了。"

赵平津沉着声音，不轻不重地说了句："凡事想想你有家庭和孩子，别那么拼命。"

西棠低着头，轻轻地"嗯"了一声。

还是舍不得，赵平津低下头，亲了亲她毛茸茸的头发顶，放柔了声音："快到家了，想想今晚吃什么？"

西棠趴在他的臂弯里，抬头看了看窗外的景色，这是回他们桃江路家的路，她坐了起来："直接回家了吗，不接孩子了？"

赵平津早安排好了："不接了，也到了上房揭瓦的年纪了，该祸害他爷奶去了。"

西棠推了推他："赵平津你有没有良心？"

"没有，"赵平津懒懒地靠在椅背上，"快想想晚上咱们吃什么？"

西棠还在犹豫。

道路两旁的树荫渐渐浓绿，家里红砖黑瓦的房子近了。

司机将车驶入庭院。

赵平津低声地哄她："想吃什么，我给你做吧。"

西棠思念着儿子可爱的小脸蛋，一时顾不上赵平津，耿直地答："你做饭不好吃。"

"这不家里还有眉姨吗，我回家，都是吃碗面，"赵平津忿忿地瞪她一眼，"你要在家，阿姨做的菜全是甜的。"

他推开车门下了车，转身绕过去替西棠打开了车门，两个人往屋前的台阶走。

西棠跟在他后面小声地念叨："你这么一说，我好想吃糖醋里脊。"

眉姨在窗户边上，看到车子进家里了，在围裙上擦了擦手，从屋子里出来招呼两人："舟儿、西棠，今天宝宝们不回来呀。"

赵平津在玄关搁下了外套："眉姨，今儿能做糖醋里脊吗？"

保姆阿姨高兴地答："哎，有！正好有新鲜的里脊肉，阿姨给你们做。"

赵平津回过头居高临下地看了一眼身后的人："满意了吧？"

西棠仰着头笑眯眯地说了句："咦，刚刚谁说回家了要给我做饭来着？"

赵平津头都大了。

两个人进了客厅，西棠跟着阿姨进厨房看今天的食材，赵平津坐在沙发上，打开手机，在网上胡乱搜了一通，不得其法，只好跟着西棠，好声好气地说："媳妇儿，你上次发我那菜谱呢？"

赵平津完全不会做饭，尤其是繁复的南方菜，他做饭是完全的工科思维，严格按照程序来，掐着表看时间，做一顿饭可太耗神了，西棠一般不让他进厨房。

西棠手背蹭了蹭他的脸:"我逗你呢,去歇会儿吧,我让阿姨给你熬点粥。"

过了一会儿西棠在院子里看完了池里的小鱼,回楼上换身衣服,二楼的起居室,赵平津躺在沙发上,手横在额头合着眼休息,西棠走过去趴在他的身前。

赵平津睁开眼,看着她,没说话。

西棠在他耳边悄悄地说:"谢谢你今天来探我的班。"

赵平津轻轻地笑了一下,眼神勾人。

西棠乖觉地凑了上去。

夏日最后的一抹余晖,那是一个悠长的、悠长的吻。

北京 什刹海

上海 武康路

上海 桃江路

北京 玉渊潭公园

北京 银泰

北京 颐和园

特别鸣谢

感谢以下为《京洛再无佳人》授权插图的读者

第一册

彩插	插图提供者：	岁岁安澜
Chapter 1	插图提供者：	阳雨谷
Chapter 2	插图提供者：	灰灰
Chapter 3	插图提供者：	Jingyiiii
Chapter 4	插图提供者：	岁岁安澜
Chapter 5	插图提供者：	Jingyiiii
Chapter 6	插图提供者：	景致
Chapter 7	插图提供者：	景致
Chapter 8	插图提供者：	蘑菇梦想去bj
Chapter 9	插图提供者：	岁岁安澜
番外	插图提供者：	阳雨谷

第二册

彩插	插图提供者：	Jingyiiii
Chapter 1	插图提供者：	景致
Chapter 2	插图提供者：	蘑菇梦想去bj
Chapter 3	插图提供者：	Jingyiiii
Chapter 4	插图提供者：	Jingyiiii
Chapter 5	插图提供者：	赵董爱小黄同志
Chapter 6	插图提供者：	阳雨谷
Chapter 7	插图提供者：	加加
Chapter 8	插图提供者：	曹馨元
Chapter 9	插图提供者：	岁岁安澜
Chapter 10	插图提供者：	加加
番外一	插图提供者：	芋头要啵啵鱼-欧气版
番外二	插图提供者：	谈曼曼
番外三	插图提供者：	迢迢
番外四	插图提供者：	加加

北京 什刹海	插图提供者：	羽蓁
上海 武康路	插图提供者：	喜欢太阳的鱼儿呀
上海 桃江路	插图提供者：	加加
北京 玉渊潭公园	插图提供者：	Zyhzoey
北京 银泰	插图提供者：	Jingyiiii
北京 颐和园	插图提供者：	景致

图书在版编目（CIP）数据

京洛再无佳人：全二册 / 乔维安著. -- 成都：四川文艺出版社, 2024.11. -- ISBN 978-7-5411-7050-8

Ⅰ.I247.5

中国国家版本馆CIP数据核字第2024W5J911号

JINGLUO ZAI WU JIAREN：QUAN ER CE

京洛再无佳人：全二册

乔维安 著

出 品 人	冯　静
出 版 人	金丽红　黎　波　常　飚　孙　硕　冯　娟
图书策划	长沙硬核文化
责任编辑	陈雪媛
特约编辑	田　云　刘莹莹　夏　欢　夏寿艳
封面设计	费　且
插画绘制	青团子　鲸元社　蓝莓味
责任印制	张志杰　王会利
媒体运营	刘　冲　刘　峥　洪振宇
责任校对	段　敏

出　　版	四川文艺出版社（成都市锦江区三色路238号）
发　　行	北京长江新世纪文化传媒有限公司
网　　址	www.scwys.com
电　　话	010-58678881（发行部）　010-58678881（编辑部）

邮购地址　北京朝阳区曙光西里甲6号时间国际A座
排　　版　长沙硬核文化传媒有限公司
印　　刷　天津盛辉印刷有限公司

成品尺寸	165mm×235mm	开　本	16开
印　张	38.5	字　数	590千
版　次	2024年11月第1版	印　次	2024年11月第1次印刷
书　号	ISBN 978-7-5411-7050-8		
定　价	88.00元		

如发现印装质量问题，影响阅读，请与天津盛辉印刷有限公司联系调换。
地址：北京朝阳区曙光西里甲6号时间国际A座
邮编：100026　电话：(010) 58678881